「画家の技法と小説家の技法は、私が見る限り、完全に類似している。両者は、インスピレーションも同じで、創作過程も同じ、……そして達成するものも同じである」

———ヘンリー・ジェイムズ「小説の技法」

序　文

早　瀬　博　範

　ut pictura poesis—「詩は絵のごとく」[1] そして、「絵は無言の詩、詩は話す絵」[2] という、この二大標語 (*loci classic*) に代表されるように、ヨーロッパには古くから、詩と絵画は、その表現力・描写力が類似しているということで、いわゆる姉妹芸術（sister arts）と見なされてきた。詩と絵画に関する姉妹芸術論が最も理論的に盛り上がりを見せたのが、新古典主義からロマンティシズムに移行する17世紀後半から18世紀であった。イギリス、フランス、イタリア、ドイツで、両者の類似点や相違点が熱心に戦わされた。[3]

　「詩は絵のごとく」といった長い伝統に、はっきりと異議を唱えたのが、ゴットホルト・レッシングの『ラオコオン—絵画と文学との限界について』(1765) である。レッシングは、文学を継起的、絵画を同時的だと捉え、文学は時間芸術、絵画は空間芸術という明確な区別を主張した。この主張は大いに説得力があったようで、20世紀の初頭まで影響を及ぼし続けたと言ってよく、この間、少なくとも文学理論として両者を同じ土壌で扱うことは希であった。

　しかしながら、19世紀の後半から、近代化が進むにつれて、時間と空間の観念そのものが変遷をとげ、新しい時間概念や空間意識を反映した、新しい手法を用いた文学作品や絵画がどんどん生まれるにつけ、レッシングが主張するような明確な区分が怪しくなり、意味をなくしてきた。たとえば文学作品では、その物語り時間は必ずしもクロノロジカルに直線的に流れるのではなく、過去と現在が自由に入り交じったり、また複数の出来事を同時性的に「文学空間」に描出させようと

試みられた。絵画の世界でも、キュービズムに代表されるように、ルネッサンス以来守られてきた線的遠近法を排除し、多角的視点を導入したり、絵画空間に文字や紙などをはめ込んだりと、斬新な試みがなされた。両者の明確なジャンル分けが難しくなり、ボーダーレスの状況となってきたと言えよう。このような状況を受け、文学と絵画を比較しようとする批評が「復活」してきた。

　芸術家というものは、たとえその表現媒体が違っていても、対象を捉える感性や真実へのアプローチの仕方は、極めて同質な部分があるようだ。また、もっと単純に、ある絵画に触発され、その物語りを作ろうとか、あるいは逆に、ある文学作品から様々な視覚的世界を創造することもある。

　アメリカ文学関係では、1940年頃からその兆しが見え、具体的には、ジョセフ・フランクの「近代文学における空間形式」がその先駆的論考と言ってよく、これを皮切りにこの分野での研究は、深さと幅を広げるようになり、姉妹芸術論的な総論から、各作家と絵画の関係まで研究書がどんどん出されるようになり、今や大きな研究ジャンルとなりつつある。

　ウェンディー・スタイナーは、このような変化は時代意識の変遷ばかりでなく、以下のように、構造主義と記号論の発達よるものと分析している。

> ここ50年ほどの文学研究に関する学会のプログラムを見直してみると……絵画と文学の比較研究が、主要なトピックになっていることが分かりました。批評思考の革命が起こったのです。そしてこの革命が、この20年間の構造主義と記号論の進展に関係しているのは明らかなようです。(Steiner 19)

序　文

　スタイナーの言葉通り、とりわけ80年代90年代はこの種の研究は内容的にも本格的化し、研究書の出版が相継いだ。80年代では、スタイナー自身の『レトリックの色彩』、本書にも投稿をしていただいたデボラ・シュニッツァーの『モダニスト文学における絵画性―スティーヴン・クレインからアーネスト・ヘミングウェイまで』、チャールズ・アルティエリの『アメリカのモダニズムの詩における絵画的抽象性』と言ったモダニズムの作家たちに関するものが多かったが、90年代になると、アデリーヌ・ティントナーのヘンリー・ジェイムズに関するもの、ゴーリンとアイドル編のナサニエル・ホーソーンと絵画の関係、ホールターのカルロス・ウィリアムズの詩と絵画の関連を論じたもの、シルとターベエル編のホイットマンの詩の絵画性に関するもの、そして、97年の『メルヴィルと視覚芸術』というように、特定の個人の作家と絵画との関係や作品における絵画性といった極めて詳細な研究が行われるようになってきており、今後益々この分野での研究は盛んとなり、発展していくと思われる。

　このように海外では、文学と絵画の理論的同質性、関連性、相互影響といった議論は、かなり盛んであるが、日本では極めて少ないと言わざるをえない。イギリス文学関係では、すでに山川鴻三著『イギリス小説とヨーロッパ絵画』、櫻庭信之著『イギリスの小説と絵画』、松村昌家著『ヴィクトリア朝の文学と絵画』など、ある程度まとまったものが出版されているが、アメリカ文学関係でこの分野に関して本になったものはない。

　今回取り上げた作家たちに代表されるように、アメリカの作家たちは、いつの時代も、新しい手法を探求している。発想も柔軟で、あまりジャンルにもこだわらず、自由に絵画性を導入し自分たちの文学空間の可能性を広げているようである。そこで今回は、アメリカ文学の中でも、ひときわ絵画と関係の深い小説家や詩人を選んだ。しかも、

絵画と文学の手法の類似性に早くから着目し研究を続けられてきた研究者のみなさまにご協力をいただいた。

　19世紀からは、その時代を代表する作家とも言える3名、メルヴィル、ホーソーン、ジェイムズを取り上げた。メルヴィルは、絵画に関しては、熱心なコレクターでもあり、美術理論に関してもかなり造詣が深かったことが分かっている。『メルヴィルと視覚芸術』の著者ロビラードが、「メルヴィルの美術関係へのかかわりは、その熱意の点からして幅広く本格的であり、彼の全生涯にわたって明示される。メルヴィルのすべてとは言わないまでもかなりの小説、詩の大部分、そして文学や美術評論として試みられた数編には、ピクトリアリズムが現れている」(Robillard "Preface" x) と言うほどに、メルヴィルと絵画の関係は深い。ホーソーンも、イタリア絵画や、ターナーの風景画を好み、作品中では、しばしば「背景描写に現実的で象徴的なタッチを加えるために美術用品を利用」(Gollin & Idol 39-40) したりしている。ジェイムズは、本書の巻頭言としても載せたように、文学と絵画の共通点を強く認識していた作家で、多くの作品でかなり意図的に絵画的描写を用いたり、絵画や画家に言及したりしている。

　モダニズム期の作家としては、ガートルード・スタイン、ヘミングウェイ、フォークナー、ウィリアムズを取り上げることができた。スタインは、一般にも「文学上のキュービスト」(literary cubist) と知られるように、キュービズムとの関係が深い。ピカソとも友人関係にあり、「私は、ピカソと同じことを文学において表現しようとていた」(『ピカソ』16) と明言するほどキュービズムに傾倒していた。ヘミングウェイとフォークナーは、ともにセザンヌに感嘆した。「セザンヌから風景の書き方を学んだ」(Ross 118) とは、ヘミングウェイの有名な言葉となっているし、フォークナーもセザンヌの光の処理に感動した。フォークナーは、彼自身も水彩画やビアズリー風のイラストを描

序　文

いたり、絵画的技法を随所に盛り込んだりと、絵画とは関連の深い作家である。ウィリアムズもイマジストとして、視覚的・絵画的詩を書き、事物のイメージをありありと伝えようと様々な試みをした詩人である。

　現代からはジャック・ケルアックを取り上げた。彼は、現代美術はもとより、ジャズなどの音楽の要素も文学空間に導入を試みており、現代における芸術の融合を考えるには適切な作家だと言えるだろう。

　以上のように、ホーソーンから現代まで8名の作家を扱うことで、文学と絵画との関係が、アメリカ文学のなかで時代とともにどのように変化していったかを追うことができるようになっている。

　執筆陣の一人として、『モダニスト文学における絵画性—スティーヴン・クレインからアーネスト・ヘミングウェイまで』の著者デボラ・シュニッツァー氏に加わっていただけたのは、名誉なことで、本書の大きな強みとなった。彼女はこの分野の権威だが、私が文学と絵画というテーマに取り組み始めた80年後半頃から今日まで、研究理論の面で細かく指導をしていただいた。今回の本書への投稿も、お願いしたら即座に快諾をいただき、すぐさま原稿が送られてきたのには、感謝の言葉もない。

　本書のような研究は、今日では "interdisciplinary study" とか、"interartistic comparison" とか呼ばれるものかもしれないが、本書の目的は、あくまで文学研究であり、各作家のテクスト解明である。美術論でも、姉妹芸術論でもない。研究対象はテクストであり、そのテクストへのアプローチの仕方が絵画というフィルターであるということにすぎない。ただ、このようなフィルターは上記の作家には極めて有効で、われわれとしては、この研究でその作家の本質に触れ、テクストの新たなる核心に迫ることができたものと確信している。

しかしながら、日本における絵画と文学の研究は緒についたばかりである。従って、理論的に弱かったり、取り扱っている作品が少なかったりと不十分な点もあるに違いない。しかも、われわれ執筆陣は、すべてアメリカ文学の研究者であり、美術の専門家ではない。絵画や美術論に関しては、甚だ素人臭いことになったり、ともすれば大きな間違いを犯しているかもしれない。関係諸氏のご意見・ご教示をお願いしたい。そして、本書がきっかけとなり、日本のアメリカ文学研究においても、同様の議論が盛んになれば、編者としてこれ以上の喜びはない。

　本書は、平成11年度科学研究費補助金「研究成果公開促進費」（一般学術図書）の交付を受けて公刊されるものである。このような形で出版の機会が得られたのは幸いである。

　今回は美術理論や絵画のことで多くの方々に快く教授してもらったり、ご協力を願った。中でも佐賀大学文化教育学部美術科の吉住磨子講師、美学論の相澤照明教授には、お忙しい中、多くの質問に、いつもていねいに答えていただき、感謝申し上げる。

　出版に際しては、溪水社の社長木村逸司氏には、企画の段階から貴重なアイデアを提供してもらった。また、こちらの身勝手な要望にも快く応えていただき、辛抱強くご支援していただいた。ここに衷心より感謝申し上げる。

注

1）ローマの詩人ホラチウス（65-8B. C.）が『詩論』で述べた言葉。
2）ギリシャの詩人シモニデス（556-468B. C.）の言葉。
3）18世紀のイギリスでどのような姉妹芸術論が展開されたかについては、相澤照明氏の論考が大いに役立った。

参考文献

Charles Altieri, *Painterly Abstraction on Modernist American Poetry*. Cambridge: Cambridge UP, 1989

Deborah Schnitzer, *The Pictorial in Modernist Fiction from Stephen Crane to Ernest Hemingway*. Ann Arbor: UMI, 1988.

Gollin, Rita K., and John L. Idol, Jr. *Prophetic Pictures: Nathaniel Hawthorne's Knowledge and Use of the Visual Arts*. Westport, CT: Greenwood, 1991.

Halter, Peter. *The Revolution in the Visual Arts and the Poetry of William Carlos Williams*. Cambridge: Cambridge UP, 1994.

James, Henry. *The Art of Fiction and Other Essays*. Oxford: Oxford UP, 1948.

Robillard, Douglas. *Melville and the Visual Arts: Ionian Form, Venetian Tint*. Kent: Kent State UP, 1997.

Ross, Lillian. "How Do You Like It Now, Gentlemen?" *Collection of Critical Essays*. Ed. Robert P. Weeks. Englewood Cliffs, N.J: Prentice, 1965.

Stein, Gertrude. *Picasso*. 1939. London: Botsford, 1946.

Still, Geoffrey M., and Roberta K. Tarbell, eds., *Walt Whitman and the Visual Arts*. New Brunswick: Rutgers UP, 1992.

Tintner, Adeline. *Henry James and the Lust of the Eyes: Thirteen Artists in His Work*. Baton Rouge: Louisianna State UP, 1993.

Wendy Steiner, *The Colors of Rhetoric: Problems in the Relation between Modern Literature and Painting*. Chicago: U of Chicago P, 1982.

相澤照明 「*ut pictura poesis* から *ut musica poesis* へ―イギリスの諸芸術比較論における〈描写〉と〈表現〉をめぐって―」『作品概念の史的展開に関する研究』研究代表者 佐々木健一, 平成7・8・9年度科学研究費補助金研究成果報告書, 1998.
櫻庭信之『イギリスの小説と絵画』大修館書店 1983.
松村昌家『ヴィクトリア朝の文学と絵画』世界思想社 1993.
山川鴻三『イギリス小説とヨーロッパ絵画』研究社 1987.
レッシング、ゴットホルト『ラオコオン―絵画と文学との限界について』斉藤栄治訳 岩波書店 1969.

アメリカ文学と絵画

目　次

序　　文…………………………………… 早　瀬　博　範… *iii*

第1章　メルヴィルの反アメリカン・ピクチャレスク
　　　　──「リップ・ヴァン・ウィンクルのライラック」論──
　　　　………………………………… 大　島　由起子… *3*

第2章　ホーソーンの『大理石の牧神』における
　　　　二枚の絵画をめぐって …… 向　井　久美子… *25*

第3章　ストレザーの見る絵
　　　　──『使者たち』におけるジェイムズの絵画的手法──
　　　　………………………………… 後　川　知　美… *53*

第4章　キュービズムとガートルード・スタインの
　　　　「緑色のゲーム」に見られる視覚と技法の相関関係
　　　　… デボラ・シュニッツァー（翻訳　早瀬博範）… *79*

第5章　カーロス・ウィリアムズにおける絵画的手法
　　　　………………………………… 樋　渡　真理子… *123*

第6章　ヘミングウェイの散文における
　　　　キュービズム的構造 ……… 光　冨　省　吾… *163*

第7章　キュービストとしてのフォークナー
　　　　　…………………………………… 早　瀬　博　範… *185*

第8章　ジャック・ケルアックとジャクソン・ポロック
　　　　の即興的手法と作品構造について
　　　　　…………………………………… 光　冨　省　吾… *215*

索　　引……………………………………………………… *235*
執筆者一覧

アメリカ文学と絵画

第1章

メルヴィルの反アメリカン・ピクチャレスク
――「リップ・ヴァン・ウィンクルのライラック」論――

大　島　由起子

序

　20世紀末のハーマン・メルヴィル研究者にとって美学は格好のほぼ未踏の研究領域であるという1986年のシャーリー・M・デトラフの予言は的中して（Dettlaff 625)、おびただしい美学研究が産まれ、晩年のメルヴィルが美学に熱中していたことも詳しく知られるようになった。しかし、イデオロギーについては見逃されてきたために、この分野の研究は多大な成果にもかかわらず、ともすれば晩年のメルヴィルが静謐な審美世界に逃げ込んだかの印象も与えてはいないだろうか。[1] 本稿では芸術が合衆国批判に用いられた一例を、反アメリカン・ピクチャレスクとしてのピクチャレスク美学を介して検討することで、晩年のメルヴィルの姿勢を探りたい。
　アメリカン・ピクチャレスクと呼称されることになる美学概念を、ハーマン・メルヴィル（1819-1891）は、その文化的土壌に遡って作品化した――「リップ・ヴァン・ウィンクルのライラック」[2] ("Rip Van Winkle's Lilac" 以下「ライッラック」と略記）でである。この短編は、一

旦は作者の死の1年半ほど前の1890年に『雑草と野性植物』(*Weeds and Wildings*) に幾編かの詩とともに集められたものの、結局1922年に死後出版となった。そのためもあって注目されることも少なかったのだが、私は「ライラック」にはメルヴィルの諸作品の中でも、アメリカン・ピクチャレスクへの最も峻烈な攻撃がこめられており、最晩年の彼の心境を窺う手掛かりとなると考える。(アメリカン・ピクチャレスクと同義の用語にアメリカン・サブライムがあるが、本稿ではアメリカン・ピクチャレスクで統一させて頂く。)

1. 作品背景[3]
――1825年の風景発見

独立を果たした頃、合衆国の国民は、入植以来、駆逐すべき悪の領域とみなしてきた広大無辺の北米の自然を、無限に繁栄してゆくであろう国家の未来像とみなすようになった。絵画ではハドソン・リヴァー派が、アメリカン・ピクチャレスクをその概念やスタイルの特徴とし、トマス・コール、アッシャー・B・デュランド、フレデリック・E・チャーチを代表とした、1825年から南北戦争期まで隆盛した合衆国初の風景画派である。[4] ノバックの指摘のように、この画派はナショナリズムを特徴とするという解釈が定説となっている――「アメリカの自然の豊穣さは、選民に対する神の祝福だと広く信じられた。19世紀の自然信仰は国際的現象であったにせよ、アメリカで最も国粋的な様相を呈した」(Novak 16-17)。

「ライラック」の舞台となるハドソン河上流のキャッツキルについて述べる前に、まず、国民の精神の拠り所の様相を呈したナイアガラ瀑布をみてゆく (McKinsey)。17世紀末にフランス人探検家に「発見」されるまでは、一般白人には知られていなかった、ヨーロッパのどの

滝よりも格段に壮大な瀑布である。ナイアガラは、そこで神の栄光と国家の繁栄を感じ取るように細かに教示した1825年からの40年間で千以上にのぼるという詩やガイドブックによって、1830年代に国家の繁栄を約束する声高の託宣にされていく。

この自然観変容は、ナサニエル・ホーソーンの短編「私のナイアガラ探訪」（1835）やハドソン・リヴァー派の始祖トマス・コールの詩にも刻印されている。「私ほど熱狂的にナイアガラに巡礼した者はいない」（55）というホーソーンの主人公であるが、実際に瀑布を目にしても、期待過剰が仇となって感動できない。すると彼は自分を責め、先入観なしに滝に接したかったと残念がる――「私は眼も眩む崖、荒れ狂い泡となって空から大洋が崩れ落ちるといったヴィジョンに憑かれてここに詣でた。だが、現実の自然は上品で穏やかで淡泊すぎて、そんなものは実現してはくれない。私は先入観を現実に当てはめようとやっきになった挙句、無駄だと悟って絶望した。」（284）しかし、幾夜かにわたって瀑布の轟音を聞き続けるうちに、彼には新たな感情が喚起され、最終日には、観光スポットのテーブル・ロックからカタルシスを味わいながら瀑布を見下せるまでになる。

瀑布に接してまずは感動できない己の非力を責め、かろうじて感動を得るという、滑稽ともいえるこの過程は、トマス・コール（1801-48）が、初めてナイアガラに接した時の反応をなぞる。そもそもはこの画派が打ち出した、感動しなくてはならないという脅迫観念に本人が苦しむことになるわけで、不自由さは倍加する。コールの風景画が、単に美しい景色を描いたものではなく、アメリカン・ピクチャレスクと呼ばれる一因は、彼自身が、エッセイや詩作をとおして愛国的メッセージを表明したからである。例えば「ナイアガラ」という詩でコールは、何世紀にもわたって野獣や「蛮人」以外には見られることのなかった瀑布が、「いまや進取的な崇高（an enterprise sublime）が／輝く

西への大門の／閂を引き抜いた／あふれんばかりの豊穣の最中に／現れ出で給うは、王座にいます汝／その姿や　未開にあって壮厳」(50-51) と、栄光に満ちた瀑布が白人の前に現れる様を演出する。「進取的な崇高」が未開を駆逐して、西へ向かう合衆国国民の進取の気性と直結されているために、後の「明白な天命」と同根であることが見てとれる。この詩を想起すれば、コールの絵『カナダ側から見たホースシュー滝』(1829-30)【図－1】や『ゴート島から見たホースシュー滝』(1830代) などの、せっかくの景観を損なうように見えかねない対岸の建物も、文明が入りこんだ証左として積極的に描き込まれたことがわかる。コールはエッセイで、「何も建っていないハドソン河流域に教会や塔、ドームなど、あらゆるピクチャレスクで壮大な建築物」が林立することを期待した。コールのあまりに有名な『オックスボウ』(1836) と呼称される絵は、ホリヨーク山頂からの眺望で、前景には崖とそこに残ったピクチャレスクな木を、中景には蛇行する川沿いに広がる農地を、後景には崇高な山並みを配した。暗い縁を隈取って中景の耕地だけに当たる陽光が、文明の広がりを祝福すると解釈されることが多い。この絵についての「パノプティコン的サブライム」の解釈に限らず (Wallach)、眺望は所有欲と連関するというのが、近年の風景論でつとに指摘されるところである。コールが急ピッチな自然破壊を懸念し始めるのは後のことにすぎないこと[5]からも、大自然の美しさを描いたといっても、この画派が原始崇拝とは無縁である点に留意したい。

　同じ画派のコールより後の代表者フレデリック・E・チャーチは、コールの複雑さは兼ね備えてはおらず、一貫して「極端に愛国的」(Hughes 163) であった。彼が南米を描いた有名な『アンデスの中核』(1859)【図－2】で、絵の中ほどの人物が木で作った簡単な十字架にぬかずいていることは、南米の大自然の中にもキリスト教が入り込んだ

第 1 章　メルヴィルの反アメリカン・ピクチャレスク

ことを表わしている。この絵は、両側には重いカーテンをつけ、上には初代大統領三人の肖像画を掲げた型で劇的に展示された。ヒューズは、このようにピクチャー・ウィンドウを枠組みにする展示方法は「南米を合衆国の裏庭として所有することを示唆する、植民地的サブライム」であると解釈したが、妥当であろう（161）。この画派の絵が、いかに愛国的に受容されたかを物語るエピソードといえる。

　修業時代にトーマス・ドーティの作品に感銘を受けたコールは、1825年から翌年にかけて、これまでドーティ以外には芸術の対象としてはみなす人もいなかったキャッツキルの深山幽谷をひたすら歩きまわった。ヨーロッパの美学を包摂し、宗教性も盛り込めないかと模索していたのである。そして憑かれたように、『キャッツキルの滝』（1826）、『キャッツキルにて』（1827）、『ハドソン河畔の晴れた朝』（1827）『キャッツキルからの眺望──初秋』（1837）、『キャッツキルの河』（1843）などの代表作を産み出していった。同じ1825年にマウンテンハウスという高級ホテルが山頂に建てられたホリヨークも同山系にあり、折しもこういった山や瀑布に人々が押し寄せていた時期でもあった。よって、コールは時代の産物かつ先導者といった観がある。また、有名な絵でこそないが、この時期に彼は英雄的西部開拓者ブーンを『大オセジ湖畔のダニエル・ブーンと彼の小屋』（1826）【図－3】で描いた。この絵は、西部への道オレゴン・トレイルが出来て、大規模な西部への移住たけなわの1852年の、ジョージ・ケイレブ・ビンガムの、こちらはあまりにも有名な絵『ダニエル・ブーン一家の移住』【図－4】に直結してゆく、拡張主義的含蓄を帯びる。

　1825年というと、独立戦争の劇的舞台となったバンカー・ヒルの碑でダニエル・ウェブスターが愛国的な演説をしたことも想起される。翌年に、社会の発展に貢献することを原理として国立デザイン学院が設立され、コールをはじめとする、ヨーロッパからの文化的自立を模

索していた若い表現者たち30人が、この学院設立の立役者ウィリアム・カレン・ブライアントを介して交流をもった。ブライアントの詩の大半でさえ、後の「アメリカン・ルネッサンス」期と比べると、ヨーロッパを引きずっていると映るが、ブライアントは、生涯続けることになる森の散策をとおして、早くから神の創造物である自然の治癒力、人間とのコミュニオンといった主題を示し、1820年代半ばから半世紀以上にわたって国民文化形成に尽力した (Pinto)。翌26年にコールはアメリカン・ピクチャレスクを繰り出す作家ジェームズ・フェニモア・クーパーと知遇を得ると、早速その翌年にはクーパーの『モヒカン族最後の者』(*The Last of the Mohicans*) を絵画化した。おそらくコール以上に忠実にブライアントの詩の絵画化に専念した、同時期のデュランドは、後にブライアント70歳の誕生日を祝い、『近しき魂』(1864) でキャッツキルの崖淵で談笑中の、昔日のブライアントとコールを描いた。

　メルヴィルは、彼が小説を発表していた文芸雑誌『文学界』の編集者であり、アメリカン・アート・ユニオンの役員でもあったエバート・A・ダイキンクの紹介で、1847年のオープニング・ガラでブライアントやコールに紹介されている。『文学界』はアート・ユニオンとの結びつきが深く、展示会の広告を出したり、出品作品の評論を載せることも多かったこともあって、メルヴィルはアート・ユニオンの活動に詳しかったと想定できる。メルヴィルの「ライラック」を収めた『雑草と野性植物』創作の契機にしてからが、ブライアントが序文を書いた『ピクチャレスク・アメリカ』(1876) への彼なりの皮肉な返答であったのではないだろうか。

　以上、ジャンル横断的に触発しあった芸術家の群像に触れることで、愛国的美意識萌芽の期が、いかに熟していたかを概観した。ノヴァックは、この時代に「社会に役立つ」風景画家の社会的地位が高まったことを、こう指摘している。

第 1 章　メルヴィルの反アメリカン・ピクチャレスク

　サブライムは宗教的、道徳的で、しばしば国粋的な自然観へと吸収され、攻撃的な国土拡張のための修辞であった。ヨーロッパにおけるサブライムは紳士の領域であり、貴族的でロマン派的価値観を反映するものであった。一方、このキリスト教化された、アメリカン・ピクチャレスクと呼ばれるサブライムは、一般人に開かれていて民主的、ブルジョワ的だったので、強大な社会的影響力を持っていた。サブライムの変遷は、アメリカ人の心に風景が及ぼす力と深く関わり、風景画家の社会的地位を、社会に役立つ職業に見合う高みに昇格させた。(Novak 38)

宗教でも美学でも「役に立つ」かどうかでふるいにかけられてゆくことは、後述したい。
　ハドソン・リヴァー派の後には、ロッキー山脈派や、北東部を描き続けたものとしてはルーミニズムやフレンチ・バルビゾン派が続いた。ロッキー山脈派は画材こそ西部に移っているものの、自然礼賛といい拡張主義との結びつきといい、広義にはハドソン・リヴァー派の流れを汲むと考えられる。

2．作品論
　　——「ライラック」におけるピクチャレスク対アメリカン・ピクチャレスク

　「ライラック」を中心に論じた批評はジョン・ブライアントの「緑のトーンダウン——メルヴィルのピクチャレスク」のみである。[6]
　ブライアントは、ピクチャレスク・トラベラーが依拠する、色彩のトーンダウンを旨とする美学こそが、作品の主題かつ技法で、作家の心境投影でもあると論じた。また4部構成の作品で語り手もジャンルも移行していく「ライラック」を、ピクチャレスク的キアロスキュー

ロを実現した、実験的で「最も複雑でありながら知られていない晩年の傑作のひとつ」(Bryant 146) と、賛美した。2年後に『メルヴィルと平静さ』を出す批評家らしい平静さの強調であり、社会批判は村人を介しての清教徒批判を指摘するに止まっている。

　作品は4部構成となっている。第1部では、先行作家ワシントン・アーヴィングへの献辞と、リップ・ヴァン・ウィンクルの帰郷（アーヴィングの作品の踏襲）。第2部はピクチャレスク・トラヴェラーと村人の対決。第3部は、かつての自宅に戻ったリップが当惑した心境を歌う韻文（これもアーヴィングの作品の踏襲）。第4部は、リップの声をそのまま引く継いで語り手が歌う韻文である。つまり第2部と4部でメルヴィルは想像の翼をはためかせたことになる。本稿では作品の大半を占める第2部を中心に論じたい。

　第2部では、ボヘミアン的なピクチャレスク・トラベラーが、リップがかつて住んでいて、今は打ち捨てられたままのあばら家の玄関脇に、ライラックの花だけが咲き誇っている様子に理想美を見い出す。こうして若い画家は廃墟を描くことに余念がない。すると、ある通りすがりの村人が、そのような汚く「乞食めいた」物の代わりに、山腹にそびえる自分たちの新しい教会を描くようにと迫る。——

「そんな風に無為に過ごすなら、何か立派なもの、良いもの、神々しいものを描いたらどうだ。僕らの新しい教会を描けよ——ほら、あそこの。」こう言いつつ、村人は山肌の露出した斜面にそびえる、尖塔のある直方体の木造建築物を指した。藍く霞むキャッツキルの頂がのんびりと塔を見下ろす様は特に、山々が、自分たちに対して教会の尖塔が高さを競うつもりでもあるのかと、穏やかにいぶかしがっているようであった。(287)

第1章　メルヴィルの反アメリカン・ピクチャレスク

このように村人は、役に立つことが見つけられないなら「立派な、良い、神々しいもの」を描けとやっきになる。「神々しい」（godly）絵が「役立つ」（useful）という。芸術であれ宗教であれ役立てようというわけである。作品の時代設定はリップ・ヴァン・ウィンクルの帰還の2、3年前かつ、少なくとも後述のウェストの絵画より後、つまり18世紀末から19世紀初頭である。これはアメリカン・ピクチャレスク以前ではあるが、ここで村人にとっては風景として成立しかけている類の景は、アメリカン・ピクチャレスクと呼ばれることになる絵画の類型なのである。彼のような庶民がこの美学を要請し、コールのような画家がそれに応えるかたちで風景を発見していったことを、メルヴィルは捉えたのだ。上記引用部では、廃墟といった過去の印への嫌悪といい、画家への教条的ふるまいといい、古さを駆逐していこうとする新世界の自負が描かれる。教会の描写にあった「そびえる」（aspiring）には「大志を抱く」という上昇志向の含意もある。山が塔を、高さを「競う」（rivalry）つもりかといぶかしがるのは、この教会が大自然に抱かれてはいないことを示す。"aspiring"には前述のコールの「進取的な崇高」も想起される。ハドソン・リヴァー派のトレードマークである前景の木の切り株は、ヨーロッパ的なピクチャレスクではなく、「文明の拡張の象徴」であり、共同体の進歩を示す「進歩の『崇高な』音」としての斧の音を肯定する（Novak 164-165）。

　時代の代弁者として機能するこの村人は、相貌が「石のような眼で、日干し鱈のように灰色っぽい塩漬けにしたような顔色」（287）と、戯画的に描かれているように、視点人物である画家によって否定的に造型されている。更に村人が、聖書に登場する、地獄をもたらすという白馬にまたがった「死」になぞらえられる——「見よ。蒼白い馬であった。これに乗っている者の名は死といい、そのあとにはハデスがつき従った。彼等に地上の四分の一を剣と飢饉と死病と地上の獣によって

殺す権威が与えられた」(「黙示録」6章8節)。その延長として画家が、ベンジャミン・ウェストのファンタスマゴリックな狂気に満ちた絵画『蒼白い馬に乗った死』(1796)【図-5】を連想する。

また、村人が "hatchet faced" (287, 288) と、繰り返し表わされていることにも着目したい。「意志が強そうな」というほどの意味での「四角い顔」だろうが、文字どおりに「手斧の形の」と取ると、伐採された「裸の山の斜面」(bare hillside) と重なり、"hatchet faced" は「黙示録」の「死」からの連想とからめて、死神の持つ大鎌をも呼び込むことになる。あまりに緑豊かであったために当初は開墾困難であったハドソン高地にも、この村人に象徴される手斧が切り込んだのだ。斧がもたらす未来を、画家は夢魔的に幻視したのである。有益さを最優先して自然を破壊すれば、理想とする景観自体が失われかねないという、危うさの上にアメリカン・ピクチャレスクが成立していることも忘れてはならない。皮肉にも、実際にそれが後期のコールの嘆きとなった。

「そうだ、あれを描け。ちょうどいいタイミングだ。ペンキ塗りたてだからな。なんて真っ白じゃないか!」(287) と、村人に言われた画家は、装飾を排した直方体の教会を一瞥しただけで、「死骸みたいだ!」と、震えながら眼を逸らす。そしてアポロの光に輝く、最盛期のアッティカの寺院を幻視したりして、異教的な夢に彼は我を忘れる。強烈な原色はピクチャレスクの理論家ウィリアム・ギルピンも批判する色であった。画材のみならずキャンバスの物理的な大きさや積極的なメッセージ発信において、鑑賞者を威圧するハドソン・リヴァー派の特徴も想起すると、画家の「ここの緑は抑え気味にしないと!」(289) という独り言は納得される。自己の内面世界に安息したいこの画家も、晩年のメルヴィルも、人を呑み尽くさんばかりの時代にトーンダウンを願っていたのだろう。「あくまでも君は、このみっともな

第1章　メルヴィルの反アメリカン・ピクチャレスク

い廃墟に固執するんだな」と、村人に迫られて再開される押し問答では、鷹揚にやりすごそうとしてきた画家が「そうとも、腐朽（decay）とはしばしば庭師なんだ」(288) と答える。この態度は、彼が依拠しているピクチャレスク美学の真髄を示すにとどまらず、広大な北米の土地が神が選民である自国民に与えたもうた楽園というニュアンスであった、合衆国の庭概念の問い直しとしても響く。

こうするうちに、ふと村人の口をついて出た「役たたずの放浪者」リップについての話を聞き出した画家は、密かにリップに共感を抱く。結局、相手が意のままにならないことを悟った村人が怒って去ると、画家は、何と無知な輩だったことかと、苦々しい思いを新たにする。こうして、ふたりの価値観の対照を浮き彫りにして第2部は閉じられる。画家が時代の執拗な要請に背を向けてリップに共感を覚え、なおかつ過去の象徴たる廃墟に向かい続ける以上、彼の描いているのは抗議の表白であろう。

一転して、先の場面の2、3年後に時を移した第3部では、キャッツキル山中で20年に及ぶ昏睡から覚めたリップ・ヴァン・ウィンクルの帰宅が描かれ、途方に暮れた気持ちを詠むリップの詩がペーソスたっぷりに続く。そして第4部では、リップの玄関先のライラックの花の薫が人々を魅了し、次々と挿し木され、2世代後には、リップの廃屋のあたり一帯が経済活動には無縁の花の里になっている様子が、手放しに讃えられる。死後にリップが、競争社会に疲れた人々が渇望する安息を与えることで「役に立つ」という、ひねりがきいている。そしてピクチャレスクが、この画家、そして「ピクチャレスクな再生を果たした」(290) リップ、また、リップの声をそのまま引き継いで謳う語り手、そしてリップの「ハートが花となって告白してくる」(293) 繁茂するライラック、更には『雑草と野性植物』というこの詩集の表題をつなぐ。リップの蒸発と絡んだ、自然が恐ろしい霊で満たされて

13

いるという畏怖は、人間が主体的に自然の意味を規定、利用しようとするアメリカン・ピクチャレスクとは対照的である。

このように、メルヴィルは「ライラック」では一世紀前の、ハドソン河畔に想いを馳せた。コールもブライアントも長年、そこに居を構え、アーヴィングの作品で有名でもあった、合衆国が自国の風景を卓越したものと捉える喜びに目覚めた地を舞台として、愛国的な美学を転倒させたのである。文学と絵画の切り結ぶ点としてのキャッツキルを利用したのである。[7]

次のような作品最終結部では、かつてメルヴィルの『信用詐欺師』(*The Confidence-Man*)で展開された、策略に満ちて殺伐とした人間関係の対極にある理想郷が謳い上げられている。リップの名ではこの地を命名せずに、ライラック・ランドのままにしておくというのは、探検家ヘンドリック・ハドソンの名をとったハドソン河の命名のように、土地命名が所有や名誉欲とからみやすいからでもあろう。韻文であることもあって、散文で書かれた村人と画家のぎくしゃくとした対立の部分とは違い、作者のメッセージがほとばしるように届いてくる。──

  ご覧、そこが恵みの地になった／こんもり緑に覆われた最初の楽園みたいに／貧乏な役たたずのリップのお陰で！／／彼の名で、この地を命名したらと考える人もいる──／でも、だめだ──花にこそ名誉あれ。／馬上の人が、かしいだ道標を見る／ライラック・ランドへの──何マイルも続く緑。／／魔法の小道を馬で出かけてごらん、／ああ、読者よ、すてきな六月に／リップのことを夢見ると、たずなも緩む、／そこでは彼のハートが花となって告白してくる。／──ああ、厳格な人よ、まあ、ゆっくりやりな！って／ねっ、人が人に策略をめぐらしたりしないと／自然の恵みが授けられるのさ──天に祝福あれ！ (293)

第1章　メルヴィルの反アメリカン・ピクチャレスク

花にむせかえる自然界の豊穣と、そこに集ってくる人々。我々読者もしばし、ゆったりとした世界に放たれ、桃源郷ならぬライラック郷に心遊ぶ想いがする。この天を祝福する祝祭的終結に至っては、メルヴィルの作品だとは信じ難く、我々は作者が最晩年にこういった明朗な心境に到したことに、どこか安堵して、ともすれば他愛もない小品と断じて読了しそうになる。だが本稿で素描した、美学を介しての批判精神に思い至ると、一転して、作品が含む毒に気が付く。このように「ライラック」は小粒ながらも、ひいては難解をもってなる遺作『ビリー・バッド』解釈にあたっても無視できない射程の長さを秘めているのではないだろうか。

　メルヴィルが1863年から亡くなるまで30年近く住んだニューヨーク市の東26丁目104番地の家は、23丁目と4番街の角にあった前述の国立デザイン学院に近く、彼はアメリカン・ピクチャレスク関係の絵画に接する機会には事欠かなかったはずである。メルヴィルは何百枚もの絵画の複製画を収集していた（Wallace）。それにもかかわらず晩年のメルヴィルが、自国の作品はほとんど持っていなかった（少なくとも残っていない［Robillard 28］）奇妙さには、自国を席巻した美学に対する、間接的ながらも痛烈な批判精神が潜むように思えてならない。ひるがえると、『雑草と野性植物』における現実離れしたようなヨーロッパ色の濃厚さも、メルヴィルが一世紀以上にわたって国家拡張に忙しかった合衆国の慌ただしさに背を向け続けた、姿勢の揺るぎのなさを垣間見せてくれる。

注

1) Frank、Sten、Dillingham、Robillard いずれも、晩年のメルヴィルにとっての芸術をイデオロギーとは無関係に論じている。晩年にも芸術と合衆国批判が結び付く瞬間があったというのが、本稿の趣旨である。メルヴィルは晩年の別の詩集『ティモレオン』(*Timoleon*) を同国人の画家エリフ・ヴェダーに捧げている。イデオロギー的アプローチの可能性は、メルヴィルの『戦争詩集』(*Battle-Pieces and Aspects of the War*) 所収のヴェダーの絵画『元奴隷ジェーン・ジャクソン』を基にして書かれた詩「元奴隷」についてであろう。しかし全般的にはヴェダーのは前ラファエル派の神秘的かつ幻想的な作風であり、とりたててアメリカ的なところはない。また、『戦争詩集』は中期の作品である。
2) 本稿での「ライラック」の引用訳は全て大島 訳。『リップ・ヴァン・ウィンクルのライラック』試訳」による。
3) リュークは、ピクチャレスク・ツアー流行に対する19世紀の諸作家の中でのメルヴィルの特殊性を指摘した (191-193)。この主題に先鞭をつけたムアが、作家の資質に肉薄した点で未だに超えられていないのではないだろうか。いずれも「ライラック」は扱ってはいないが、筆者はこの二冊から大いに示唆を得た。また、「ライラック」ではピクチャレスクを反アメリカン・ピクチャレスクの武器として用いるメルヴィルであるが、他作品ではむしろその逆である点も興味深い。拙論「メルヴィルとピクチャレスク」参照。
4) アメリカン・ピクチャレスクについては、1998年10月号の『英語青年』の「アメリカン・ルネッサンスと視覚芸術」特集； Sweet; Wilmerding 76-82; O'Brien; Brown 321-341; Taylon 95-131; Novak 101-200; Myers; Wallach; Hughes 137-166; Lubia 106-157 を参照。
5) 初期のコールを扱った本論では、後のコールに顕在化した複雑さに触れる余裕はなかった。Miller は、コールが国家のアイデンティティの象徴として風景画を描いたという定説を、彼の変化を論じることで読み直そうとした。しかしミラーの論考にしても、コール本人の保守化に限れば正論だが、相変わらず当時の大衆や美術評論家が抱いたコー

ル像は時代のイデオローグとしての彼でしかなかったことを確認させる。
6) ブライアントの論考を除く先行論考は、いずれも「ライラック」に軽く触れる程度にすぎない。たとえばリップの結婚生活忌避に触れた Fiedler 342、村人と黙示録との関連に触れた Wright 31-32、メルヴィルの「私と私の煙突」のピクチャレスクと比較した酒本335-359、村人の清教徒的な側面に触れた Shurr 193-195。いずれも本稿とは別の角度から論じている。
7) アメリカ人にピクチャレスクを啓蒙するためのアーヴィングのエッセイ「キャッツキル山脈」(1852) をメルヴィルが読んでいた可能性は高い (野間16-20)。

参考文献

Brown, Milton W. *American Art to 1900: Painting, Sculpture, Architecture*. New York: Abrams, 1977.

Bryant, John. *Melville and Repose: The Rhetoric of Humor in the American Renaissance*. New York: Oxford UP, 1993.

———. "Toning Down the Green: Melville's Picturesque." Sten 145-161.

Cole, Thomas. "Niagara." II. 41-9. McKinsey 210.

———. "Essay on American Scenery." [1835] McKinsey 191.

Dellingham, William B. *Melville and His Circle: The Last Years*. Athens, Georgia: U of Georgia P, 1996.

Dettlaff, Shieley M. "Melville's Aesthetics." *A Companion to Melville Studies*. Ed. John Bryant. New York: Greenwood, 1986. 625-665.

Fiedler, Leslie A. *Love and Death in the American Novel*. 1960. New York: Dell, 1966.

Frank, Stuart M. *Herman Melville's Picture Gallery*. Fairhaven, Ma: Lefkowicz, 1986.

Hawthorne, Nathaniel. "My Visit to Niagara." *Hawthorne's American*

Travel Sketches. Eds. Alfred Weber, Beth L. Lueck, and Dennis Berthold. Hanover: UP of New England, 1989. 55-61.

Hughes, Robert. *American Visions: The Epic History of Art in America.* New York: Knopf, 1997.

Lubia, David M. *Picturing a Nation: Art and Social Change in Nineteenth Century America.* New Haven: Yale UP, 1994.

Lueck, Beth L. *American Writers and the Picturesque Tour: The Search for National Identity, 1790-1860.* New York: Garland, 1997.

McKinsey, Elizabeth. *Niagara Falls: Icon of the American Sublime.* London: Cambridge UP, 1985.

Melville, Herman. "Rip Van Winkle's Lilac." *Collected Poems of Herman Melville.* Chicago: Hendricks, 1947. 281-293.

Miller, David C. "Thomas Cole and Jacksonian America." Miller 59-76.

Miller, David C., ed. *American Iconology: New Approaches to Nineteenth-Century Art and Literature.* New Haven: Yale UP, 1993.

Moore, Richard S. *That Cunning Alphabet: Melville's Aesthetics of Nature.* Amsterdam: Rodopi, 1982.

Myers, Kenneth John. "On the Cultural Construction of Landscape Experience: Contact to 1830. " Miller 58-79.

Novak, Barbara. *Nature and Culture: American Landscape and Painting 1825-1875.* New York: Oxford UP, 1980.

O'Brien, Raymond J. *American Sublime: Landscape and Scenery of the Lower Hudson Valley.* New York: Columbia UP, 1981.

Pease, Donald E. *Visionary Compacts: American Renaissance Writings in Cultural Context.* Madison: U of Wisconsin P, 1987.

Pinto, Holly Joan. *William Cullen Bryant and the Hudson River School of Landscape Painting.* New York: Nassau County Museum of Fine Art, 1981.

Robillard, Douglas. *Melville and the Visual Arts: Ionian Form, Venetian Tint.* Kent, Ohio: Kent State UP, 1997.

Shurr, William H. *The Mystery of Iniquity: Melville as Poet, 1857-1891.*

Lexington, Kentucky: U of Kentucky P, 1972.

Sten, Christopher, ed. *Savage Eye: Melville and the Visual Arts*. Kent, Ohio: Kent State UP, 1991.

Sweet, Frederick A. *The Hudson River School and the Early American Landscape Tradition*. New York: Whitney Museum of American Art, 1945.

Taylor, Joshua C. *America as Art*. New York: Harper, 1976.

Wallace, Robert K. "Melville's Prints and Engravings at the Berkshire Athenaeum." *Essays in Arts and Sciences* 15 (1986): 59-90.

Wallach, Allan. "Making a Picture of the View from Mount Holyoke." Miller 80-91.

Wilmerding, John. *American Art*. London: Penguin, 1976.

Wright, Nathalia. *Melville's Use of the Bible*. 1949. New York: Octagon, 1980.

伊藤詔子「ハドソンリバー派とソローのウィルダネスの詩学」『英語青年』1998年10月号, 11—15.

大島由起子「メルヴィルとピクチャレスク——*Pierre* を中心に」『中・四国アメリカ文学研究』第27号1991年, 11-15.

——.「『リップ・ヴァン・ウィンクルのライラック』試訳」『福岡大学人文論叢』第31巻第1号, 1999年, 545-554.

酒本雅之『砂漠の海——メルヴィルを読む』研究社 1985.

島田太郎「メルヴィルとピクチュアレスク」『英語青年』1998年10月号, 24-27.

巽孝之 「アメリカ・ルネッサンスと視覚芸術」『英語青年』1998年10月号, 2-5.

野田研一「エマソン的＜視＞の問題——『自然』(1836年) 再読」『英語青年』1998年10月号, 6-10.

野間正二『読みの快楽——メルヴィルの全短編を読む』国書刊行会 1999.

八木敏雄「E・A・ポーとトマス・コール——コンポジションの哲学と政治学」『英語青年』1998年10月号, 20-23.

図-1　コール『カナダ側から見たホースシュー滝』
（1829-30年　クランブルック美術アカデミー）

第1章　メルヴィルの反アメリカン・ピクチャレスク

図－2　チャーチ『アンデスの中核』
（1859年　ニューヨーク歴史協会）

図-3　コール『大オセジ湖畔のダニエル・ブーンと彼の小屋』
（1826年　アマースト・カレッジ、ミード美術館）

第1章　メルヴィルの反アメリカン・ピクチャレスク

図-4　ビンガム『ダニエル・ブーン一家の移住』
（1852年　セントルイス、ミズーリ歴史協会）

図-5　ウエスト『蒼白い馬に乗った死』
（1796年　デトロイト美術協会）

第2章

ホーソーンの『大理石の牧神』における
二枚の絵画をめぐって

向　井　久美子

序

　ナサニエル・ホーソーンが、ヨーロッパにおけるグランド・ツアーとも呼ぶべき、数々の芸術作品との出会いによる一種のイニシエーション的体験を経て、8年ぶりに晩年の大作『大理石の牧神』(*The Marble Faun*, 1860) を執筆するに至ったという推察は、かなり事実に近いと思われる。このロマンスには、実在の名所旧跡や芸術作品などが無数にちりばめられており、彼自身の執筆メモ兼旅行日記に重複して言及されているものが非常に多く、[1] これまでのアレゴリカルでシンボリックな作風とは異なり、リアリズム色の濃い作品という特徴が認められる。また、ヘンリー・ジェイムズがヨーロッパにおける芸術的経験の浅さと美的センスの欠如などを指摘しているように、[2] 芸術作品に対するホーソーンの洗練さや審美眼に、全く疑問を差し挟む余地がないとは言い切れない。領事の職でリバプールへ赴任する前は、実物を鑑賞するという形で触れることのできたヨーロッパの芸術作品は、土地柄、限りがあったと考えられ、直接、画家や彫刻家と芸術談義を交わすといった機会もそれほど多くはなかったかもしれない。

しかし、ホーソーンが、イタリアの芸術や中世の歴史に興味があって、それらに関連した書物をかなり読んでいたことや、[3] 妻ソフィアの模写作品やオリジナルの絵画が、オールストン（Washington Allston）やドーティ（Thomas Doughty）、そしてボストンの美術愛好家に評価されたり、夫妻でイタリア旅行を長年楽しみにしていたことなどから、[4] 彼女やその画家仲間を通して、当時のアメリカ人としては、機会に恵まれ造詣も深かった方であると推察される。こうした芸術的周辺の影響によって、ホーソーンの絵画の嗜好は写実的な風景画を主体とした具象画へと傾いていったように思われ、[5] 中でも、美しく淡いぼかしの優美さを兼備した作風のターナー（J. M. W. Turner）は、彼のお気に入りであったという。[6]

　19世紀のアメリカ絵画は、それまでの味気ない肖像画や歴史画などからは多少の広がりを見せ始め、ターナーやコンスタブル（John Constable）などのイギリス風景画を手本とした、ハドソン・リヴァー派が主流となっていた。[7] コール（Thomas Cole）やデュランド（Asher B. Durand）によって、アメリカ的なロマン主義の理想や、牧歌的で叙情的な自然讃歌のイメージが、まさに「ピクチャレスク」と呼ばれる風景描写の中に、本格的に表現されることになっていたのである。[8] 従って、同時代の芸術家たちと同様に、アメリカにおける画題の不足を嘆きながらも、[9] 特定の宗教を懇意にするような宗教画や、裸体などのエロティシズムが強く描出された人物画などではなく、ピューリタニズムの影響下にある家庭の居間に飾るにふさわしい、節度ある絵画を好み、またそういった芸術作品にホーソーンは囲まれていたと考えられる。

　『大理石の牧神』に登場するヒロインの一人ヒルダ（Hilda）は、まさに妻ソフィアの一部をそのまま受け継いで描かれたようなニューイングランドの女性芸術家である。オリジナルの創作画家として身を立

第2章　ホーソーンの『大理石の牧神』における二枚の絵画をめぐって

てることを自ら放棄し、模写画家として非凡な才能を持て余しながら、異国の地で苦悩しながら生きている。彼女は純真無垢な鳩のイメージで終始強調され、本文に数回登場する宗教画『大天使聖ミカエル』(*The Archangel Saint Michael*, 1635)【図−1】の聖ミカエルとも、かなり近いイメージを持っていると考えられる。

　もう一人のヒロイン、ミリアム (Miriam Schaefer) は、一応、油彩画家として生活しているものの、正体や素性がはっきりしておらず、しかもヒルダ以上にイノセントとも思われるドナテロ (Donatello, the Count of Monte Beni) を、意図的ではないにせよ、結果的には殺人犯におとしめてしまうダーク・レディとして描かれる。また、ヒルダによって模写された『ベアトリーチェ・チェンチ』(*Beatrice Cenci*, 16??)【図−2】という人物画は、本文で何度も言及され、ミリアムとの深い関わりが示唆される。さらに、聖書に登場するイヴ、モーセの姉で同名のミリアム、カナン人の指導者シセラを殺害した妻のヤエル、アッシリアの将軍ホロフェンスの首を斬ってユダヤ人を救った寡婦ユーディットなどとの類似点も取り上げられ、作品全体に重厚で劇的なイメージを与える要素の一つにもなっている。[10]

　この二枚の絵画を描いたのは、当初はどちらもボローニャ出身のバロック画家グイド・レーニ (Guido Reni) とされていたが、現在では『ベアトリーチェ・チェンチ』の方は、レーニの作ではなく作者不詳とされている。[11] ホーソーンは、数あるイタリアン・ルネッサンス期の巨匠の中で、レーニの描いたような、光と影のイメージを巧みに使用した優美な絵画を好んでおり、加えて、聖ミカエルとベアトリーチェ・チェンチの背後にあるドラマ性にも強い魅力を感じて、これらの絵画を用いたと思われる。この小説におけるベアトリーチェの役割については、これまで多くの批評家によって、絵画や人物のイメージと罪に関する言及を中心に、ミリアムとの関わりで論じられてきた。[12]

しかしながら、絵画とヒロインとの関係を中心に論じたものにおいても、ベアトリーチェの肖像画と二人のヒロインとの類似等を指摘するにとどまっている。[13] 少し異なった角度からは、ミリアムとベアトリーチェとの同一性を論じた後に、「ヒルダまでもがほとんどベアトリーチェ・チェンチになってしまっている」(Nattermann 54) や、「ベアトリーチェは、大天使聖ミカエルが擬人化されたものである」(Mitchell 5) といった仮説的な意見も出ている。このように、二人のヒロインと二枚の絵画に関する議論は、『大理石の牧神』という作品そのものの深い理解へと展開するものだと考えられる。従って、本論では、これらの有機的な考察によって浮き彫りにされる、晩年のホーソーンの価値観やヒロインたちに投影された芸術観などを考察し、それらが、当時の作家としては、鋭敏な感受性やユニークな美意識を備えていたことを論証してゆきたいと思う。

1．『大天使聖ミカエル』

　ホーソーンは、フィレンツェのピッティ美術館で、ラファエロ (Raphael Sanzio) の代表作の一つ『小椅子の聖母子』(*The Madonna of the Chair*, 1514) を写している一人の模写画家に出会う。この模写作品の持つ「奇跡」に魅せられて、「絵画芸術はその様式において、詩やその他の美を発展させる芸術形態に比べて、魔法よりももっとすばらしい測り知れないことを成し得るのだ」(XIV, 306) と感動する。またローマでは、マリア・ルイーザ・ランダー (Maria Louisa Lander) というセイラム出身の彫刻家との出会いがあり、彼女の性格の一部がヒルダに投影されたとも考えられている。[14] 19世紀末頃までは、芸術作品の関係者は、パトロンも含めてほとんどが男性で、個人私有の絵画のコレクションは、男性（しかもごく一部の）にしか公開されていなかったた

め、[15] 女性が芸術家として身を立てることは、あらゆる意味で困難をきわめていたと考えられる。従ってヒルダの場合は、イタリアへ渡る遺産を残してくれた父親が、芸術などの情操教育に理解があったと推察される。[16]

当時の絵画は、高度な技術や高尚な思想を必要とする宗教画からレベル順に、歴史画、肖像画、風景画、風俗画、そして静物画とジャンル別にランクづけされており、女性にはヌードのデッサンは禁止という差別もあった。[17] ヒルダが模写していたラファエロやレーニの絵画は、宗教、歴史、神話などのテーマがほとんどであったが、プロテスタントの彼女が、キリスト教の中でも厳密にカトリック教の図像学や知識等を習得していたと考えることは難しく、[18] 差別的なハンディや悪条件を克服して、独自の霊的とも言える感性で模写を行っていたのだろう。圧倒されるような迫力のイタリア芸術を、初めて目にした時のヒルダのとまどいや動揺は、ホーソーン自身のそれらの投影であるとも考えられ、努力だけでは縮めることのできない巨匠との大差を、霊的な能力を持つ模写画家という曖昧な形で彼女に切り抜けさせたのも、ヨーロッパ芸術に対してコンプレックスを感じざるを得ない自国の文化に対する、彼の憐憫の情のようなものの結果からだったのかもしれない。

『大天使聖ミカエル』には、下半身は竜で上半身は人間の姿をした悪魔を退治している武勇の天使が描かれている、典型的なカトリックの宗教画である。聖ミカエルは、キリストの最後の審判において、天秤で人間の魂の重さを計るという、その優しい容貌とはかけ離れた厳格な役割を持っている。ミカエルと悪魔というモチーフは、当時の絵画の主たる宗教テーマの一つで、諸作家による多数のものが存在し、ラファエロやロット (Lorenzo Lotto) など、[19] 一作家が数作も描いているような場合も少なくない。「ラファエロ風の (Raphaelesque)」と

形容されているこのレーニの『大天使聖ミカエル』を、[20] 実際にローマで鑑賞した時に、ホーソーンは、モザイクのコピー作品と比較しながら、オリジナルの絵画作品のすばらしさを、以下のように述べている。

　　一般的な効果に関しては、モザイクのコピー作品もオリジナルの絵画作品と、ほとんど、あるいは全くといって良いほど遜色はないのだが、それでもやはり、オリジナルの絵画の大天使の顔には、模写作品をはるかに越える美しさがある。その表情には、たとえ罪を和らげたり戒めたりしようとする目的であったとしても、その罪との接触によって引き起こされた、神々しい厳格さと、かなりの苦痛、困難、嫌悪が認められる。その模写作品には、原作では見つけられないような、細部にまでこだわりをもって描かれている特徴が認められる。このモザイク画の天使は、天国にいる気取り屋といった様子で、サンダルを履いて、その足で優美に悪魔を踏みつけている。あたかも悪魔に触れると、足の汚れるのが心配であるかのように。(XIV, 521)

模写作品よりもオリジナルの方が素晴らしいというのは、ごく当然のことであるが、その事実を踏まえた上で、モザイク画の印象を付け加えている。レーニの絵画に登場する人物は、一部の悪玉を除いて、性別を問わず、ほとんどが、いわゆる「可愛らしい」顔立ちをしており、ここでもリアリズムより美しく幻想的なロマンティシズムの方が強く感じられる。しかし、極端に人間嫌いのレーニが、そういった柔和なイメージで表現しているのは、意外性があり興味深い。[21]　このモザイク画には、天使のように暖かく包み込むような優美さと、悪に対する激しい憎悪といった両極端の性質が認められるが、これは、ヒルダとの重要な共通点の一つであり、芸術への情熱と、この世の堕落や腐

第 2 章　ホーソーンの『大理石の牧神』における二枚の絵画をめぐって

敗への嫌悪などといった、レーニ自身の中においても葛藤する激情が投影されているとも考えられる。

　『大理石の牧神』において、レーニのオリジナルの『大天使聖ミカエル』についての言及は、まず、ケニヨン（Kenyon）の何気ない一言から始まる。悪名高いパンフィーリ枢機卿（Cardinal Pamfili）をモデルに描いたとされる悪魔の顔が、[22] ミリアムの油絵のモデルをしていた謎のカプチン僧に似ている、と指摘するのである。そして、ミリアムは『大天使聖ミカエル』について、あまりにリアリズム性が希薄で、悪魔との戦いなど絶対になされていないと思われるほど、きれいごとばかりで描かれ、平面的すぎると批判する。カプチン教会に掲げられている『大天使聖ミカエル』を実際に見ながら、次のようにミリアムは皮肉まじりに発言する。

　「何て美しい姿なんでしょう。翼は乱れていないし、剣は新品のようで、ぴかぴかの鎧をつけて、ぴったりした青い胴着は、天国で最新流行のファッションといった感じだわ。まるで天上の社交界の優男といった雰囲気！　きれいなサンダルをはいた足で、はいつくばった敵の頭をまるで半ば馬鹿にしているみたいに踏みつけているわ。でも、これが「悪」と必死に闘った直後の「美徳」が示す様子かしら？　いいえ、とんでもない！　私の方が作者ガイドに教えてあげましょう。先ず大天使の翼の羽根の三分の一は飛び散ってしまっているでしょうし、残りの羽根だって敗れたサタンのそれ同様にぼろぼろになっているはずよ。剣は血塗られていて、たぶん、中ほどで折れているはず。鎧はつぶれ衣は裂けて、胸には血糊がべっとり、苦しみもがく顔の額は、横一文字に切れて血がふき出しているわ！　サタンなる蛇の頭を踏みつける足には、ありったけの力がこめられ、自らの魂の救いは、そのふんば

りにかかっているといわんばかり。それでも、もがく敵の力はまだ強く、自分が勝ったのかどうかわからない不安でいっぱい。そしてそういう凄惨と恐怖のすべてにもかかわらず、何か高貴で優しく聖なるものが、その大天使ミカエルの眼差と口もとには感じられるはずなのよ。とにかく本当の善悪の闘いというのは、グイドのこぎれいな大天使がなさったような子供のお遊びのようなものではありませんわ！」(IV, 184)

これは、美術史的には、マニエリスムやバロック的見地に立ち、古代ギリシャやローマ芸術を理想とした調和や均整を追求する古典主義や、新鮮味も創造性も感じさせられない宗教画などに対するアレゴリカルな批判とも解釈できる意味深い指摘である。絵画そのものの評価とは別に、ルネサンス期のものを含めたほとんどの宗教画に対して、もっとリアルに描くべきであるとか、人物の内面や感情までも表現されるべきであるといった類の批判は多々起こり得るが、ここでは「悪」と「美徳」との戦いにおけるメタフォリカルな意味が加えられている。「美徳」に対してはその表面の静けさ、つまり偽善性といったものへの疑念と批判、また「悪」にはその意味と存在理由などについて苦悶するミリアムの内的世界が推察される。

　さらに、ミリアムとヒルダは聖ピエトロ大聖堂に出かけ、その奥まった一角にある小さい礼拝室に掛けてあるという、聖ミカエルのモザイク画をながめる。そこで、ヒルダは「この画家は単にカトリック教会だけのためではなくて、善なるもの一般のために大きな仕事をしたのです。醜い悪に必然的に対処する不滅の若さと善の美しさというこの絵の寓意は、カトリック信徒ばかりでなくピューリタン信徒にも大いに訴えるものなのです」(IV, 352) と述べ、偉大な絵画が持つ美やモラルの普遍的な力に気づき、宗派を超えて万人に影響を及ぼすことを改

第2章 ホーソーンの『大理石の牧神』における二枚の絵画をめぐって

めて実感する。過去の巨匠の名画を献身的に模写し、その成果をなるべく多くの人々に見てもらうことだけが、自分の天命だと考えるようになっていたヒルダは、結局、二流の画家ではなく一流の模写画家の道へ進むことになる。

> 彼女［ヒルダ］は、深く鋭敏な鑑賞能力に恵まれていた。優れたものに対する並はずれた鑑識力と崇拝心を持っていた。目に触れることのできる数々の美術の素晴らしさに対して、彼女ほど十分な理解と深い喜びを持っていた者は、恐らく他にいなかったであろう。彼女の眼は、いや彼女の心は、深く画面に浸透していった。そして暖かく豊かな女性の共感力の全てをそこに注いだのだ。知的な努力によってではなく心の共感によって——そして、この共感の光の導きによって、彼女は、巨匠の作品の核心へとまっすぐに進み入った。このように、彼女はいわば作者自身の眼で作品を見るのであり、それによって、彼女が興味をひかれて見る絵の理解は完璧なものになったのだ。(IV, 56-57)

ヒルダの絵画能力は、学問的な知識や絵画のテクニックで発揮されるものとは別の類のものであり、女性のもつ温かさ、豊かさ、芯の強さ、共感といった非常に繊細な感覚的能力で、絵画を仕上げる。ヒルダ自身は、巨匠の絵画と比べて、自分の絵画に何が欠けているのかを自覚しており、「巨匠達を敬愛し彼らが与えてくれるものを感謝し、その前に身を低くするあまり、彼女は、自分自身を彼等の世界に仲間入りさせることなど考えられなくなった」(IV, 57-58) といった認識や謙虚さのゆえに、模写画家として存在すると説明される。しかし、彼女にはさらなる苦難が待っていた。殺人を目撃してしまったショックと、罪を心の中に隠蔽するという行為による罪悪感のために、ドナテロの

「幸福な堕落」と同質の経験をすることになったと考えられるのである。この変化については、絵画を描く精神状態に直接影響していることが、以下のように述べられる。

> 彼女［ヒルダ］は以前ほど、手離しでこの模写の対象の画家にのめりこむことができなかった。彼女の性格は芯が強くなって、他の人間の影響力をあまり受けつけなくなったのだ。彼女は前と同じように、いやむしろそれ以上に、この絵を深く見通すようになったが、以前、この昔の巨匠の着想と一体化できたような、心からの共感は伴うことがなかった。彼女は、あらゆる芸術作品の中にある、非現実的な大部分を必然的に識別できるような真実を知ってしまっていた。悲しみによって教えを受けたので、彼女は、天才画家が創造した、ほとんどあらゆるものを超えた何かがあると感じていた。(IV, 375)

ヒルダは、殺人の目撃と隠蔽によって罪悪感を持つようになり、皮肉にも精神的に深みと暗さが増し、その模写作品にも道徳的価値観や厭世観が投影されることになった。つまり、様々な苦労を重ね、人生の暗い面を知って、新たに複雑な感性や魅力を反映できる作品を生み出せるようになったのである。巨匠の絵画の虚偽の芸術性、それを到達すべき人生の理想としてきた自分の過去の価値観、そして腐敗したローマの町と堕落したカトリック教の暗い側面などに失望し、ヒルダは模写画家としてのこれまでの人生そのものに、空しさを感じるようになってしまう。ヒルダの知ってしまった「真実」とは、人間そのものの真実であり、厳格さ、形式主義、そして偽善性の上に成り立つ調和や均整を追求する古典主義では表現できない、マニエリスムやバロックによる「割り切れない」世界なのである。歪みや矛盾だらけの人間の生々

しい様相が、写実的に描かれずに、作家の感性によってつけられた陰影などで印象的に表現されている。『大天使聖ミカエル』も、リアリズム性に乏しい部分も認められるが、人間の奥底に潜む強い感情、苦悩、嫌悪、愛情などが、ミカエルを通して浮き彫りにされ、確実に人間の「真実」の一部を語りかけている。ホーソーンがレーニの絵画を好む理由も、こうした謙虚な姿勢をとりながらも、きっぱりと主張される「真実」の見事な表現法だったのかもしれない。

２．『ベアトリーチェ・チェンチ』

　『ベアトリーチェ・チェンチ』は、『大天使聖ミカエル』とは、テーマや図像学からみても、全く異なったカテゴリーに属するものである。現在ローマのバルベリーニ美術館に所蔵されており、すでに述べたように、創作年や題材や真の作者などすべて不詳であり、この絵をめぐっては、謎が尽きない。しかし、そういった神秘的な魅力も加わったためか、この絵画に興味を持っていた芸術家や文学者は多い。そして、その中の一人であるホーソーンは、初めてこの絵画を見た時、次のような印象を持つ。

　　その絵画（『ベアトリーチェ・チェンチ』）は決して複製することはできない。ガイド本人ですら同じ絵をもう一度描くことはできなかったであろう。模写画家たちは、楽しそうであると同時に悲しげであるといったような、あらゆる種類の表現を描き出し、そうした複製画の中には、なまめかしい雰囲気や、見るものを誘うように投げかける振り向きざまの視線などを持っているものもある。しかし、誰もこの消え入るような、彼女の悲しむ様子が醸し出す魅力をとらえることはできないだろうし、またそうしようとも思わ

ないだろう。私はこの絵の前から去りがたく、最後に見た時も楽しかった。なぜなら、その絵画は私を惑わせ、困らせて、それが持つ秘密をとらえさせなかったからである。(XIV, 521)

「決して複製することはできない」という言葉に、いかにこの人物画が、完成された傑作であったかが推察される。ホーソーンは『ベアトリーチェ』のあまりの美しさに感動して、芸術的インスピレーションを得たと考えられる。そして、その絵画の中の人物からにじみ出る謎めいた魅力が、ヒロインたちに影響を与えることになったのだろう。

フランスの文豪スタンダール（H. B. Stendhal）は『イタリア年代記』(1839)というエッセイの中で、チェンチ一族、特にフランチェスコについての印象を率直にまとめ、加えて、その実の娘ベアトリーチェの肖像画を見た時の感想を、次のように述べている。

この巨匠グイドは、ベアトリーチェの首につまらぬ布をちょっとばかりまとわせ、頭にターバンをかぶせているが、これは、ベアトリーチェが断頭台に臨むためにつくらせた衣装や絶望の淵に沈んでいる16歳の可哀相な少女の乱れ髪を正確に模写したならば、あまりに真に迫って「凄い」印象を与えることになりはしまいかとおそれたからであろう。顔は優しくて美しい。まなざしはきわめて優しく、瞳はひどく大きい。さめざめと泣いているところを不意にみられたような驚きの瞳をしている。髪の毛は金髪でまことに見事である。(Stendhal 10-11)[23]

特に父親殺しで処刑される時の、絶望感や厭世観に満ちた緊迫した雰囲気がとらえられているが、ターバンから出ているカールのかかった金髪の後ろ髪が、聖ミカエルの髪と似て、象徴的である。ここでは

第 2 章　ホーソーンの『大理石の牧神』における二枚の絵画をめぐって

『緋文字』(*The Scarlet Letter*, 1850) のヘスタ・プリン (Hester Prynne) のターバンからあふれんばかりの豊かな黒髪とは違い、金色に光った幾房かの髪が、肩のあたりにのっている。女性性の比喩とも考えられる髪を、東洋的な雰囲気を醸し出すターバンに封じ込め、外見には表れていない真実を、包み隠そうとする意図があったのかもしれない。振り向きながら斜め前方を向き、目線は曖昧な位置にある。当時の絵画には、ある程度ポーズや姿勢にルールがあり、ほとんどの宗教画では、神や聖母マリアや聖人を仰ぎ見て祈るという行為のため、人物の目線は通常上向きである。もちろん下方にいる悪魔やその他の邪悪な存在を足蹴にしたり、キリストや天使を抱きかかえたり、顔をのぞき込む場合は別である。また、キリストや聖母は真正面を向いている場合が多い。ベアトリーチェの振り向き様で焦点の定まらない目線は、神に対して目が合わせられないといった後ろめたさや罪悪感と、その逆に過酷な運命を自分に課した神に対する怒り、畏敬の念、そして諦めといった感情を暗喩していると思われる。肖像画の中のベアトリーチェは、身内と共謀して父親を殺した悪女というイメージとはほど遠く、非常に弱々しくはかなげな面立ちをしている。

　文学的立場から、ホーソーンに少なからず影響を与えたものには、スタンダールに加えて、イギリスの詩人シェリーの『チェンチ一族』(*The Cenci*, 1819) や、チャールズ・ディケンズの『イタリアだより』(*Pictures from Italy*, 1846) などが考えられ、ハーマン・メルヴィルの『ピエール、この曖昧なるもの』(*Pierre; or the Ambiguities*, 1852) のまさに結末の重要な場面でも、ベアトリーチェの肖像画が取り上げられている。また、ホーソーンはメルヴィルと共に、アメリカ出身の彫刻家ハリエット・ホズマー (Harriet Hosmer) のアトリエを訪ねて、彫像のベアトリーチェを見せてもらっており、人物像そのものに強い関心があったようである。[24]

ミリアムは、芸術家としては未熟であったが、その作品には温かさや情熱が感じられ、周辺のパトロンたちには好評であった。「彼女の性質は様々な特色をもっており、それに合わせて、彼女の絵も多彩なものであった」(IV, 21) というのが、人気の理由だったのかもしれないが、これは彼女の精神状態が、しばしば躁鬱気味に陥ったり、癲癇を起したり (IV, 35) するなど不安定であったことを示している。この状態は、当時の芸術家に流行していたメランコリー病を想起させるが、[25] 彼女のメランコリーの原因は、こうした特有な芸術家気質というよりは、むしろカプチン僧との険悪な関係、過去の事件の影響、「神経にさわるような不健康なローマの空気」(IV, 36) などであったと考えられる。このような憂鬱な気分と罪悪感を抱きながら、ヒルダの描いた『ベアトリーチェ・チェンチ』を見た時、ミリアムはその模写作品を、次のように鑑賞する。

　　若々しく少女のような完全な美しい顔立ち、豊かな髪は白い頭衣に覆われ、とび色の髪の巻毛が数房のぞいていた。眼は大きく褐色で、見る者の眼と合ってはいるのだが、そこには相手の眼から視線をそらそうとしている奇妙な様子が伺われた。まぶたがかすかに赤味を帯びているので、この娘は泣いていたのではないかという疑問を抱かせた。顔全体は落ち着いていて、表情にいささかのゆがみや乱れが見られたわけではない。その表情がなぜ楽しいものになっていないのかという理由がよく分からなかったし、また画家がもう一筆を加えて明るい表情に変えておけばよかったのにとも思われた。ところが実際には、それは、かつて描かれたり構想されたりした肖像の中で最も悲しい絵だった。そこには無限に深い悲しみが含まれていて、見る者は直感的にそれを感じ取るのだ。この画中の美しい娘を普通の人間性の境界の外に置いてい

第 2 章 ホーソーンの『大理石の牧神』における二枚の絵画をめぐって

るのは、この悲しみのゆえであった。顔はすぐ眼の前にあるのに、その疎遠な印象は、我々にまるで亡霊の顔でも見たかのようにぞっとさせるのだった。(IV, 64)

ミリアムは、ベアトリーチェを自分と重ね合わせながら、本当は自分のことを尋ねてみたい気持ちで、彼女の罪について、ヒルダに話しかけてみる。ヒルダの方は、そんなミリアムの真意を知らずに、「彼女は堕落した天使です。堕落はしていても、罪のない天使なのです。」(IV, 66)と答えるにとどめる。ヒルダは絵から発散する香気をとらえることによって模写していたため、「ベアトリーチェの生涯のことをすっかり忘れて、この肖像に表れているところだけで考えていました。…本当に、あれは恐ろしい罪。償いきれない罪悪でした。そして、彼女自身もそう感じていたのです。この寂しい肖像が、私達の眼を逃れて永久にどこかへ消えてしまいたがっているのも、そういう訳なのでしょう！ 彼女の運命はそれが当然のことだったのです。」(IV, 66)と言う。ヒルダの鋭い言葉が、ミリアムに「鋭い剣」のように突き刺さり、「あなたが下す判断というのはいつも恐ろしく厳しいのね。ベアトリーチェの罪なんてそんなに大したものではなかったのかも知れない。もしかすると全く罪ではなく、ああいう状況では最善の行為だったのかも知れないのです。」(IV, 66)とベアトリーチェをかばいながら、実際には、ミリアムは自己を弁護しているようにも解釈できる。この段階ではまだ罪悪感とは全く無縁のヒルダは、彼女の言葉を深くとらえずに、ただ「ミリアムの表情がベアトリーチェの顔にそっくりになっている」(IV, 67)ことに驚き、潜在するミリアムとベアトリーチェの共通した悲劇的側面を、この「二人」から発散された香気によって、無意識に感じ取っていた。そういった特別な能力を持つヒルダが描いたベアトリーチェの肖像画は、凡人が正面から構えてじっと見て

気づかなくとも、鋭敏な感受性の持ち主ならば、ふと見るだけで得られるような何かがあるという。

 その絵の独特なところは、その最も深い表情は正面からの凝視ではとらえられず、斜めから見たり偶然眼をそこに落としたりした時にのみとらえられる、ということだった。それはあたかも、描かれた顔がそれ自体の生命と意識をもっていて、己れの悲しみや罪の秘密を決して明かすまいと、決心して、人から見られていないと思う時のみ、つい内心の真実を現す、といったようなものであった。このような不思議な効果がかつて絵筆で表現されたことはなかった。(IV, 204-05)

ベアトリーチェとミリアムには、自らが直接その原因を引き起こした訳ではないが、過酷な運命の渦に巻き込まれる形で罪を背負い、しかもその贖罪のために大きな犠牲を強いられるという境遇が共通している。ベアトリーチェは自らの命を捧げなければならず、ミリアムは、自らの命ではなく、自分の身代わりになってくれたドナテロの人生を台無しにしてしまうことになる。その罪悪感によって、これまで知性と教養の低さから軽蔑さえしていた人間を、半ば義務的にではあるが、受け入れることになる。ある意味で、この価値観の崩壊とも考えられるミリアムの精神状態も、やはり「幸運な堕落」と解釈すべきものであるように思われる。

3．二人のヒロインと二枚の絵画

 芸術家とは、「地上から少し足を離して理想の世界に浮遊し、一般大衆の頭上に漂っているところの、そこはかとない人生の香気といっ

第2章　ホーソーンの『大理石の牧神』における二枚の絵画をめぐって

たものをとらえる」(IV, 155) 能力があるものだと述べられるが、その意味において、ヒルダは立派に芸術家の一人であったと考えられる。しかし、殺人の目撃という衝撃的な経験によるのか、あるいはその隠蔽による罪悪感に苛まれたためか、霊的な芸術的共感能力を喪失してしまう。しかも、自分がこれまで人生の拠り所にしていた模写芸術までもが、単なる幻想にすぎないと考えはじめる。

> この世を超えた生というものについての啓示を受け取る場合と同様に、偉大な芸術作品を真に理解するために必要なものは、生まれつき備わったシンプルな心の眼である。過去の巨匠の模写画家としてのヒルダの卓越した才能は、この心の眼と自己放棄と深い共感力に依存していた。ところが、今や彼女の共感能力がある恐ろしい経験によって窒息状態に陥ってしまったので、その結果、敬愛する芸術家の中に、これまで見出してきた奇跡的成果を、今はどうしても見ることができなくなっていた。彼女の内では、巨匠への尊敬心の方が鑑賞能力よりまだ強かったが、今やこの崇拝心もほとんど不信へと移りつつあり、時には、絵画芸術なるもの全体が幻想なのではないかと疑われることさえあった。(IV, 335-36)

模写作品どころか巨匠の完成された傑作にさえ、芸術的美徳や誇りを見出せなくなったことは、ヒルダにとって、むしろ一つのイニシエーションの結果であったと考えられる。これは、現代芸術の宿命、そして形式主義や古典主義への抵抗とも受け取れるかもしれないが、ヒルダの「窒息状態」は、感受性の麻痺という否定的な面だけでなく、これまで敬愛していた巨匠の絵画を盲信せずに、その裏に潜む真実を見抜く眼を持つようになった、つまり別種の感受性が備わってきたとも

考えられるからである。巨匠の芸術作品のステレオタイプ化や偽善性に嫌気のさした彼女は、まず「倦怠の悪魔」なるものに意識を支配されることになる。

> イタリアの巨匠とおまえが見なす画家達は、人間的な画家とはいえぬし、人間的共感に向けて製作したのではなく、自分達が作り出した偽りの知的趣味に向けてのみ製作したのだ。彼らが自分達の所業を「芸術」と称したのももっともだった。というのも、彼らは「自然」の代わりに「人工」を代用したのだから。彼らの流儀はもはや過去のもので、彼らの死と共に葬られていても当然なのだ！（IV, 336）

「自然」はルネサンスのキーワードの一つであり、「人工」はマニエリスムを説明し、バロックに関わる概念の一つである。ヒルダが敬愛してやまなかった巨匠たちの絵画は、神がかり的な才能が人間の中から溢れ出す「自然」の奇跡ではなく、「人工」つまり熟練したテクニックによって、形式的な美が機械的に生産されたものだという。ヒルダの模写画家としての能力喪失は、逆に芸術の本質を見極める力を獲得したとも解釈できるのである。

『大天使聖ミカエル』と『ベアトリーチェ・チェンチ』は、決して浅薄な「人工」の産物ではなく、絵画芸術として、そしてヒルダとミリアムの人生に関わる重要なオブジェとして、バロック的な奥行きを提供していると考えられる。両者における相違点や類似点が、二人の人物描写に巧みに織り込まれ、隠れた悲劇性を説明するのに非常に重要であると考えられる。『大天使聖ミカエル』のテーマは「悪」を打ち負かす「善」であり、伝統的なルールに則った宗教画である。全体としては古典主義的絵画であるが、部分的にはルネサンス的躍動感や

第2章　ホーソーンの『大理石の牧神』における二枚の絵画をめぐって

バロック的立体感やマニエリスティックな破格などがみられる。形式的で人間味はそれほど感じられないが、一部には肉体が強調されて、伝統的な宗教画としての図像学上の意味も熟慮に値する。

　一方、『ベアトリーチェ・チェンチ』のテーマは「罪」であり、神の裁きを受けようとしている、意に添わず「善」から「悪」に身を落としてしまったか弱き存在を、陰影の使用、絵画の裏に潜む悲劇的人間ドラマ、内奥の苦悩が顕著に表わされた目元の表情などが、まさにバロック的な手法で表現された作品である。短絡的に殺人犯として悪の烙印を押すには、あまりに儚い美しさが印象に残り、見るものの同情を誘う。ポーズや目線も形式にとらわれておらず、脱古典主義の絵画とも考えられる。

　ヒルダもミリアムも、二枚の絵画と共通したイメージの重なりが認められる。これまでのホーソーンの作品では、「許されざる罪」という概念を中心に、「善」は「善」、「悪」は「悪」と二元論的に区別されていたと考えられる。しかし、本論における二人のヒロインと二枚の絵画の考察によって、「人間は皆罪人である」という真理がより明白となった上で、本来は罪とは関係のないような全くの「善」が、偶発的に「悪」に関わってしまい、意図しないままに否応なしに「悪」に関与させられてしまうという不運な存在として、同情的に描かれていることが分かる。『大天使聖ミカエル』と『ベアトリーチェ・チェンチ』も、いわば「ドラマ画」とでも呼ぶべき絵画で、過去の事件や歴史、「善」と「悪」の相克などを内含しながら、キャラクターの揺れ動く感情などが、バロック的に絵画全体に表現されていると考えられる。ホーソーンは、この作品の序文で「イタリアの価値は詩的で幻想めいた空間を提供してくれるところにあった」と述べており、これらのバロック絵画は、確かに詩的な抒情性と過去の事件をもとに、フィクションとノンフィクションの両方の特徴を備え、鑑賞者の興味をそ

43

そるような劇的心理効果を持って描かれている。均整はとれているが平面的で発展のない閉じられた領域から、深さや奥行きのある開かれた空間へと進展していく途上をとらえた、対照的な特質がこの二枚の絵画にある、とホーソーンは見ていたのかもしれない。

　これまでのホーソーンの作品では、人間離れした神業的な芸術は、自己やその周辺の人々を巻き込み犠牲を強いる形で、つまり「許されざる罪」との関わりが否定できないような非人間的な形で生み出されてきた。しかし、この物語のヒロインたちは、罪に深く関与したことによって、繊細な感受性の、ある一面は損なわれるが、その一方で、別種の冷静な洞察力や柔軟性を得られたことが明らかにされている。何世紀にもわたって生き続けている過去の巨匠たち、そしてそのために才能がありながらも萎縮してしか生きられない若い芸術家たちと彼らが抱える憂鬱や苦悩などが、このロマンスで浮き彫りにされていると考えられる。こういった様々な葛藤の克服は、ヒルダがこれまで模写画家として、ある意味では真実と直面するのを避けてきた自分を悔い、もっとポジティブに生きる、つまり過去の巨匠たちの絵画と勇敢に戦いながら、一流画家のまだ少ない母国アメリカに帰って、女性画家のパイオニアとして作品を生み出してゆくような生き方を選ぶ可能性を示唆しているとも考えられる。ホーソーンは、二枚の絵画によって、二人のヒロインに与えられた苛酷な運命とその結果得られた「幸福な堕落」、純粋な精神のもつ哀しさと残酷さ、罪悪感の尊さ、そして寛容の精神の深さなどを実感させ、そうした人間のありのままを許容して生きてゆくことの真価を問いかけているのではないだろうか。

第 2 章 ホーソーンの『大理石の牧神』における二枚の絵画をめぐって

注

1) *The Centenary Edition of the Works of Nathaniel Hawthorne Volume XIV: The French and Italian Notebooks* (Columbus: Ohio State UP, 1980)を指す。本論におけるテクストからの引用はすべてこの版を使用し、引用文に続けて、巻数をローマ数字、頁数をアラビア数字で括弧内に示す。日本語訳については、島田太郎、三宅卓雄、池田孝一訳の『大理石の牧神 I・II』(国書刊行会、1984) を参考にさせて頂いた。

2) James 116, 127. Jamesを踏襲する批評は多いが、Randall Stewart は、「ホーソーンは芸術作品に官能的なものを認めない」(197) と、Mark Van Doren は、「ホーソーンはヌード作品を目に触れるところには置きたくないし、彼にとって絵画や彫刻におけるヌードは、付随的であって、本質ではないのだ」(221) と述べている。中には、「限られた知識と趣味であるが、ホーソーンの芸術に対する興味はかなりのものである」(5) という Leland Schubert のような同情的な意見もある。しかし、ホーソーンの芸術に関する美意識を評価している Judith Kaufman Budz は、Jamesとは時代的に区別して判断すべきだ (168) と指摘する。

3) Julian Hawthorne 172.

4) Gollin and Idol 3.

5) Gollin and Idol 5.

6) ターナーはイギリスの早熟な水彩風景画家で、オランダの17世紀の海洋画に影響を受け、その作風はリチャード・ウィルソンやクロード・ロレインへ受け継がれた。

7) コンスタブルはイギリス風景画家の代表で、オランダの画風を受け継ぎ、フランスのバルビゾン派へ影響を与えた。Cf. レノルズ『19世紀の美術』。Prown 50-73.

8) ホーソーンの作品における絵画性や視覚性と、「ピクチャレスク」という語の解釈に関しては、松山信直の「ナサニエル・ホーソーンと『ピクチャレスク』」に非常に刺激を受けた。

9) Weber, Lueck and Berthold 135.

10) Male 162. LaMonaca May 16, 1998. ミリアムが、男性に復讐する女性ばかりを好んで題材にしているのも示唆的である。(IV, 48)
11) 最近の研究では、弟子のフランチェスコ・アルバーニの作品であったとか、モデルはベアトリーチェではなくレーニの母親であったとか、ターバンが旧約聖書などにおいて、東洋の女性予言者を示すのに使用されていることから、「サモアの女予言者」というテーマだった、などの意見もある。いずれにせよ、レーニの作ではないという点に関しては間違いないようである。Cf. Cesare 108, 117. Mitchell 4-5. Turner 205. 但し、1996年夏に、筆者がバルベリーニ美術館を訪れた際には、まだ公然と「Guido Reni 作」として展示されていた。
12) Duerksen 47-48.
13) 二人のヒロインの類似を指摘しているもの（Wright 164）、二人を定義しているもの（Barnett 177）、二人の類似点と共に相違点を述べているもの（Jeffrey 12）などである。
14) Gale 272-73.
15) ボルゲーゼ候のように、「(絵画) 能力や技術の許す限り、それらの才能を世界中に振りまく芸術家のために、非常に貴重なコレクションを一般に公開して、親切でリベラルな考え方をする紳士のように振るまっている」(XIV, 110) 一見寛大なパトロンもいた。また、大富豪の未亡人がパトロンとなってコレクションを管理していたような場合、男性のパトロンよりは、女性画家に寛大であったとも推察できる。
16) 若桑・萩原27-40。
17) 若桑28。
18) ヒルダがホーソーンと同様にプロテスタントであるという意見は、すでに定着している感がある。Cf. Earnest 175. Fairbanks 185.
19) ロットは、イタリアのベニス出身のバロック画家の一人で、多くの聖ミカエル画を描き、その中のいくつかは、生活のために福引きの景品にしたものもあり、宗教画の皮肉な一面がうかがえる。Cf. 木村『名画への旅第8巻』134-35。
20) Turner 200.
21) レーニは、目元で百通りの表情を描けると言われていたほどの天才

第2章 ホーソーンの『大理石の牧神』における二枚の絵画をめぐって

肌の画家であるが、性格は極度の心配性、女性恐怖症、同性愛、そしてナルシシズムによって抑圧されていたと言われ、きわめて難しい人間であった。作風としては、カラッチの弟子として修業し、カラバッジョの自然主義に影響を受け、ラファエロの古典主義を重視していたと考えられる。また、宗教的にはカトリック＝ヨーロッパの再生をめざす反宗教改革の理念を持っていたと言われる。Cf. Turner 201. 池上 8, 241-45.
22) 1644年にローマ教皇十世（Pope Innocent X）になった Giambattista Pamphili を指している。Cf. *The Marble Faun* (1860; NY: Penguin, 1990) 477.
23) 日本語訳については、小林正訳、『チェンチ一族』（三笠書房、1950）を参考にさせて頂いた。
24) Barnett 169. しかし、二人とも彫像のベアトリーチェは気に入らなかったようである。
25) 木村『名画への旅第7巻』91。15世紀後半の新プラトン主義の中心的人物であるマルシリオ・フィチーノによると、当時、メランコリーの美学という一種の流行病が存在し、憂鬱症の人間は，奇跡とも思える芸術を生み出すか，病気や愚鈍に留まるかのどちらかで、天才芸術家にとって、憂鬱に落ち込む資質は不可欠なものだったとされていた。従って、わざと病的にメランコリックな振りを装う者もいたという。

引用文献

Barnett, Louise K. "American Novelists and the "Portrait of Beatrice Cenci." *New England Quarterly* 53 (1980): 168-83.
Budz, Judith Kaufman. "Cherubs and Humblebees: Nathaniel Hawthorne and the Visual Arts." *Criticism* 17 (1975): 168-81.
Cesare, Garboli. *L'opera completa di Guido Reni*. Milano: Rizzoli Editore, 1984.

Duerksen, Roland A. "The Double Image of Beatrice Cenci in *The Marble Faun*." *Michigan Academician* 1 (1969): 47-55.

Earnest, Ernest. *Expatriates and Patriots*. Durham, NC: Duke UP, 1968.

Fairbanks, Henry G. *The Lasting Loneliness of Nathaniel Hawthorne*. Albany, NY: Magi Books, 1965.

Gale, Robert L. *A Nathaniel Hawthorne Encyclopedia*. NY: Greenwood, 1991.

Gollin, Rita K. and John L. Idol, Jr. *Prophetic Pictures*. NY: Greenwood, 1991.

Hawthorne, Julian. *Nathaniel Hawthorne and His Wife: A Biography Volume II*. 1885. Boston: James R. Osgood, 1968.

Hawthorne, Nathaniel. *The Centenary Edition of the Works of Nathaniel Hawthorne Volume XIV: The French and Italian Notebooks*. Columbus: Ohio State UP, 1980.

———. *The Centenary Edition of the Works of Nathaniel Hawthorne Volume IV: The Marble Faun: or The Romance of Monte Beni*. 1860. Columbus: Ohio State UP, 1968.

James, Henry. *Hawthorne*. 1879. Ithaca: Cornell UP, 1997

Jeffrey, Meyers. *Painting and the Novel*. NY: Barnes & Nobles, 1975.

LaMonaca, Maria. "'A Dark Glory': The Divinely Violent Woman from Shelley to Hawthorne." Indiana University-Bloomington. 16 May 1998 <http:// www. vidjunkie. com/ lucio. htm>.

Male, Roy R. *Hawthorne's Tragic Vision*. NY: Norton, 1957.

Mitchell, Irene Musillo. *Beatrice Cenci*. NY: Peter Lang, 1991.

Nattermann, Udo. "Dread and Desire: 'Europe' in Hawthorne's *The Marble Faun*." *Essays in Literature* 21 (1994): 54-67.

Prown, Jules David. *American Painting*. NY: Rizzoli, 1987.

Schubert, Leland. *Hawthorne, the Artist: Fine-Art Devices in Fiction*. NY: Russell & Russell, 1963.

Stendhal, H. B. "The Cenci." *Three Italian Chronicles*. Trans. C. K.

第2章　ホーソーンの『大理石の牧神』における二枚の絵画をめぐって

Scott-Moncrieff. 1599. NY: New Directions, 1991. 3-41.
Stewart, Randall. *Nathaniel Hawthorne: A Biography.* New Haven: Yale UP, 1949.
Turner, Jane, ed. *The Dictionary of Art.* NY: Grove, 1996.
Van Doren, Mark. *Nathaniel Hawthorne.* 1949. NY: Viking , 1962.
Weber, Alfred, Beth L. Lueck, and Dennis Berthold. *Hawthorne's American Travel Sketches.* Hanover, NH: UP of New England, 1989.
Wright, Nathalia. *American Novelists In Italy.* Philadelphia: U of Pennsylvania P, 1965.

池上忠治他編『西洋の美術』勁草書房　1992.
木村重信監修『名画への旅　第7巻：モナリザは見た：盛期ルネサンスⅠ』講談社　1992.
――――. 『名画への旅　第8巻：ヴェネツィアの宴：盛期ルネサンスⅡ』講談社　1992.
松山信直「ナサニエル・ホーソーンと『ピクチャレスク』」京都女子大英文学会『英文学論叢』第40号　1996. 1-24.
レノルズ、ドナルド『19世紀の美術』岩波書店　1989.
若桑みどり『絵画を読む』日本放送出版協会　1993.
若桑みどり・萩原弘子『もうひとつの絵画論――フェミニズムと芸術――』ウイメンズブックストア松香堂　1991.

図一1　レーニ『大天使聖ミカエル』
（1635年　ローマ、カプチン教会）
別名「骸骨寺」と呼ばれる独特な雰囲気のする教会の内部にある、豪華な装飾が施された礼拝室の真正面に掲げられており、色彩が鮮やかで強い印象を残す作品である。

図一2　『ベアトリーチェ・チェンチ』
（17世紀　イタリア、バルベリーニ美術館）
抜けるような白い肌と頬のわずかな赤らみは、毛細血管が浮き出ているようなごく自然な血色に仕上がっており、処刑直前という状況にもかかわらず、皮肉にも人間的暖かみすら感じさせる。バルベリーニ美術館の他の豪華絢爛たるバロック芸術作品の中で、別の意味で、ひときわ目立つ美しい絵画である。

第3章

ストレザーの見る絵
―― 『使者たち』におけるジェイムズの絵画的手法 ――

後　川　知　美

序

　ヘンリー・ジェイムズの作品には、ヨーロッパを舞台としたものが数多くある。彼は父親の教育方針により、幼少の頃よりヨーロッパ各地を転々として過ごし、故国アメリカでよりもヨーロッパでより多くの執筆活動をおこなってきた。ある特定の環境のなかだけでなく、さまざまな環境のなかで見識を深めてほしいというのが、彼の父親の要望であったのだ。そのためわずか2歳のジェイムズの心には、パリのヴァンドーム広場の光景が強烈に刻み込まれている。また12歳のときルーブル美術館を訪れたことは、彼のヨーロッパ美術への関心を高めるきっかけとなり、のちに彼の書く小説に少なからぬ影響をあたえることとなるのである。ジェイムズは、ルーブルの各部屋の芸術作品が、少年であった彼の「知覚」にはたらきかけ、それが彼を「教育」し彼の「人格形成」にまで影響をおよぼすことになったといっている (*Autobiography* 279)。またヴィオラ・ホプキンズは、ジェイムズの初期の頃の絵画への興味は、絵画を「見る」能力を養ったとも指摘している (*Henry James and the Visual Arts* 16)。[1]

ジェイムズがこのような体験をもとに、ヨーロッパ芸術をとりいれた作品をつぎつぎと書いたことには、彼の家庭環境以外の理由もある。それは当時のアメリカの歴史や文化が未熟であり、物語の背景として成り立たなかったということである。アメリカの貧困な文化土壌に対するジェイムズの嘆きは、彼の「ホーソーン論」("Hawthorne")にあらわれているし、ホーソーン自身も『大理石の牧神』(*The Marble Faun*)の序文において、アメリカはロマンスの舞台として成り立たないと訴えている。[2] このことはジェイムズだけでなく、ひろく19世紀アメリカの芸術家たちの置かれた状況についてもあてはまるだろう。アメリカの文化はそもそも17世紀初頭ニュー・イングランドに移住してきたピューリタンたちの文化にその源を発している。聖書の教えに忠実であれという彼らの宗教生活には、豪華絢爛な教会建築や聖職階級制度、装飾的要素の多い儀式の入りこむ余地はなかった。ピューリタンたちの築いてきたこのような厳格な生活様式や道徳意識は、『使者たち』(*The Ambassadors*)における架空の町ウーレット(Woollett)、そしてニューサム夫人によって受け継がれているのである。

　ジェイムズは『使者たち』の序文で、「視覚の過程を立証すること」(308)がこの小説の目的であるといっている。そのため『使者たち』では、ジェイムズが絵画作品を重要な人物や場面を関連付けて、それらを生き生きと描き出しているのがわかる。絵画世界を小説で再現することが、ジェイムズの目的であったのだ。たとえばアデリーヌ・ティントナーは、『使者たち』という題名にも、ハンス・ホルバインの同名の絵画【図－1】のイメージが重ねられていると指摘する。[3] またニコラ・ブラッドベリーは、『使者たち』の結末を、中心透視画法の「消尽点」にたとえている。『使者たち』の結末は「ある点に向かって進んではいるが、どこかに限定されているわけではなく、想像の枠は無限に広がっていく」(Bradbury 474-75)というのである。このよう

第 3 章　ストレザーの見る絵

なヨーロッパ絵画の要素を『使者たち』にとりいれたジェイムズは、それらをどのように小説のなかで生かそうとしたのだろうか。『使者たち』における絵画作品や芸術世界は、ジェイムズの小説手法やテーマとどのように関連しているのだろうか。このような問いを、ジェイムズの視点のおきかた、登場人物と肖像画、小説と絵画との関連という点に注意しながら考えてみようと思う。

1．芸術家の庭園

　『使者たち』の舞台は、イギリスの古い都市チェスターから始まり、芸術の都パリへと移っていく。この小説で展開されているパリを中心としたヨーロッパ世界は、主人公ストレザーの視点をとおして描かれている。これは、彼の眼に映ったヨーロッパが、彼の印象としてとらえられているということである。ジェイムズは視点をストレザーに限定することで、小説に一貫性が生まれると考えた。このことは『使者たち』の序文に示されているとおりである。「すべてをわが主人公の限界にとどめておく方法」をとったジェイムズは、「肝心なことは、ほとんどがこの紳士の心の奥の冒険であるということ」だと考えた。また「ストレザーだけの意識しか役に立たない」とするジェイムズは、そのように視点を限定することによって、「大きな統一された作品」が生まれるのだと述べている（*The Art of the Novel* 317-18）。

　このような役割をあたえられたストレザーは、周囲の世界を眺めることによって人生というものを観察している。人生の観察者であるストレザーにとって、パリは絵画そのものの世界として存在する。ジェイムズ自身も人生の傍観者として小説を書いていたのであり、それゆえ『使者たち』全体をとおして見ることの意義が伝えられているように思われるのである。『使者たち』の序文には、芸術は視覚に訴える

ものでなければならないというジェイムズの考えがあらわれている。

> 芸術はわれわれが目にするものをあつかい、芸術はその要素に最大限に貢献しなくてはならない。言い換えれば、芸術はその素材を人生という庭園からひきだしているのだ。それ以外の場所で栽培された素材は新鮮ではなく食べられたものではないのだから。(312)

芸術作品を生み出すためには、「人生という庭園」から素材を厳選し、それを大いに生かすべきだというのがジェイムズの考えである。そしてその素材はわれわれが日々目にし、観察することによって得られるべきだというのである。つまり人生という庭園から得た新鮮な素材を、いかに視覚的な要素をもちいて表現するのかが、彼の芸術家としての使命だったといえる。[4] このことは、『使者たち』において人生を楽しむことなく過ごしてきた中年男ストレザーが、生きることの素晴らしさに目覚めるグロリアーニ庭園での場面で、最大限に発揮されている。

> ここの場所そのものが大きな感銘を与えた。それは磨き上げた寄せ木細工と、美しい白いパネルと、控えめな黄白色の金箔と、優雅で珍しい装飾が効果的な、すっきりとした外観をもつ閑静な小さなパヴィリオンで、フォーブール・サン・ジェルマンの中心に位置し、いくつかの古い貴族の邸宅に付属している一群の庭園のはずれにあった。街通りからかなり奥まった、人目につかぬ場所にあるこのパヴィリオンは……予備知識なしに訪れた人の心には、掘り出された宝物のような印象を与えることに、ストレザーはすぐ気がついた。(119)

第3章　ストレザーの見る絵

　ストレザーの眼には、偉大な芸術家グロリアーニの古く美しい庭園という存在そのものが強烈な印象を放っているように感じられる。さらにそこに集まった大使や将軍、社交界の貴婦人たちによって繰り広げられるパリの華やかな園遊会のようすは、ストレザーの眼に強い刺激となって映し出される。ヨーロッパの芸術世界の魅力を凝縮した庭園のようすは、故郷ウーレットとはまったく質を異にするものである。ストレザーはこの庭園の雰囲気に圧倒され、感極まって思わずそばにいたアメリカ人の若いアマチュア画家ジョン・ビラムに、「若いうちに力のかぎり生きよ」(132)と語らずにはいられなくなる。このストレザーの遅れ馳せながらの生への覚醒こそが『使者たち』の主題であり、パリの芸術家の古い庭園という舞台が、その主題を効果的に発展させているのである。この主題は、ジェイムズをアメリカの新しいリアリズム作家として世に送り出したウィリアム・ディーン・ハウェルズが、パリであるアメリカ人に語ったものに由来している。

　ハウェルズがジョナサン・スタージスに生きることの素晴らしさを説いたのは、当時ジェイムズ・ホイッスラーが住んでいた邸の庭園においてであった。マサチューセッツ州ローウェル出身のホイッスラーは、少年時代にロシアやロンドンで生活し、その後いったんアメリカへ戻ったが、一ヶ所に落ち着く生活を嫌い、画家としての生活にあこがれてフランスへ渡った。彼はパリやロンドンでボヘミア的生活を送り、二度とアメリカへ戻ることはなかったという。彼がパリで住んでいた邸は、フォーブール・サン・ジェルマンという貴族や大使たちの住む高級住宅街の一角にあった。このあたりには、当時パリの文学サロンで有名だったレカミエ夫人の邸もあった。ジェイムズは彼女が住んでいた邸を何度が訪れ、ロマンティシズムの名残を見出したり、窓からの風景を眺めたりしていた。レカミエ夫人の邸の窓からは、ホイッスラー邸の庭園をみおろすことができたらしい。

グロリアーニ庭園のモデルとなっているのは、ホイッスラー邸の庭園であるが、ホイッスラーのイメージがそのまま『使者たち』のグロリアーニ像にあてはめられているとは考えにくい。ジェイムズの初期の作品『ロデリック・ハドソン』(*Roderick Hudson*)にも登場するグロリアーニは、ジェイムズの描く偉大な芸術家の典型のひとつである。『使者たち』でのグロリアーニは、「強烈な個人的光彩」を放ち、その頭上には「後光が差し」、表情には「月日の経過が高貴な風格」となってあらわれている (120)。大芸術家としての名誉や栄光にとりかこまれ、過去の長い経験に裏付けられた人間的魅力をもつ偉大な芸術家グロリアーニの存在は、まさにパリの芸術世界の中心をなすものである。ジェイムズが『使者たち』で描こうとした小説の舞台としてのパリは、世間の人々が抱きがちな低俗な面を強調したものではない。むしろその芸術性や伝統性を重視したものであったといえる。ジェイムズは序文において、パリには既存の道徳体系を崩壊させるイメージがつきまとっているが、それは「下劣」で「くだらない連想」(316) にすぎないと述べている。ジェイムズはそのようなパリの俗悪なイメージは、むしろストレザーの道徳性を際立たせるのにふさわしいものだと考えたのであった。

　このような意味で、ジェイムズの求めたグロリアーニ像に、ホイッスラーのイメージを重ねるのは難しい。ホイッスラーの奔放さを示す一端として、彼の作品をめぐるジョン・ラスキンとの訴訟問題が浮かんでくる。イギリス美術評論の第一人者であるラスキンは、日本の浮世絵と印象派の要素をとりいれた斬新なホイッスラーの絵を、当時のイギリス画壇の保守的な傾向とは相容れないものだと考えた。ラスキンらに代表されるイギリスの客観主義的芸術論に対して、ホイッスラーの芸術は視覚をとおして心の印象を表現するという主観的な傾向をもっていた。ラスキンはこのようなホイッスラーの作品を嘲笑をもってむ

かえた。これに激怒したホイッスラーはラスキンを名誉毀損で訴え、損害賠償として4分の1ペニーをあたえられたという。ジェイムズはこの裁判沙汰について『ペインターズ・アイ』(*The Painter's Eye*) でとりあげながら、ホイッスラーの作品については「装飾品として見るには楽しい」(165) と評価している。つねに斬新さをねらい、印象派の画家たちと深く交流することなく彼独自の芸術を確立していったホイッスラーであるが、ジェイムズは彼の作品をあまり重要なものとして見てはいなかったようである。「ジェイムズのホイッスラーの見方は、彼の絵画のテーマそのものよりもその周辺を見たものがほとんどである」("James and Whistler at the Grosvenor Gallery" 64) というドナルド・M・マレイの意見も参考にすると、ジェイムズはホイッスラーの奔放さをあまり好ましく思っていなかったといえるかもしれない。いずれにしても、グロリアーニ像の成り立ちや、小説の舞台としてのグロリアーニ庭園には、ジェイムズの俗悪さに対する嫌悪感が反映されていると考えられるだろう。

2．肖像画とヨーロッパ世界

ジェイムズが『使者たち』で描く登場人物は肖像画からその発想を得ている。ヴィオネ夫人によって社交界の洗練された若者へと変身を遂げたチャドウィック・ニューサムは、ティツィアーノの『手袋を持つ男』【図-2】を連想させる。チャドのイメージは、ニコラ・ブラッドベリーがいうように、「うわべだけの見た目のよさ」が強調されたものである ("'The Still Point': Perspective in *The Ambassadors*" 485)。チャドの洗練された立ち振る舞いや、物怖じしない態度はストレザーを感心させる。しかしストレザーの視線は、チャドの内面よりも、外見にあらわれた変化に集中している。

ジェイムズはとりわけティツィアーノの、肖像画家としての才能を「偉大な」ものと考えていた (*Collected Travel Writings: The Continent* 552)。ティツィアーノは、チャドを思わせる『手袋の男』とよく似た若い男性の肖像画を描いている。ジェイムズはその絵に描かれた名も知らぬ男性について「ハンサムで、挑戦的、聡明で、情熱的で危険」な「紳士」あるいは「戦士」のようだと述べている (*Collected Travel Writings: The Continent* 552)。チャドのイメージと『手袋の男』との関連は、ブラッドベリーがいうように「間接的にしか」示されていない (Bradbury 485)ため、ティツィアーノの描くもうひとつの肖像画の紳士の面影が、どこかチャドを連想させるとしても不思議ではない。

　またヴィオネ夫人の娘ジャンヌ・ド・ヴィオネも肖像画のなかに描かれている。彼女の美しさはストレザーにとって、「卵型の額縁におさめられた、ほのかなパステル画の肖像のようだった。どこかの長い画廊にかけられた、若死にしたということ以外なにも知られていない、昔の小さい王妃の肖像」(154) を連想させるものである。ジャンヌの肖像画が、ほのかであいまいな調子で描かれているのに対して、「くっきりとした鮮明さをもつアメリカ人の肖像画は想像のギャラリーにかけられている」とマリー・アン・コーズは指摘する("High Modernist Framing" 152)。一度も姿をあらわすことのないニューサム夫人の存在感が圧倒的であるのはそのためである。ジェイムズは序文において、ニューサム夫人は間接的であるが「強烈に」(319) 存在すると述べている。ジェイムズはこのようにアメリカ側のニューサム夫人が、直接場面に登場することがなくとも、描こうという作者の「意図」(319)によって、現実味をおびさせることができるのだともいう。目に見えないニューサム夫人の存在は、ジェイムズが読者の想像にまかせるものであるからこそ、圧倒的だといえる。またジェイムズが肖像画を小説にとりいれることで、ヨーロッパ世界に住む人物像を、アメリカ世

第3章　ストレザーの見る絵

界の人物とは異なる方法で伝えようとしたこともわかるだろう。

　ジェイムズが肖像画によってあらわしたヨーロッパ側の人物のなかでも、とりわけ多様なイメージをもつのが、ヴィオネ夫人である。パリの社交界や芸術世界を象徴するヴィオネ夫人のイメージは、ジェイムズがジャック・ダヴィドの肖像画『レカミエ夫人』【図－3】からヒントを得て創り出したといわれる。レカミエ夫人は当時のパリの文学サロンの花形的存在で、その気まぐれな態度と美貌によって多くの男たちを魅了したという。ジェイムズはレカミエ夫人が晩年に住んでいた邸をたびたび訪れ、部屋のなかのようすや窓からの風景を楽しんでいた。ジェイムズはどのようにレカミエ夫人のイメージをヴィオネ夫人へと発展させていったのだろうか。

　チャドが外見を重要視されているのに対して、ヴィオネ夫人はストレザーの価値観に変化をあたえ、彼に使者としての役目を放棄させる影響力をもつ人物として、より豊かなイメージをもって描かれていことがわかる。これはジェイムズが序文で述べたように、「すべてをストレザーの視点に限定するという方法」(317) を証明するものでもある。ミリセント・ベルが、「読者はチャドとヴィオネ夫人がお互いにどう感じているのかをけっして知ることはない」("Meaning in *The Ambassadors*" 524) というように、ヴィオネ夫人のイメージはストレザーの見た夫人の印象として語られている。われわれがチャドの印象よりもヴィオネ夫人のほうにより強くひきつけられるのは、そのようなジェイムズの語りの構造によるものだといえる。

　レカミエ夫人が才色兼備の女性であったように、ヴィオネ夫人も知性と官能性をそなえた女性として描かれている。ストレザーが使者としての任務を放棄して夫人の味方となるのは、夫人の魅惑的な容貌や巧みな社交術だけでなく、夫人の背後にひろがるパリの歴史や伝統のもたらす画趣に富む世界のためでもある。ヴィオネ夫人の部屋の装飾

品は、ストレザーの夫人への憧れと崇拝の念を強めるものとして描かれている。彼が夫人の部屋に見出すのは、「第一帝政時代の栄光と繁栄」や「ナポレオン時代の神秘的な美しさ」といった「偉大な伝統のほの暗い光」(145) である。そこからストレザーが連想するのは、革命後のパリであり、シャトーブリアンやスタール夫人、若きラマルティーヌと結びついた世界である。このような古いパリの名残を、ストレザーはヴィオネ夫人の部屋の装飾や絵画、骨董品をとおして感じとっている。彼らが詩や小説によってあらわそうとした思想は、のちにロマンティシズムと呼ばれるようになるが、当時のフランス革命によるアンシャン・レジームの崩壊と、それに続くナポレオンの帝政と深く関わったものである。自由の精神を謳歌するロマン派の文学者たちの名残にストレザーが敏感であるのは、パリにおける彼の意識変化と相通ずる面があるからかもしれない。ヴィオネ夫人の邸宅への訪問のように、彼が冒険と考えるパリでの単独行動は、故郷ウーレットでの保守的な生活や、使者という責務からのがれて、自由を満喫したいという願望からくるものだといえるのではないだろうか。

　さらにヴィオネ夫人は、ルネッサンス時代を彷彿とさせる人物としても描かれている。チャドをパリにとどまらせるため、ストレザーを味方に引き入れようとする夫人の艶やかな装いは、ストレザーを誘惑するかのようである。夫人の顔や髪型は、「ルネッサンス時代の銀貨に刻まれた女性の像」を、またその輝かしい姿は、「朝霧に身を包んだ女神」や「腰まで夏の海につかった妖精」(160) を連想させる。この女神とはギリシア神話でいうところのアプロディーテ、もっとも美しい愛と誘惑の女神である。さらにヴィオネ夫人は、アプロディーテを守護神としていたクレオパトラにもたとえられる。ストレザーにとって夫人は、「芝居のなかのクレオパトラ」(160) のような存在であり、その多様な面が彼を魅了し、翻弄するのである。

第3章 ストレザーの見る絵

3. 小説における色彩の効果

　ストレザーが魅了されるヴィオネ夫人は色彩豊かに表現されている。たとえば、ノートル・ダム寺院でストレザーと夫人が偶然出会うという設定は、夫人が信仰心にあつい女性であることをうったえるものであり、彼を夫人の味方にひきいれる原因のひとつとなっている。また夫人を敬虔な女性であるかのようにみせかけたのは、のちの逆転劇をより明確に示すためだとも考えられる。これはチャドとヴィオネ夫人の関係が道徳的なものではなかったと判明するクライマックスの伏線としても非常に有効な手段である。ノートル・ダムでのヴィオネ夫人は「厚めのヴェール」をかぶり、「黒地のそこここに渋い葡萄酒いろがかすかに透けてみえる落ち着いたドレス」をまとい、その腰掛けたひざの上には「灰色の手袋」が控えめに慎ましやかにおかれている (175)。ストレザーにとってヴィオネ夫人は、ノートル・ダムという芸術建築を「過去から受け継」ぎ、「所有」する「ロマンティックな」女性なのである。ノートル・ダムにふさわしいヴィオネ夫人の魅力は、そのあとに続く昼食の場面でも、パリのさわやかな光をあびて輝き続けている。ストレザーはヴィオネ夫人を誘って、セーヌ河に面した窓辺のテーブルに差し向かいで腰掛ける。そこには「まぶしいほど白いテーブルかけと、トマト入りオムレツ、シャブリーの麦わら色のびん」が配置され、窓の外には「初夏の鼓動がすでに感じられる暖かい春」の光があふれている (178)。F. O. マシーセンは、この色彩豊かな背景と人物の配置、光のもたらす効果は、ピエール・ルノワールの絵の「真髄」をみごとに伝えていると指摘する (*The Major Phase* 34)。印象派の画法とジェイムズの小説技法との関連は、他の批評家によっても指摘されているとおりである。[5] ジェイムズはストレザーの見たヨー

ロッパ世界の印象を絵画によって再現しようとしているのである。このことはジェイムズの小説に対する考え方にもあらわれている。彼は「小説の技法」において小説と絵画との関連をつぎのように論じている。

　小説の唯一の存在理由は、人生を描き出そうとすることにある。小説が、画家のカンバスにも見出すことのできるこの試みを放棄したならば、その存在は危ぶまれることになるだろう。絵画がその存在を大目にみてもらうために謙遜することなど期待されてはいない。それに画家の技巧と小説家の技巧のあいだにある類似は、私の見るかぎり完璧である。両者の着想は同じであるし、その過程も（その媒介手段は違えども）その結果も同じである。画家と小説家は互いに学びあい、互いを説明しあい、支えあう。彼らの目的も同じであるならば、画家にとっての栄誉は小説家にとっての栄誉でもあるのだ。("The Art of Fiction" 346-347)

ジェイムズは画家と小説家の任務とそこから生じる結果は、同じものだとみなしている。人生を再現するという意味において、両者はそれぞれペンと絵筆、紙とカンバスという違い以外は同等だというのである。またジェイムズは「特定の瞬間を生き生きと伝えること」(*The Painter's Eye* 114)こそ画家の使命の本質であるという。さらに「すべての芸術は表現である」("The Art of the Novel" 324)とも述べている。これらのことばが意味するのは、ジェイムズにとって、絵画も小説もその究極の目的や存在理由は、表現することにあるということである。

　それゆえジェイムズは『使者たち』で絵画のような視覚に訴える場面を導入することで、ストレザーの意識を明確に伝えようとしている。パーシー・ルボックが、「春のさなかのパリの美しい風景や、リヴォリ通りやチュイルリー公園のざわめきや生活の息吹といったものは、

第 3 章　ストレザーの見る絵

ストレザーの見た絵であり、彼の見た風景であり、彼の感覚にうったえる時と場所なのである」("The Point of View" 40) というように、これらの情景はストレザーの意識をつうじて再現されるのである。そのためパリの絵画世界は、彼の任務からの避難場所として描かれることもある。パリでのストレザーはつねにニューサム夫人の監視の目を感じずにいられない。まるで彼がパリに魅了されて任務を一日延ばしにしているのを見透かされているかのように、夫人の催促の手紙が届くのである。責任ある使命をおびたストレザーが、避難場所として落ちつくことのできる場所のひとつとして、リュクサンブール公園のようすが描かれている。

　　テラスや、小道や、見とおしのよい並木道や、泉や、緑の鉢の小さな植木や、白い帽子をかぶった小柄な女たちや、甲高い声をたてて遊んでいる少女たちが、日差しを浴び、みんな「絵のような構図」をとっている場所で、ベンチに腰を下ろしたストレザーは、印象の杯がまさにあふれそうな 1 時間をすごした。(59)

印象派の絵画を思わせる、光と色彩にあふれたリュクサンブール公園の一角は、ストレザーにとって解放感を味わうことのできる場所である。ヨーロッパの地におもむいてわずか一週間のあいだに、パリの底知れぬ魅力にふれはじめたストレザーは、良心の呵責を感じながらも、絵画のような空間をまえに束の間の心の安寧をえるのである。これはまさに彼の任務からの逃避に他ならないが、彼の自由意思にもとづいた行動だといえる。このようにストレザーがパリで新しい生の感覚に目覚めていく過程には、彼が見た絵画的世界がつねに関わっているのである。

4．文学の背景としての風景画

　ストレザーのパリでの覚醒の最終局面ともいえるのが、パリ郊外の田園風景の場面である。ストレザーはかつてボストンのトレモント街の画廊で見たエミール・ランビネの風景画を忘れることができない。ランビネは、テオドール・ルソーや、シャルル・ドービニと同時代のフランスの風景画家で、セーヌ河の風景を主に描いていた。ランビネの画風にはバルビゾン派の影響を思わせるものがあるが、ジェイムズはそのなかでもランビネの絵を「主要なもの」であるとし、彼の風景画は「銀色がかった光や鮮やかな緑色」を特徴とする（*Collected Travel Writings: The Continent* 709）といっている。ジェイムズがかつてボストンで眺めたランビネの絵は、『使者たち』でストレザーが見る風景として再現される。

　　　長方形の金色の額縁が絵のような風景をとり囲んだ。ポプラも柳も、葦も、名も知らぬまた知りたくもない河も、すべては額縁のなかで巧みな構図を形作っていた。空は銀色で青緑色で、ワニスを塗ったようだった。左手の村は白く、右手の教会は灰色だった。要するに、すべてはそこにあった。彼の望みどおりだった。それはトレモント街であり、フランスであり、ランビネであった。そのうえ彼はその絵のなかを自由に歩き回っているのだった。(304)

　ジェイムズの小説と絵画との関連について、たとえばマリー・アン・コーズは、「観察者」であるジェイムズが「窓から観察することだけではなく、窓という形式、枠組みとしての効果を観察することをより重要だと考えていた」（"High Modernist Framing" 126）と述べ、ジェイ

第3章　ストレザーの見る絵

ムズの絵画のあつかいを小説の構造とより深く関わるものだとみている。またアデリーヌ・ティントナーは、ジェイムズの小説における「美術世界」が重要であるのは、その「技巧的な面」のためではなく、その「状況の複雑さ」のためだという。彼はとくにジェイムズの後期の作品における芸術作品が「それにかかわる人物の動機や衝動についての手がかりとして機能している」と指摘する ("The Museum World" 142, 151)。ジェイムスの小説における絵画には、構造面での効果だけでなく、登場人物の行動や意識を方向付ける役割もあるといえるだろう。これらの効果や役割は、ストレザーのみたランビネの風景がどのようなものだったのかを知る手がかりとなる。

　ストレザーにとってランビネの風景画は、彼の生涯でもただ一度、実現しそうですることのなかった彼の夢をあらわしている。ランビネの小品としては最低だと思われる値がつけられていたにもかかわらず、ストレザーにとって身分不相応なほど高価なその芸術品を購入しようとしたことは、忘れることのできない冒険だったのである。ランビネの風景画はその後も彼の記憶のなかに残りつづけ、実現することのできなかった青春の夢を象徴するものとなっている。ストレザーは、空想のなかの遠い世界として記憶にのこるランビネの世界を求めてパリ郊外へと向かう。

　　彼は（残されたパリ滞在の日々の）まる一日を、これまで額縁の小さな長方形の窓からしか見たことのない、さわやかな特殊な緑色に彩られたフランスの田園風景に捧げたいとの衝動からでかけたのだった。それは彼にとってこれまでほとんど空想の地、小説の背景、芸術の素材、文学の温床であり、事実上ギリシアほどにも遠く、しかも同じくギリシアほどにも聖なる土地だった。(303)

ストレザーにとってフランスの田園風景は、文学の背景や芸術の媒体として存在するものであり、手のとどかぬ神聖なものであった。グロリアーニ庭園での生への覚醒とおなじく、ランビネの風景画も、ストレザーの失われた青春と自由を象徴するものである。ヨーロッパの絵画世界はストレザーの生きる感覚を刺激し、新しい世界へとみちびく場所である。そして彼にとって生きることとは失われた自由と青春をこの地でとりもどすことである。グロリアーニ庭園で彼がビラムに語ったことばには、彼の青春と自由がどんなものであるかがあらわれている。

> 力のかぎり生きることだ。そうしないのは間違いだ。人生を楽しむかぎり、具体的になにをするかということなどたいした問題ではない……もちろん実際の生活は変わりはしなかったろうよ……人間は分相応の生き方しかできないものだから。しかし、人間には自由という幻想があるのだ。だからぼくみたいに、こういう幻想の記憶をもたない人間になってはいけないのだよ。(131-132)

人は自分が自由だという幻想さえもてないようになってはいけない。グロリアーニ庭園で新しい生の感覚に目覚めたストレザーは、周囲の束縛から逃れ、ただひとりランビネの絵の風景にとけこんだとき、はじめて自由を味わうことができたと感じるのである。しかし自由の「幻想」というように、ストレザーは完全な自由を手に入れたわけではなかった。彼の訪れた田園の風景は彼の望みどおりのものであったが、それはあくまでも絵画のなかの世界であることが強調されている。ストレザーの進む方向にあわせて「長方形の金色の額縁」がひろがり、銀色の空やポプラや川によって構成されたランビネの絵は、ストレザーの歩く範囲でとぎれることがないのである。彼が偶然降り立った駅からはじまる田園風景は、まさに彼の青春の記憶にきざみこまれたラン

第 3 章　ストレザーの見る絵

ビネの絵そのものであるが、そうであるがゆえに、彼の自由が記憶や幻想という不明瞭なもののうえにしか成り立っていないといえるのではないだろうか。これに関して、たとえばリチャード・D・ハサウェイはつぎのように解釈している。「ストレザーが自然のなかにのめりこめばのめりこむほど、彼は絵の枠組みに閉じ込められることになる。また彼が衝動とロマンティックな幻想に身をゆだねればゆだねるほど、彼の幻想は打ち砕かれることになる」("Shadow and Corona in *The Ambassadors*" 91)。このようにストレザーの夢の実現をあらわすランビネの風景画は、彼を絵の中に封じ込め、彼の自由を奪う。そのうえさらに彼の幻想までもが、ヴィオネ夫人とチャドの出現によって色あせることとなるのである。

　ストレザーにとって重要な転機となるこのランビネの風景の場面は、『使者たち』におけるクライマックスとしても重要である。ここで、ランビネの風景画を下敷きにもちいたジェイムズが、小説のなかでいかに絵画世界を再現しようとしていたかがうかがえる。視覚に訴える絵画的要素をもっとも凝縮したのがつぎの場面である。

> 　ストレザーがみたのはまさにふさわしい眺めだった——一艘の小舟が、オールを握った男と舟尾でピンクの日傘をさした貴婦人とをのせて、曲がり角のむこうから姿をあらわしたのだった。それはまるで、このふたりの男女が、あるいはこのふたりに似た誰かが、多かれ少なかれ、一日中絵のなかに不足していて、それが不足を十二分に補おうと、ゆるやかな河の流れにのって、いまや視界のなかへ浮かんできたかのようだった。(309)

ストレザーの記憶にあるランビネは、その構図のなかに、河の上のボートでやってくる男女が入ってきたとき、完璧なものとなる。このとき

ストレザーの見たものこそ、彼の理想をかなえるものだったのだ。そして理想が実現されたとき、彼が知ることを恐れていたヴィオネ夫人とチャドとの関係が明らかになるのである。この皮肉な一連のできごとを、ジェイムズは絵画世界のなかで描いたのであった。
　ヴィオネ夫人とチャドが二人きりで訪れていた田園に、ストレザーも立ち寄ったこと、またそこで二人の密会の場面を目撃することはあまりにもよくできた偶然である。しかし彼らの邂逅はすべて絵のなかのできごとである。それゆえ「小説や茶番劇のように奇妙な」(310) こととして受け入れることができるのである。これこそジェイムズが人生という絵画を再現するのにもちいた小説技法のひとつなのである。ストレザーがパリ郊外の駅に着いたときから絵画世界ははじまっていたのであり、ヴィオネ夫人とチャドという恋人たちがその絵画の最後の一筆を飾ったのだ。ストレザーがこの田園に訪れる数日前、マライア・ガストリーが彼にいったことばは、ストレザーと彼らとの出会いが絵のなかの世界でおこなわれるだろうと暗示しているかのようである。マライアは、ヴィオネ夫人とチャドのいるところは「絵画的なパリの夏の一部分になるだろう」(297) とストレザーに語っている。
　チャドとの密会を目撃されてしまったヴィオネ夫人が、ストレザーとの偶然の出会いを幸運なものとして大げさに喜ぶ演技をすることも、この場面の緊張を高めている。日帰りで遊びにきたと説明するヴィオネ夫人の服装は、今朝パリを発ったとは思えないほどの軽装であり、二人がどこかで宿をとっていたことはあきらかである。それでもなお、ストレザーに目撃されたことの気まずさを押し隠そうとする夫人のありさまは、「喜劇の本質」(314) をあらわしているのにすぎないのである。
　かくして、二人の関係が道徳的なものであってほしいというストレザーの希望はみごとに断ち切られることとなる。パリ郊外への小旅行は、ストレザーにとっての自由がどのようなものであったかを語って

第 3 章　ストレザーの見る絵

いる。まずは、彼自身の行動力によって、ランビネの絵の風景を見ることができたという自由である。そして、ヴィオネ夫人とチャドの関係を悟り、あるがままに受け入れなければならないということも、彼がえた自由のなかに含まれているといえる。これらのできごとは、ストレザーのパリでの体験、すなわち人生の一部を凝縮したものであり、彼が目覚めた新しい生の感覚をあらわしているのである。最終的にヨーロッパを去る決断をするストレザーにとって、自由とは幻想であったにすぎないことが、絵画世界をとおして伝えられているのである。

結び

　これまでみてきたように、ジェイムズが『使者たち』にとりいれた絵画やパリの芸術世界は、それが芸術家と結びつくもの、肖像画、風景画と結びつくものとさまざまであった。しかしジェイムズがこのなかで一貫して主張しようとしたのは、見ることの重要さであったといえる。ジェイムズの絵画への興味の発端は、父親の教育方針にあるといえるだろうし、また、彼がアメリカにはないヨーロッパの文化に憧れていたことにもあるだろう。しかし、絵画世界はジェイムズにとって芸術作品そのものとしてはもちろん、小説の成り立ちと密接に関わるものとして、身近でかつ重要なものである。このようなジェイムズにとって、絵と小説の究極の目的が人生を再現することにあるのは、当然のことといえるだろう。そして『使者たち』においてストレザーの目をとおして再現された絵画世界は、そのままジェイムズ自身の見た絵でもあるのだ。彼の目をつうじて絵と小説が完璧な調和をとったとき、ジェイムズの小説は、まさに人生を再現する域に達した芸術作品となりえるのである。

注

1) Viola Hopkins はつぎのように述べている。「ジェイムズが初期の頃絵画に興味を持ったことは彼の眼を発達させることとなった。彼は古城をただ書き写すだけでなく石造りの構造を、ラスキン風に描き出し、風景画を外光派のラ・ファージュにならって描こうとした。ジェイムズがどのくらい絵画法の知識をもっているかについては、彼の芸術批評や視覚芸術、芸術家をあつかった小説から推察するだけである。ジェイムズの学習が形式にのっとったものでないとしても、彼は絵画の技巧や専門用語から多くを学び、それを文学のためにおおいに発展させたと思われるのである。」(16)

2) ジェイムズは「ホーソーン論」のなかで、アメリカの歴史文化の未熟さをつぎのように嘆いている。「君主もいない、宮廷もない、個人の忠誠もない、貴族制度もない、国教会もない、国教会聖職者もいない、軍隊もない、外交機関もない、宮殿もない、城郭もない、荘園もない、古めかしい邸宅もない、牧師館もない、藁葺きの田舎家もなく、蔦のからまる廃墟もない。大寺院もなく、僧院もなく、小さなノルマン教会もない。大きな大学もパブリック・スクールもない―オックスフォードもイートンもハローもない。文学もなく、小説もなく、博物館もなく、絵画もなく、政界もなく、狩猟階級もない―エプサムもなく、アスコットもない」(43)。これはヨーロッパ文化に対するジェイムズの憧憬だけでなく、アメリカにはアメリカの精神が健在だということを暗示していると考えられる。また以下にあげるホーソーンのことばへの同情をもあらわしているといえるだろう。ホーソーンはイタリアを舞台とした『大理石の牧神』を描くにあたって、ロマンスの要素を欠くアメリカを嘆いたのであった。彼が求めたロマンスの背景とは、「心の暗い陰、威厳ある古い世界、神の奇蹟　目を奪うような、深い悲しみを誘うような悪」(3)といったものにあふれたヨーロッパ世界であった。

3) Adeline Tintner はジェイムズの『使者たち』と Holbein の絵『使者たち』が、以下のような点で類似していると指摘する。まず両作品とも「死を想え」と「現在を楽しめ」というテーマをもち、パリの文

第 3 章　ストレザーの見る絵

明を描いていることである。そしてジェイムズは、『使者たち』を執筆し始めた1990年春から半年ほど前の1889年秋に、Holbein の肖像画を下敷きとした短編 "The Beldonald Holbein" を書いているということである（*Henry James and the Lust of the Eyes* 88-91）。ジェイムズが Holbein の絵からヒントを得たかどうかというのは興味深い問題であるが、いずれにせよ『使者たち』がこれほどまでに絵画との関連を思わせることは、ジェイムズの視覚芸術への深い関心を示すものだといえる。

4) Adeline Tintner はジェイムズの「見ることの悦び」"the Lust of the Eyes" を以下のように解釈している。ジェイムズは1893年に Robert Louis Stevenson にあてた手紙で、聴覚と比べて視覚の重要性を説いているが、それはジェイムズが「見ることに強い欲求がある」と考えているためだとした。ジェイムズの「視覚への欲求」について Tintner は「ジェイムズは、眼そのものがまるで肉体的な欲求をもってものごとを眺めるというたとえをつかっているが、それは眼が脳のために開かれた窓だということを強調することであり、生殖器官のようだといっているのではない。視覚への欲求とはすなわち眼の機能を誇張したものであるが、しかし眼は人間のほかのどの器官よりも、より新鮮でよりすばやい方法で、脳に栄養を与えることができるのである」と論じている（*Henry James and the Lust of the Eyes* 1）。

5) ジェイムズと印象派との関連については、James Kirschke の "Henry James's Use of Impressionist Painting Techniques in *The Sacred Fount and The Ambassadors*." (*Studies in the Twentieth Century* 13 (1974): 83-116) に詳しい。

引用文献

Bell, Millicent. "*Meaning in The Ambassadors,*" *Meaning in Henry James*. Cambridge, Mass.: Harvard UP, 1991. Rpt. in *The Ambassadors*. Ed. S. P. Rosenbaum. New York: Norton, 1994. 514-536.

Bradbury, Nicola. "'The Still Point': Perspective in *The Ambassadors*," *Henry James: The Later Novels*. Oxford: Oxford UP, 1970. 36-71. Rpt. in *The Ambassadors*. Ed. S. P. Rosenbaum. New York: Norton, 1994. 473-501.

Caws, Mary Ann. *Reading Frames in Modern Fiction*. Englewood Cliffs, N. J.,: Princeton UP, 1985.

Edel, Leon, ed. *Henry James: A Collection of Critical Essays*. Englewood Cliffs, Prentice, 1963.

Hathaway, Richard D. "Ghosts at the Windows: Shadow and Corona in *The Ambassadors*." *Henry James Review* 18 (1997): 81-97.

Hawthorne, Nathaniel. *The Marble Faun: or the Romance of Monte Beni*. Ohio: Ohio State UP, 1968.

James, Henry. *The Ambassadors*. Ed. S. P. Rosenbaum. New York: Norton, 1994.

———. "The Art of Fiction." *Partial Portraits*. London: Macmillan, 1905. 375-408. Rpt. in *Tales of Henry James*. Ed. Christof Wegelin. New York: Norton, 1984. 345-362.

———. *The Art of the Novel: Critical Prefaces*. Ed. Richard P. Blackmur. New York: Charles Scribner's, 1934.

———. *Autobiography*. Ed. F. W. Dupee. London: W. H. Allen, 1956.

———. *Collected Travel Writings: The Continent*. New York: The Library of America, 1993.

———. *English Men of Letters: Hawthorne*. Ed. John Morley. London: Macmillan, 1909.

———. *The Painter's Eye*. Ed. John. L. Sweeney. London: Rupert Hart-Davis, 1956.

Kirschke, James. "Henry James's Use of Impressionist Painting Techniques in *The Sacred Fount* and *The Ambassadors*." *Studies in the Twentieth Century* 13 (1974): 83-116.

Lubbock, Percy. "The Point of View." Edel 37-46.

Matthiessen, F. O. "*The Ambassadors*." *Henry James: The Major*

Phase. New York: Oxford UP, 1944. 19-41.

Murray, Donald M. "James and Whistler at the Grosvenor Gallery." *American Quarterly* IV (1952): 49-65.

Tintner, Adeline. "The Museum World." Edel 139-155.

———. *Henry James and the Lust of the Eyes: Thirteen Artists in His Work*. Baton Rouge: Louisiana State UP, 1993.

Winner, Viola Hopkins. *Henry James and the Visual Arts*. Charlottesville: UP of Virginia, 1970.

図-1　ホルバイン『使者たち』
（1533年　ロンドン、ナショナル・ギャラリー）

第3章　ストレザーの見る絵

図－2　ティツィアーノ『手袋を持つ男』
（1520年頃　ルーブル美術館）

図-3　ダヴィド『レカミエ夫人』
（1888年　ルーブル美術館）

第4章

キュービズムと
ガートルード・スタインの「緑色のゲーム」
に見られる視覚と技法の相関関係[1]

「ある声を聞き、それを表現するすべての表象を見ることはとても心地よいことです」

デボラ・シュニッツァー

（翻訳　早瀬　博範）

　ガートルード・スタイン魅力の一つは、彼女のキュービズムに対する興味、そして彼女の言葉の芸術とパブロ・ピカソやジョルジュ・ブラックといった視覚芸術家たちの作品[2]との間に存在する相関関係だと思われる。スタインの唱える数々の意見は、キュービズムの絵画やその造形手段に対する彼女の造詣の深さを示している。例えば、ロバート・ハースとのインタビューの中で、彼女は、ピカソは対象の形態を把握する際、網膜だけに頼るのではなく、むしろ「彼は、見たものを飲み込みそうでした」(Haas 31) と強調している。また、スタイン自身が書いた研究書『ピカソ』(*Picasso*) の中では、ピカソは見たものというより、考えたものを描く才能があると説明し、「ピカソは人間の顔、頭、身体を、人がこの世に現れたときから存在してきたものとして非常に良く知り抜いています」(47) とさえ述べている。
　スタインは次の二つの識別に対して非常に敏感であった。一つは、

われわれが慣れ親しんでいる視覚的事実、つまり「万人が見るように自然を見ること」（スタインは、これを19世紀のリアリズムにおける「視覚物の誘惑」と見ている）であり、そして、もう一つは、ピカソが「見ている」ような世界である。「ピカソがトマトを食べたら、それは、もう誰もが目にするトマトではなくなります。全く違うものです。彼は、万人が見ているように自分なりの方法で表現しようとしたのではなくて、自分が見ているとおりに表現しようと努力したのです」(17)。
　スタインの考察によると、ピカソは、「世間の人が知っているような事実」など信じてはいないし、また、外観とか、対象物がどう見えるべきかといった回りの期待などによって決定される事実を全く飛び越えたところで動いているために、彼の作品は、「自分が見ているものについてはよく知っているものだという思いこみ」(18) では決して見つけられない対象についての真実を明らかにする方向へ向かっているのである。
　スタインは、自分の作品とキュービストの作品が、手法と目的の点でかなり接近していると言明しており、ハースとのインタビューでも、彼女は、作家としての自分の努力は、ピカソの画家としての目的と同じだと見なし、「作家は目で書き、画家は耳で描くべきです。目で得られたものではなく、常に、飲み込んだ知識を描くべきです」(31) と答えている。彼女は、自分の作品は「対象にぐっと入り込む思想家」(34) によって得られたものであるという点で特別であると考えており、しかも、ピカソが「所有」という行為によって描いた対象が、私たちが一般に期待しているようなものとは違って異様な形に描かれる限り、一般的には彼の芸術は誤解され、拒絶されるであろうことも彼女には分かっていた。

　作品が完全にできあがるまで、だれも何が起きているのか理解す

第 4 章　キュービズムとガートルート・スタインの「緑色のゲーム」に見られる視覚と技法の相関関係

ることはできないし、完成するその瞬間まで何ができたのか全く理解できないのです。かつてピカソは、ものを創造しようとする人はそれをやむなく醜くしてしまうものだ、と言ったことがあります。(『ピカソ』9)

　『ピカソ』の中で、スタインは自分自身のことをピカソの親友であると同時に同僚と称し、「この時期、彼のことを理解していたのは私だけでした。それはたぶん私が、彼と同じことを文学において表現しようとしていたからでしょう」(16) と説明している。さらに、ハースとのインタビューでは、二人に共通してみられる視覚と技法は、「カモフラージュの手法」(33) だと語っている。
　『ピカソ』の中で、スタインはキュービズムの主な教義を以下のように定義しているが、中でも「同等の原則」(「どの要素も等しく重要であるということ」) を強調している。これまで「本当らしきもの」をそのまま認めていた基準への挑戦（このことは、「目が見ているものに対する信頼、つまり科学が示す事実への確信が弱くなり始めた」ということである）、さらに、キュービズムの作品では、その枠組みが、構成上の要素と描写上の要素との緊張関係を決定するという点である。『ピカソ』の中で、スタインは、「絵は額縁の中にはいっていなければならないという考えがいつの時代もありましたが、今や、絵は額縁から抜け出したいと思い始めたのです。このような事情も、キュービズムを生む要因となったのです」(12) と説明している。
　ピカソが「以前見たことがあるという記憶」など用いず、「男性や女性の頭、顔、身体」を「知ろう」(『ピカソ』113、15) と悪戦苦闘していたことが、ひいては、統一性や実体に関するこれまでの認識をただの幻影として破壊したという事実をスタインは重要視し、次のように述べている。

「ピカソは子どもが見るように、顔、頭、身体を認識しているのです。(中略) ピカソが、だれかの片一方の目を見たとき、もう一方の目は、彼にとっては存在せず、見た方の目だけが存在しているのです」(15)

慣習や権威に対するキュービズムの挑戦は、「面食らわせるような」特質 (15)、さらには、創造的攪乱ともいえる「醜さ」さえ伴うことがあるが、スタインは、それを自分自身の作品で実行しなければならないと感じたのである。そのため、ハースとのインタビューで、スタインは、「構成面におけるリアリズム」つまり、「作品中の要素はどれも同じように重要である」ことを強調することが様々な刷新を生み出すのだと述べ、「文学でこのような構成に対する考えが用いられたのは、これが初めてのことでした」(15) と説明している。焦点や、主題と文体の選択におけるスタインの平等感覚は、キュービズムの場合と同様、最終的には、伝統的で調和のとれた同心円的な視点に対する挑戦を意味し、各要素の分裂と民主化に繋がっている。[3]

「結局、私にとっては、どの人も全く同じように重要なのです。風景もそれぞれ同じ価値があり、草の葉も木も同じ価値があります。これまでリアリズムを推奨してきた人々は、人間をいかにリアルに描くかに努力してきた人たちなのです。でも私は、人間をリアルに描くことには興味はなくて、物事の本質に、もしくは画家であれば価値と呼ぶであろうものに興味があるのです」(16)

スタインは、彼女が言葉の反自然主義的な使用の可能性を理解できるようになったのは、セザンヌ、それからピカソの影響があったからだと認識している。「セザンヌの構成原理」に関しては、ピカソも

第4章 キュービズムとガートルート・スタインの「緑色のゲーム」に見られる視覚と技法の相関関係

「分析的キュービズム」の初期段階において追求していたものであるが、スタインは、「セザンヌの構成原理」の理論的延長として、言葉の内的特質や構成の手段にどんどん夢中になっており、実際、その影響を受け『三人の女』が執筆されたことは、彼女自身認めていることである。[4]

> 「私は、その頃、言葉遊びを始めました。同じ価値をもつ言葉に少々とりつかれていました。その頃、私は、ピカソに肖像画を描いてもらっており、この話題については、際限なく話し合ったものです。彼がキュービズムに着手したのもそのころでした。私は、セザンヌから受けたものが究極の構成法ではないかもしれないと感じ始めていました。19世紀になって、言葉はその価値を失い、特に19世紀の末には、多様性の多くを失なってしまったのだと認めざるを得ない状況でした。私はこのまま書き続けることはできず、個々の言葉のもつ価値をなんとか取り戻さなければならないと感じていました」(Haas 17-18)。

スタインにとって、『やさしいボタン』(*Tender Buttons*) は、そのような発見過程の「頂点」をなす作品である。この時期、「ヴィラ・キュロニアにおけるメーベル・ドッジの肖像」(1911) という作品に見られるように、彼女は肖像画に関心を持っていた。1914年に出版された『やさしいボタン』は、それを最も過激な形で表現した作品である。この時期を彼女は「絵画の時代」と規定しているが、それはちょうどピカソがキュービズムの実験として、「根元的要素への抽象化」[5] を行っている時期に当たる。

彼女と同時代人であるアーノルド・レーネベックは、スタインが「パブロは絵画の分野で抽象的な人物描写をしていますが、私は、私

の媒体である、言葉において抽象描写を試みようとしています」と言いながら、「メーベル・ドッジの肖像画」を紹介しているのを覚えている (Rönnebeck 3)。また、ハースとのインタビューで、スタインは、『やさしいボタン』の中の一つ一つの品目に対する彼女の反応は、「可視世界のリズム」がそれら静物のなかで、いかに再生されているかを示すためであったと述べている。彼女が自らの作品の制作過程を述べるのに使用する用語は、キュービストの作品における「全体描写」[6]の概念と著しく一致している。スタインは、この過程を以下のように説明している。

> 「私があるものを選んだら、私はそれについて私が感じる一つ一つの生々しい心情を満足させるまで描こうとします。例えば、あなたの靴を見たとしましょう。そうしたら、私は、その靴の完璧な映像を作り上げようとするでしょう。それは、ひどく難しい作業で、完全な集中力を要します。自分の中からあまりに多くの物を排斥し、同時にあまりに多くのものが進入してくるので、もうやりたくないと思うほどです。とてもひどく疲れる作業です」
> 　　(Haas 29)

　スタインが、自分自身の作品とピカソの作品との類似性を立証するために用いる「抽象的」という語は、批評家たちの間では、しばしば問題視され、そのため、上記のレーネベックが語った秘話の信憑性まで疑われている。彼らは、ピカソの人物描写は抽象的ではなく、スタインの作品の非指示的傾向は、キュービズムとは相いれないと主張する。しかしながら、「抽象性」という語は、それ自体曖昧な語であるが、私としては、非指示性という意味を含まなければ、その語は、キュービズムの理念に当てはまると考えている。

第4章 キュービズムとガートルート・スタインの「緑色のゲーム」に見られる視覚と技法の相関関係

キュービズムの作品には、スタインが描く人物像にみられるような抽象性が明確に存在している。抽象性とは、対象についての作家の考えを文字や絵であらわす際に生じ、対象の外的事実についての芸術家の経験を概念化するためのもので、描写は理解しがたいものになり、対象と作品中で描かれた事実との間には、指向性の上では、暗号解読的な関係が存在する。[7]

その他よく指摘されるのは、スタインがキュービズムの絵を「完全な現実現在」("complete actual present")[8]という彼女独特の考えの枠を通して解釈しているという点である。彼女の主張する「作品中での時間感覚」(time-sense in the composition) は、記憶や連想といった、作品の時間概念を規定している基準体系すべてを排除することになる。[9] そうなれば、スタインはキュービズムにカリグラフィックな特徴を入れ込もうとしているが、それは、具象性と非具象性のバランスを主張するキュービズムとは矛盾すると、批評家たちは反論している。[10]

『ピカソ』の全体を通じて、スタインは、ピカソが対象を「見たことがあるという記憶に頼らない」(15) 描き方をしている点に注目し、彼が絵画の世界において、自然主義的規範に基づいた万物一致 (correspondence) の原則によって支えられてきた伝統的な描写法などを越えてしまったことを高く評価している。『アメリカ人の成り立ち』(*The Making of Americans*) の中でスタインがおこなっている作品構成の過程についての長々しい議論は、「いろいろな種類の男性、女性を作り上げるに多くの手段がある」ということに対する自らの認識と、「たとえどのような手段を用いようとも、人物どうしに何らかの類似点 (resemblances) があると気づかせる方法がある」(290) ということを強調している。『アメリカ人の成り立ち』においてスタインが示そうとした類似点とは、人間という被写体の本質 (bottom nature)[11] を「完全に理解する」こと、その「完全な歴史」を作ることによって得

られたものである。その構築過程は、従来の比較基準はすべて突き動かされてしまっていて、表面的には相容れないようにみえる実体が作品の中で関連づけらている (341)。このような類似性の提示の方法は、『アメリカ人の成り立ち』において実に慎重に実行されているが、『やさしいボタン』ではその才能が、多くの点で極致に達していると言える。

　『やさしいボタン』という作品は、「事物」("Objects")、「食べ物」("Food")、「部屋」("Rooms") の 3 つのセクションで構成され、第 1 セクションでは主に家庭用品に関する58の静物、第 2 セクションでは、カタログ的に配置された51の品目に関する作家の反応、そして第 3 セクションは、作品全体 ("whole collection made" 199) を形作っている美的原理に関する長い沈思と議論展開である。

　『やさしいボタン』の中の静物は、いわば「早熟な緑色のゲーム」("precocious game in green" 166) として定義され、従来の言語の固定した指示性から開放され、その結果、言葉と物の予期せぬ「照応」("matches" 176) を生み出している。『やさしいボタン』は、キュービズムの「全体描写」の過程に似せて、提喩がいかに言葉という媒体の照応性を高めるものであるかを実証した興味深い実験であると言える。この手法によって作り出されたものは、キュービズムでいえば、複数図像の視覚的統合によって得られる、形態の観念的表記に当たる。これを、エドワード・フライは、『キュービズム』の中で、「キュービストは、視覚的世界にある対象を幻影として再現するのでなく、その対象に相当する形態を観念化して表示する方向へ突き進んだ」(Fry 38-39) と説明している。

　スタインは、心が捉えた外的物体に関する理解をもっと直接的にしかも素早く提示する「完全な描写」("complete description")[12] を言語を

第4章　キュービズムとガートルート・スタインの「緑色のゲーム」に見られる視覚と技法の相関関係

使ってどの程度作り出せるかに挑戦しているが、そのような文体上の実験は、『アメリカ人の成り立ち』の最後の段階で具体化され、『二つ』(*Two*) に引継がれ、『やさしいボタン』でその頂点を極めたと言える。

　この作品で、彼女は名詞を復活させ、目にしたものを言葉を使って何とかそこに存在させようと努力しているが、それらは視覚芸術家が用いる対象の平行移動と同じだと見なしている。ピカソもスタインも、提喩および換喩を用いて表層を越えようとしているのである。これは、スタインが、「肖像画と反復」("Portraits and Repetition") のなかで「描写の質」(115) と定義しているものである。さらに、両者は、「記憶を混ぜ合わせる」ことなく、「見るだけの世界に生きよう」としているのである。この点をスタインは以下のように説明している。

　　「それで、また肖像画に取り組むことにしましたが、今回は男性や女性や子どもたちの肖像画ではなく、その対象は何でもよいことにしました。それで、部屋、食べ物などあらゆる物を対象に描きました。なぜならば、そこでは、耳を傾けたり、話したり、聞いたりしながらも、人間を描く場合に比べて、記憶を呼び戻すという危険性を容易に回避できるからです」(「肖像画と反復」 113)。

　このような離れ業は、空間的、時間的連続性を寸断することで成し遂げられるものである。空間や時間が連続した状態では、安定と統一感はあるが、結局は幻影しか描けず、それでは、心が対象をどのように「理解しているか」全く反映させられないのである。

　『やさしいボタン』でスタインの代弁者であると言える、一人称の語り手は、「部屋」の中で、最初の２つのセクションでおこなわれた審美的議論について長々と瞑想をおこなっている。語り手は、「ドアの背後にいる」作家の心によって捉えられた静物を読者が見て回る際

の案内役を演じ、最後には、アシ笛（reed）に「自分の心を再度、文字化させ、読みとらせ」("to re letter and read her" 196) ようとしているのである。つまり、スタインは、作家についての物語りを語る代わりに、その作家の作品の記録（biography）を語ることで表現できる「声」を得ているのである。『やさしいボタン』の中の声は、しばしば、スタインのペルソナとして定義づけられることが多いが、やはり、「私」と「作家」とが区別されている点は重要で、「私」のもつ知性が重要な役割を演じていることを忘れてはいけない。語り手の主な仕事は、静物の中に見られる構成の原則を説明したり、例証したりしている講義について読者に考えてみるように促すことであり、ひいては、芸術作品から生まれる既成概念を壊すような困惑を軽減させることである。

　さらに、語り手の役目は、読者に作者の媒体への取っ掛かりを与えることと考えらる。それは、ちょうど、扉のような存在で、不透明であると同時に透明であり、開かれていると同時に閉ざされているのである。これは、この作品の形態と一致していて、キュービズムの絵同様、二次元の表面が「様々な要求の調停者であると同時に決定者」(Berger 21) として機能するように仕向けられている。

　作品構成の二重性は、作品中で、以下のように暗示されている。「一つの混乱がある。パン屋の少年をあてにするというのは、今後、非常に多くの交代があるということを意味したが、とにかく、扉にカバーをつけて何の役に立つと言うんだ。それが役に立つのですよ。二重になるんです」("There is a disturbance. Trusting to a baker's boy meant that there would be very much exchanging and anyway what is the use of a covering to a door.There is a use, they are double" 196)。ここで、語り手は、「パン屋の少年」（これは、様々にイメージが膨らみ、語り手の役割を、例えば、副官や仕立屋の助手として交代し、拡大させる）として、「より少ない労力で共に自分の心を読み取る」("Read her with her for less" 196) 機会を

第4章 キュービズムとガートルート・スタインの「緑色のゲーム」に見られる視覚と技法の相関関係

提供しているのである。これは、「一つで二つの役をもつ」という方法と言えるだろう。

『やさしいボタン』で使用されている語りの戦略は、「外部から見たように内部を描く」(『アリス・B・トクラスの自伝』*The Autobiography of Alice B. Toklas* 156) という手法を用いているため、『トクラスの自伝』でみられる、固有名詞を使った複雑な筋立てを先取りしていると言える。この二作に見られるスタインの戦略は、固定された正面からのみ対象の外観を見るということに不満を抱いていたキュービストたちと相通じるところがある。さらに、作家を語り手と対象に分離させる点も、自分の存在を記号的実体としてキュービズムの作品の中に入れ込むことに熱中していたピカソに似ている。ロバート・ローゼンブラムも、スタインの『トクラスの自伝』とピカソのカリグラフィックな手段や名刺のモチーフとの類似を指摘している ("Rosenblum" 68) し、この手法は、『やさしいボタン』でも用いられている。

『やさしいボタン』では、さまざまなものにネーミングを行う際に、すでに確立された連想や関連のパターンだけでなく、関係が極めて特異なパターンも用いられているため、「窓は、もう一つ別の綴り字を持っている」("A window has another spelling" 204) という表現が暗示しているように、その多義的傾向は著しい。

『やさしいボタン』の中では、「たくさんの、たくさんの誘導ゲーム」("many many lead games" 176) を通して、芸術家は対象を単に「写したり」(copy)、「借りたり」(borrow) するばかりではなく、むしろ、「探求」(research)、「選択」(selection)、「解体」(breakages) によって、「すばらしい実体を普通とは違った視点から見る」("see a fine substance strangely" 163) ことによって実際の対象からどんどん遠ざかっていくのである。

文学作品をそれ自体存在理由を持つものと考えるスタインの見解は、

彼女の循環的で、多面的で、内省的な作品構成によって達成されていると言ってよいだろう。有機的統一体としての作品は、自然の作用と合致するものであるが、その場合、その統一体が対象の全体的外観を忠実に写し取っていることにはならない。[13] この見解は、キュービズムが平面を重要視し、その複合体と見なしている点と合致する。この点に関しては、アルベーリ・グレーズとジャン・メッツァンジェが「真の絵画とは、それ自体、複合的な生命体で、事物一般と調和する」（Gleizes 55）と表明している。

　スタインは、言語的正統性から離脱し、万物照応（correspondence）の習慣を破るために様々な手法を生み出したが、それらの手法は、「作品中に存在する時間感覚」（作品中に流れる実体のない時間）と「作品構成上の時間」（彼女の芸術的意図や技術に従って再配列された、伝記的、歴史的、そして言語的な習慣）との差異を広げている。

　スタインの作品にキュービズムのコンテクストがどのように応用されているかという議論は、主として彼女のカリグラフィックな傾向が見られる表面的な言語表現に集中している。ウェンディー・スタイナーは、『やさしいボタン』の文体と総合的キュービズムの「タブロー・オブジェ」（tableau-objet）とに相関性を見いだし、スタインのカリグラフィックな特徴を「エクリチュール・オブジェ」（écriture-objet）と定義している（Steiner 159）。スタインがそのように単語を重視し、その独自の並べ方で生まれる様々な意味コードを前面に押し出していることで、作品に多元性を生じさせているが、これは分析的・総合的キュービズムのどちらにも見られる視点の移動や面と面との相互影響といった特徴と類似している。[14]

　ただ、スタイナーを始めとし、両者の一致を主張する批評家たちの中にも、スタインの考える「対象の正確な再現」へのこだわりは、「媒体の機能の過剰な拡大」につながると見なし、総合的キュービズ

第4章　キュービズムとガートルート・スタインの「緑色のゲーム」に見られる視覚と技法の相関関係

ムが保持しているあらゆる再現のための要素を否定することになりかねず、そうなれば、彼女の作品に関してキュービズムとの類似性を論議することが意味のないものになってしまうと指摘しているものもいる。[15]

　もちろん、スタインの作品とキュービズムの作品にはほとんど類似性はないという批評家もいる。その理由として、例えば、ジェイン・ウォーカーは、スタインはただ「自分自身の頭の動きを規定している」(Walker 67)にすぎない、というのも、熟考の対象が概念化の途中でその痕跡がなくなっているからだ、と指摘している。しかしながら、まさにその行為こそ、両者の類似点である「破壊」の説明として重要なのである。ピカソは、自分の作品を定義するのに、「破壊」という語を用い、次のように説明している。

　　「抽象芸術というものはないのです。常にある具体的な物から始めなければなりません。その後は、現実の痕跡の全てを取り除いてもかまいません。そうなるともう何の危険もないのです。対象に対する概念は消し去ることのできない印を必ず残すものです。それが、芸術家を刺激し、概念を駆り立て、感情を掻き立てるのです。概念と感情は最後には作品の囚われ人となり、どうやっても、絵から抜け出すことはできません。概念と感情は、その存在がもはや識別できないときでさえ、それらは絶対必要な部分を形成しているのです」(Chipp 270)

　この点に関しては、「クッションの中味」("A SUBSTANCE IN A CUSHION")の中で、スタインもまた、「質問は引用の前には来ない」(162)と説明している。しかも、「引用したもの」は、その利用の仕方がどんなに「無謀」("reckless")で「突飛」("extreme")であったとし

ても、まったくなくなってしまうことはないと述べている。「ある光景、ある全景、そして小さなきしるようなうなり声、それは飾り物となる、とても甘美に歌う飾り物に。赤いもの、丸いものではなく、白いもの、つまり、赤いものと白いもの」("A sight a whole sight and a little groan grinding makes a trimming such a sweet singing trimming and a red thing not a round thing but a white thing, a red thing and a white thing" 162)。

「引用されたもの」は、作品の要求にそって削られたり、読まれたりするが、それでもはっきりとした方向性を暗示しているのである。以下、ピカソの回想から分かるように、造形上の問題に対してピカソが自らの作品で示したの解決策を、スタインは作品の意図どおり理解できたようである。

> その絵での私の関心は、二人の人間を表すことにあるとお思いですか。この二人の人間は私にとって、かつては存在したけれども、現在は、もはや存在してはいないです。彼らに対する私の見方が、私に、ある一時的感情を与え、それから、少しずつ彼らの存在がぼやけていき、虚構となり、全て消滅してしまったのです。いや、むしろあらゆる種類の問題へと変形されてしまったのかもしれません。もはや彼らは、ご覧の通り、二人の人間ではなく、形と色になっています。そのうちに、形と色は、二人の人間に関する概念を獲得し、彼らの人生の機微を保存するようになります。(中略)絵を説明しようとする人たちは通常、全くお門違いのことを言うものです。先日、ガートルード・スタインが私に、自分はついに私の描いた三人の音楽家が意味するものがわかりました、と嬉しそうに言いました。それは静物ですね！と」(Chipp 270-72)

スタインの作品には指示性がないと不満を述べる批評家は少なくな

第4章　キュービズムとガートルート・スタインの「緑色のゲーム」に見られる視覚と技法の相関関係

い。『モダニズム文学の様式』(*The Modes of Modern Writing*) において、デイヴィッド・ロッジは『やさしいボタン』について、「解体の傑作だ……飲んだ者を殺しかねないほどの劇薬だ」(Lodge 154) と表現している。他にも、スタインの作品に関する批評は幅広く、『やさしいボタン』のようなテクストの「病的な」状態についてだけではなく、作家の「病的な」偏執性にも焦点をあてているものもある。[16]

しかしながら、両者の類似性に関しては、彼女が作品の中で概念化された主題をキュービズム的視点から言語によって表現という手法を分析することで明らかにされる。これらの技法は、キュービズムの思索の眼が探求する指示性と自律性の間に生じる緊張を見事に表現できるのである。また、同時性的に存在する象を作り出すために、統語論的策略は一つだが、時制を「組み合わせたり、混ぜ合わせたり、対照的に用いたり」(「長くて派手な本」"A Long, Gay Book" 18)――例えば、「オルタ、もしくは一人の踊り子」("Orta, or One Dancing") のような作品で、スタインが対象の存在（本質）の「完全な歴史」を表すために、一人の踊る人物を描くのに、ぐるりと回転するようないくつもの視点によって得られた像の合成画のように描いた[17]――、また、修辞的な意味の面を相互に影響させたりしている点も、キュービズム的と言えるだろう。

ちょうどキュービストたちが平面を主張することによって、図象学的な手段を劇化させたように、スタインは媒体の古い慣習を前景化することで、既成の文法事項の枠組みからは出てこない言葉の可能性を示し、提喩法や換喩法を通して、言葉の指標的な資質を発展させている。この意味において、キュービズムのトロンプ・ルイユ（騙し絵）と同じようなものが言語として生まれ、一見論理的な関係にあると見える統語論上の形態を作り上げている。例えば、スタインは、意味的には矛盾したように見える語と語の間にも因果関係の論理を「利用」

することで、見せかけの一貫性を作り上げている。統語論上関係づけられたにすぎない同音異義語のグループもまた、その中に存在する明白な提喩上の関係があることで、予期せぬ類似性を示すこともある。

　キュービズムの描く図象が略図的（diagrammatic）であるということは、バーガーが「キュービズムの瞬間」("The Moment of Cubism")において示しているように、キュービズムの場合、心が凝視する対象物のことを知るためには、外見を模倣するのではなくて、むしろ「見えない経過、力、構造」(Berger 20)を指示するような換喩や提喩を通して対象が何であるかを暗示するのである。「肖像画と反復」の中で、スタインは、「記憶を暗示させること」の難しさを解決しようと試みている。そして同時に、彼女はその困難と、同世代の画家たちが用いた記号の喚起するような特徴を関連させることによって、「見ることの中に生きよう」としている。「画家の場合、記憶とは、絵のなかでそれ自体を実際に描くのではなく、暗示するという形をとる」(113)。この種の暗示（suggestiveness）をスタインは言葉で行っているが、言葉を分解したり、一語の中に蓄えられた様々な意味に対する作家自身の反応として現れている。その意味とは、その名の由来に関係することもあれば、今は使用されてないが、以前用いられていたような意味である。例えば、「食べること」("EATING")において、「古い言葉」
　(old say)は、"owl"という一つの言葉の音声上の成り立ち（もとは、howlから来ている）を探求することで、さらに、「食べている」(eating)人の発音では、"h"(193)という音がしばしば消えたりするが多いことが連想され、この作品では、"h"の有無がおもしろさを出していることが分かる——"Eat ting"; "Eating he heat eating he heat it eating, he heat it heat eating"(193)。また、「リンゴ」("APPLE")においては、"a little piece"(187)は、「かじられたリンゴ」の小片を意味し、エデンの堕落を象徴し、それは、"no no"と表現されている。さらに、そ

第4章　キュービズムとガートルート・スタインの「緑色のゲーム」に見られる視覚と技法の相関関係

の小片は、以下のような聖書に関係するものを暗示している——"potato, potato"、禁じられている食べ物である「豚のモモ」("ham") や「小さな種ハマグリ」("seed　clam")、追放された人物のカイン ("Cane" = Cain)、偶像 ("gold work" として示された「金の子牛」)。また、"sherry" という語は、"the apple of her eye" (= cherie「愛しい人」) と相まって、スタインの恋人アリスを連想させる。

　『やさしいボタン』に関する指摘で最も納得のいくものは、その作品が静物を主題としていて、総合的キュービズムの造形手法——コラージュやパピエ・コレ——とカリグラフィックな手法を用いているという主張である。これらの特徴こそ、スタインの芸術的意図に合致するするものだ。この作品が総合的キュービズムのタブロー・タブローのような傾向が強いということは、グリスの『グラスと新聞』【図-1】や『小円卓』【図-2】といった作品の構成と一致する点である。コラージュは、1912年の始めに『籐編みの椅子のある静物』【図-3】の中でピカソによって発明されており、ピカソは籐の椅子の模様がプリントされた一枚の油紙をキャンバスに貼りつけた。パピエ・コレの発明家はブラックで、彼は『果物鉢とグラス』で、純粋に形式主義のために紙片を利用した。グリスの『グラスと新聞』(1914年) では、新聞の切れ端は、ピカソの既成の油紙同様、対象の直接的再現と同時に絵画性も維持している。

　現実に存在するものと絵の中に描かれたものとの関係や、自然が芸術へと変質する度合いはどの程度であるべきかについては、2つ目の「箱」("A BOX") で、作品のテーマや技法として具体的に描出されている。例えば、"one" という語は、現れるたびに、独自の次元を主張している。

　　その一つはテーブルの上にあります。その二つはテーブルの上に

あります。三つともテーブルの上にあります。その一つ一つは、長さの長いカバーが示しているのと同じ長さです。もう一つはそれとは違っています。それを明示するのに多くのカバーがあります。もう一つもそれと違っています。そして、それは隅々に同じ色合いをもたせています。それら8つのものは、4を必要とするため、奇妙な配列になっています。

The one is on the table. The two are on the table. The three are on the table. The one, one is the same length as is shown by the cover being longer. The other is different there is more cover than shows it. The other is different and that makes the corners have the same shade the eight are in singular arrangement to make four necessary. (165)

スタインは、密度や重力に関する常識を覆すために、光源がいかに気まぐれで、陰影がいかに適切であるかを示そうとしてるが、同時に、まさにグリスが「何度も何度も重ね描きされたタバコ」を描いたときと同じ観点から、以下の表現に見られるように、一見矛盾するように見える映像をいくつも併置させている。「ゆるい、隅々をもつこと、ある重量より軽いこと、新婚旅行を指示すること、茶色のままでいること、好奇心は持たないこと、裕福であること、シガレットは長さによって、折り重ねることで確立されます」("Lax, to have corners, to be lighter than some weight, to indicate a wedding journey, to last brown and not curious, to be wealthy, cigarettes are established by length and by doubling" 165)。スタインは、以下の表明どおり、概念化された対象を、文字を使って分割描写[18]で細切れに表わしていこうと考えている。「箱がときたま作られます。そしてそれは、十分注意してこぎれいに作られま

第4章　キュービズムとガートルート・スタインの「緑色のゲーム」に見られる視覚と技法の相関関係

す」("A box is made sometimes and them to see to see to it neatly" 165)。

　品物がテーブルの上に乗せられているこの作品は、スタインとトクラスがフルールス街27番地で実際におこなった品物の配列を暗示するばかりではなくて、同時に二人の結婚が象徴する、慣例と権威への挑戦をも示唆している。それでも、スタインが、彼ら夫婦生活の平凡で日常的な出来事である、家事、夜会、旅行、そして会話を重視していることは、ちょうど総合的キュービズムが、トランプ、パイプ、新聞、ワイングラス、髭剃り用カップ、商標名、ブラシなど身の回りの日用品を熱心に描いたことと奇妙に一致している。

　「クッションの中味」("SUBSTANCE IN A CUSHION")の中で、スタインは、椅子に腰掛けた個性のなさそうな人物をあれこれ調べまわしているが、これは、ピカソの1910年の作品、『マスタードの瓶を背にした女』に大いに影響されている。しかも、この小品は、一つの「静物画」と言ってもよく、ピカソの1914年の作品『若い娘の肖像』における、布張りの椅子からさがる飾り房、白鳥と蔦のモチーフ、トランプの効果、色調を極めて意識したと思われる。また、この中の「飾り房を見る機会」("chance to see a tassel" 62)という表現は、グリスが1912年に『時計』で見せた、並列のモチーフに共鳴したようであるし、一方、「すてきな段ボールの輪」("its circle of fine cardboard")という表現は、ピカソとブラックが、総合的キュービズムの段階で試みた楕円形の画面を想起させる。スタインは、ブラックの『ヴァイオリンとパレット』から、トロンプ・ルイユで、いかにして対象を暗示する目印を描いていくかという方法を学んだが、それは、一つ目の「箱」("A BOX")の「ピンを暗示するもの」("something suggesting a pin" 63)という表現や、さらにはカリグラッフィクな手法として幅広く応用されている。「登って姿をあらわしなさい。どこを見てもすべて針の中に登って行きなさい。そして推測、推測のすべてが垂れ下がっている。垂れ

下がっている、垂れ下がっている」("Clime up in sight climb in the whole utter needles and a guess a whole guess is hanging. Hanging hanging" MILK 186)。

『やさしいボタン』の提喩的なイメージは、絶えず、キュービズムの静物画の主題と技法を参考にしている。ピカソの『籐編みの椅子のある静物』【図－3】で使用した籐椅子という題材は、「腰」("A WAIST")でいえば、「松を手に入れ、闇を手に入れ、い草を手に入れ、底板を作る」(171) 要素として表れ、「部屋」では、以下のように、「安堵」("relief" 201) を表すものとして再び現れる。

ぶら下がっていて可視的な場所を見入ること、この場所を見入ること、そして一つの椅子を見ること、それは安堵を意味しただろうか。その通り、それは、どんなことがあっても便秘の原因とはならなかった、それでもなおそこに藁の色があるのに、青白い音色をもつメロディーが聞こえるのだ。

Looking into a place that was hanging and was visible looking into this place and seeing a chair did that mean relief, it did, it certainly did not cause constipation and yet there is a melody that has white for a tune when there is straw color. (202)

また、「ケーキ」("CAKE") において、「取り散らかした灰」("mussed ash" 189)、「錫」("tin")「ケーキ」("cake")、そして「馬鹿げた数字」("foolish number") ― 2 ("Two") という数字は、スタインの作品とグリスのキャンバスを循環している―という言葉に見られるように、スタインは、グリスの『洗面台』【図－4】における洗面道具の表現法を

第4章 キュービズムとガートルート・スタインの「緑色のゲーム」に見られる視覚と技法の相関関係

参考にしていると思われる。そして、グリスの絵の中の引き上げられたシャワーカーテンに装飾された縮約された景色も、以下の表現として、「ケーキ」の「緑色の土地」("green land") に生かされている。「一つの情景の上に小さな木の葉が一枚、海、どこでもよい、のどかで、おそらく流れの中、緑色の土地を思い出す」("A little leaf upon a scene an ocean any where there, a bland and likely in the stream a recollection green land" 189)。このように、スタインはグリス同様、概念化された断片に命を吹き込んでいると言える。

『やさしいボタン』では、視覚的手段への言及が、主題そのものへの言及と同じくらいに多い。というのも、スタインもキュービストたちも、三次元的な存在物をいかに平面に置き換えるかに精力を注いであるからだと言える。以下のように、絵画や美術に関連ある提喩が多い。例えば、ドライポイントのエッチングや銅版彫刻をつかったグラフィクな手法に関するもの (copper, plates, biting, blackening, needles, gigged, picking, oxides, mordants, beeswax)。木炭画、カリグラフィーに関するもの (feathers, lines, paper, ink, drawing boards, coal, pencils, lead, erasers)。油絵と水彩画に関するもの (wetting, pigments, powder, painting tubes, washes, drawing pins, dusting brushes, underpainting, canvas, stretchers, frames, seasoning, egg and oil glazes)。コラージュとパピエ・コレの素材に関するもの (glue, sand, sawdust, wood, tickets, stamps, oil cloth glass, wire, labels, names plates, newspapers, wallpaper, combing)。その他、鋳造、壷の焼成、石の彫刻に関するものもある。

批評家の中には、スタインの静物の扱いは表面的で、その主題は、作品で具体化されてはいないと非難するものもいるが、タイトルとその表現形式の概念上の関係が、提喩的方式と換喩的方式との関連において、一旦理解されると、表面上は不可解な文章が理解しやすくなる。例えば、「削られた鉛筆、口につめよ」("PEELED PENCIL, CHOKE") は、

よく指摘されるように、トクラスとの進展する性的関係に言及しているばかりでなく、絵を描く際に使用される木炭（"coke" 176）にも言及している。鉛筆を削ったり、コークスを擦ること（"rub her coke"）は、ともに部分的分解や抽出の過程であり、それは、口に入れる食べ物を類推させる――"artichoke"（食用のチョウセンアザミ）は、口に詰め込まれ（"choked"）という行為によって、音が削り取られ（"peeled"）、"coke"となった。これらの類推は、分解と抽出という、共通の機能から成り立っている。つまり、生の素材（鉛筆、コークス、アザミ）を芸術、愛、食物、無機物質といった、新しい合成物へと転換している。スタインの同等主義は相交わる意味論的な記号が同等の価値をもつことを要求し、テクスト上では、一見バラバラに見え、従来の言語習慣ではただの語の集まりにしか見えないもの同士に、新たな関連性をもたらそうとしているのである。

　この照応の原理（matching principle）は、ピカソの名刺の使用にも見いだすことができる。彼の絵では、名刺が確かなアイデンティティを発揮している。例えば、1914年の『名刺のある静物』【図－5】において、ピカソは、彼の留守中にスタインが置いていった、すりきれた「スタインとトクラス」の連名の名刺を用いて構図を決め、トロンプ・ルイユ的な折れ目をつけ、サイコロとシガレットの包みを加えた。ちなみに、ピカソはこの絵を自分の名刺として、フルールス街27番地に残したそうである。（Rosenblum 68）。スタインも「皿」（"A PLATE"）で名刺の固定化されたアイデンティティに言及している。ここでは、さらにサインのイメージも登場するが、スタインは両者を対照的に用いている。ディナーの予約のためにおこなうサインは、型にはまらず自由な雰囲気――「さあ、皿の出番だ、臨時の方策は買い入れのときにみられます。そして、洗うことでいかに同一物の選択がより整然とおこなわれるようになるのでしょう。もしパーティがちっぽけでも、

第4章　キュービズムとガートルート・スタインの「緑色のゲーム」に見られる視覚と技法の相関関係

しゃれた歌の用意はあるでしょう」("An occasion for a plate, an occasional resource is in buying and how soon does washing enable a selection of the same thing neater. If the party is small a clever song is in order.")。一方、名刺の方は、文字が消されない限りは、その住所は固定化されている――「すばらしい住所、本当にすばらしい住所は、花を気前よくあげることで現れるのではないし、印や濡らすことで現れるのでもない」("A splendid address a really splendid address is not shown by giving a flower freely, it is not shown by a mark or by wetting" 165-66)。

　ピカソは、『パイプをくわえる学生』【図－6】で、コミカルな処理を行っているが、同様のことを言葉でやって見せたのが、「羊の肉」("MUTTON")である。スタインは、『やさしいボタン』執筆時に、この絵を所有していて、その絵のイメージが次の文に反映している。「学生、学生は情け深く、何かを噛んでいると思われている」("Student, students are merciful and recognized they chew something" 181)。

　ピカソがおこなう図形的な転位は、スタインの場合は、次の例文のように、統語論上のねじれで完成を見ることになると言ってよい。「非常に奇妙な類似のように、そしてピンクの色のように、あのように、と言って同じ類似以上に似てはいけない、切断の中に、中間のスペースがないのとおなじように」("Like a very strange likeness and pink, like that and not more like that than the same resemblance and not more like that than no middle space in cutting" 181)。この文は、類似しているものは、皆同等であるという考えを明言したものだが、これは、対象を描いた1つ1つの描写はどれもすべて同じように生命力があるものだというピカソの考えと一致する。従って、"like a very strange likeness"という語群と"pink"との間には、明らかに対称性の欠如が見られるが、それでも、語法上は同じ機能と見ることができる。上記の文を導入しているすぐ前の文も、表面上は不調和に見えるが、潜在的

な連続性を保っているということから、同様の緊張 (tension) を作り出している。というのは、2番目に疑問文を差し挟むことは、それによって文の流れはとぎれるが、逆に、すぐ前の命令文の考えをさっそく取り入れ、流れを変えているのである。「へこませることの単一の流れを変えよ、しかも大急ぎで変えよ、それは一体なにを表しているのだろう、それは吐き気を表しているのだ」("Change a single stream of denting and change it hurriedly, what does it express, it expresses nausea" 181)。

ピカソが、ある一人の人物の横顔をいくつにも概念化させることで絵の潜在的な完全性を崩壊させたように、スタインも、以下の文のように、だまし絵的な見かけだけの統語論的秩序を保ちつつも、故意に一致の原則に逆らうことで、その見せかけの秩序を乱している。「しおれる手紙、悩む学問、同時に起こる暴力行為、これらはどれも主要なものだ」("A letter which can wither, a learning which can suffer and an outrage which is simultaneous is principal" 181)。

彼女は文法規則などには従おうとしなかったが、それが最も出ているのが、接続詞の誤用である。そのために、以下のように、帰納的論理の流れが、その撞着語法的な解決によって寸断されてしまう。「差し挟まれる、なのに継続的、それから臭いのサンプル、すべてそれらは、一つの確実性を影に変えてしまう」("Interleaved and successive and a sample of smell all this makes a certainty a shade" 181)。ちょうどピカソが一見相容れない記号を並列させたように、――その概念上の対称性を強調するために、象形文字風に描かれた煙を背景に、だまし絵的に平板化されたパイプを描いた――スタインも共感覚的な言葉使いで、様々に違う照応の様式に類似性をもたせている。学生がちょうど「何かを噛んでいる」から学生と認識されるように、「臭いのサンプル」が「影」となる。これらの類推は、記号自体の提喩的性格によって行

第 4 章　キュービズムとガートルート・スタインの「緑色のゲーム」に見られる視覚と技法の相関関係

われている。このようにして、指示的な言葉の機能が直接的であればあるほど、それが暗示する概念的過程もそれに応じて大きくなる。「羊の肉」で見せた、提喩と換喩を多用したスタインの知的挑戦は、読者の意識を連想に駆り立てる。

「部屋」では、換喩と提喩を用いることで、作品に一貫性を持たせている。兵士の行進は、以下の文が暗示するように、伝染病の蔓延と一致している。「兵士の体中、どの兵士でもよい、彼らには麻疹の症状しか現れていない」("A whole soldier any whole soldier who has no more detail than any case of measles" 204)。それでも、スタインの用いている言葉は、それぞれの共通の性質に着目して、連想の原則に従った言葉の交換であり、決して主題の新展開ではない。

スタインの考えに、言いまわしや文構造を次々と変えることで、作品の中に可能な限り流動性を導くという意図があったことは、例えば「食べること」において、表象を「自由に働かせ」、建設的で描写的な役割を演じさせているのをみれば、明白である。さらに、その中で彼女はあまりに使い尽くされた多種多様な形式を検証しながら、どうすれば「食べる」という概念をうまく表現できるかを試みた。"h" という文字が消えたり現れたりする手法は、「視覚的文章」では、語形変異的な置き換えとして規定でき、それは、グリスの『小円卓』【図－2】でも駆使されている。

この『小円卓』では、絵の表面に張り付けられた新聞記事のリードが、"LE VRAI ET LE FAUX"(「真実と虚偽」)になっているが、その表題は、細切れながら、刺激的な幻想上の工夫がしてあり、さまざまなレベルの図像性を探求している静物に対して、誠にふさわしいコメントとなっている。右端にあるもうひとつの新聞は、男性の頭の上半分しか現していないことで、先のリードのテーマを増幅している。その男の顔は、"dispar"(たぶん、"disappeared" か "disappearance" の意味だ

103

ろう）という言葉の断片が書かれた、不透明な面のすぐ下から消失している。つまり、彼は、現実の世界でも絵画の世界でも、「消えてしまっていて」、「行方不明者」となっているのである。ロバート・ローゼンブラムが「キュービズムの活字研究」において明らかにしているように、これらのキュービズム的ジョークは、断片化や"LE JU"が途中で曲げられていることが語句的な目印や面の転換として機能し、作品中で「真実と虚偽」といったテーマと議論がなされている（Rosenblum 62）のである。（しかもこのテーマは、鍵穴に刺さったままのだまし絵のような鍵と、テーブルの上に広げられた本によって強調されている）。これらの視覚的交換による「言語的奇抜さ」が、新しい意味が確立されることを可能にしているのである。まさに、スタインの言う「破損」とは、等しく塑造的な価値の一部分なのである。

　スタインの「食べること」における語形変異的「誘導ゲーム」は、ごちゃ混ぜの活字を使って行われるが、最初の3語の使い方が、すでにそれを示している——"Eat ting, eating"（193）。読者は、"Eat"と"ting"の中に欠如している活字"h"を探し求めるため、"eat ting"のように意図的に作られた人工的な隙間でさえ、最終的には埋められ、"eating"と見なしてしまう。これが、活字上の魔術で、静物を題材とした絵でもおこる。これらの修辞的平面は、グリスの『小円卓』の中で、タバコが2本重ねられていたり、"LE JU"に、"O"という文字が欠如している部分と一致する、しかも、その"O"は、"U"という文字が傾むけられ、部分的に隠されたことによって、何となくおぼろげな像として現れている。さらに、『小円卓』で、形態がごちゃ混ぜにされているように、「食べること」では、音が入り交じる。まるで「長老」（"grand old man"）が、口を一杯にして話しているかのようになり、その結果、日頃聞き慣れた、その音に「近い響き」（"near ring"）が聞こえてこない。

第4章 キュービズムとガートルート・スタインの「緑色のゲーム」に見られる視覚と技法の相関関係

　スタインの作品は、バラバラに分解された断片の寄せ集めであるが、個々の断片には主張がある。多分、長老は、"never cry wolf"（193）と言うつもりだったのだろう。しかも、"bay"（追いつめられた窮地）や"bewildered neck"（当惑した首筋）といった語句は、長老が著し、目撃し、耳にした狩猟事故で、守りがまずいことを示唆する断片となっている。あるいは、多分、暗闇で放たれたもう一発の銃声（これは、"soluble burst"「解けやすい破裂」や、"not a near ring"といった表現から推測できる）のように、彼が語る話は、理性をなくし致命的な判断の過ちを犯してしてしまった人の物語りである。おそらく、長老は自分が言ったことの内容が疑問視されたために、文字通り、しかも比喩的に、自分自身の言葉を「食べて」いるのである。非常にあいまいなスタインの言葉は、対象の一部でその全体を暗示するグリスの探偵小説的なやり方をとる。従って、潜在的意味は増幅されるが、決して明確に定義づけられることはない。

　2番目のパラグラフは、その出だしの文から、主題の出現を伝統的手法で具体化する手がかりの多くが欠如していることを表している。「それはそうかしら、そうかしら、そうかしら、そうかしらそうかしらそうかしら」（"Is it so, is it so, is it so, is it so is it so is it so" 193）。「疑われていること」（"Is it so"）が実際には「真実である」（"so it is"）かもしれないということが、その行全体の内容で保証されている。というのも、その行は、真実と虚偽の境界線を混同させるために前方にも後方へも行ったり来たりしている。これは、まさにグリスが視覚及び言語的断片を用いることで、作品には「ただひとつの読みしかない」という従来からの固定観念に挑戦したのに似ている。スタインは、この潜在的な逆転を合図するために、本来、接続詞を多用すべき構文において、あえてコンマを省略している。さらに、この2番目のパラグラフからは、「食べること」が、パズル的本質を持っていることを示す数

多くの手がかりを見つけることができるだろう。例えば、"Is it so a noise to be"（「それはそう、すなわち一つの音になるのか」）は、自分の話しの道徳性を強調するために "old say"（「古い言葉」）という語句を引用する「長老」が不明瞭な発音で、消え去った音のカタログを作ろうとしているのかもしれない。あるいは、その一行は、"is it a leading are been" という表現での時制の誤りに見られるように、その語りの構造が独特の時間感覚をもっていることを暗示しようとしているのかもしれない。語りは懐古的で、年取った語り手が若い頃のある冒険について語った古い物語である。

　自然主義的な表現様式からすれば、最後に出てくる「ジョージ」（194）という人物は失踪しているのかもしれないが、一方で、彼の存在は、語り手が、自分の「標本」（"specimen" 182）について語るために用いる様々な示唆に富んだ表象が蓄積されることで、はっきりと「作り上げられて」（amassed）いるのである。スタインは登場人物を、平面の上に表されたヴォリュームのある存在として考えているが、それは、ちょうど、彼女がナレーションを相互に影響し合う、空間的で連続した関係にあると見なしているのと同じである。そのため、例えば、「食べること」の序文に当たる「食事」（"DINING"）の中で、「食事は西だ」（"Dining is west" 193）と表現されているように、食事が風景として表現されている。このように、「食べること」におけるスタインの人物描写は空間的で、キュービズムの手法と著しく酷似する。

　このような類似点を考えるには、具体的には、平面を幾重にも重ね描きした、ピカソの『カーンワイラーの肖像』【図－7】、そしてグリスの『カフェの男』【図－8】が良い例である。特に、『カフェの男』では、この絵の中心人物とおぼしき人は、『レ・マン』紙やビールのはいったグラスの後ろに隠されていることや、様々なレストランにある静物の描き方が、スタインとの類似点である。このように主題人物

第4章 キュービズムとガートルート・スタインの「緑色のゲーム」に見られる視覚と技法の相関関係

の存在感のない状況について、グリス自身が、それは、彼が経験した場面の実際の配置への忠実さからだと説明している。新聞の切り抜きの中で強調されている、「ベリティヨン氏人体測定法：偽造品でなく芸術作品だ」という記事は、有名なフランス人の犯罪学者であり、偽造を調べる指紋システムの権威のアルフォンス・ベリティヨンのことである。興味深いことに、指紋の偽造は、グリスが構成主義へ固執するあまり、人物を描く際に起こる「変形」と相通じるところがある。

まさに、「部屋」という作品を通して、スタインが訴えたかったのは、真実というものの新しい基準である。それはただ一つでもなく、しかも、時間（「いつの時でも、気候はだた一つしかない」"all the time there is a single climate" 203）と空間（「えんどう豆とクラッカーと夏の虐待を喜ばせなさい」"Please a pease and a cracker and a wretched use of summer" 205）についての私たちの常識とは反する基準である。

例えば、批評家のマリアン・デコーヴェンは、「異なる言語」（"A Different Language"）の中で、「食べること」のような作品では、「伝統的な言語用法を崩壊させようとして、多面的な意味の広がりが犠牲になっている」（DeKoven 82）と論じているけれども、スタインの語り手は、表象の蓄積で「ジョージ」を出現させたのと同じやり方で、対象を構築しているのである。なぜなら、そうすることで、伝統的な意味での「模倣」に走りがちな私たちの本能に異議を唱えることができ、しかも、「ある声を聞き、それを表現するすべての表象を見ることが、とても心地よいこと」（"it is so very agreeable to hear a voice and to see all the signs of that expression" 201）を表すことができるからである。

『やさしいボタン』を通してスタインが注意深く実践していることは、言葉のもつ可能性を高め、表面的には異なる表象どうしの共通関係をどんどん広げていくことである。語り手は、最後には、「壮大なアスパラガス」（"magnificent asparagus"）と「泉」（"a fountain" 206）を

関係づけ、審美主義的な原理に関する長い講義を締めくくっている。彼女は、「同等の原則」(つまり、「信じがたいほどの正義」"incredible justice" 206)と「全体描写」(つまり、「信じがたいほどの相似」"incredible likeness")を慎重に(with "care" 206)守ることで生まれる、言葉相互の照応関係を作り上げようとしているのである。

注

1) 原題は、"It is so very agreeable to hear a voice and to see all the signs of that expression": Correlations in vision and technique between Cubist art and Gertrude Stein's "game in green" である。なお、この論文は、拙書 *The Pictorial in Modernist Fiction* の第3章 "Total Representation": "Cubification" and Cubist Effects のスタインに関する部分を抜き出し、この本のために加筆・改訂したものである。
2) 一般に、キュービズムは大きく2つの段階に分けることができる。最初は、「分析的段階」(Analytic Phase)で、1907年から1912, 3年頃までで、形態と空間の解体を行った。次は、「統合的段階」(Synthetic Phase)であり、ピカソ、ブラック、ホアン・グリスが、コラージュやパピエ・コレといった手法を駆使した時期である。詳細については、拙書 *The Pictorial in Modernist Fiction* 157-186を参照のこと。
3) ピカソ自身は、文体上のヒエラルキーなど言う考えはあざ笑っていたようである。ピカソは、「芸術には過去も未来もないのです」といっていた。さらに、「多種多様とは進歩を意味しません。画家が、自分の表現様式を変えたというのは、考え方を変えたにすぎないのです」「私は何か言いたいことがあったら、最もそれに言うのにふさわしいと感じる方法で話しています。動機が異なれば、当然違った表現法が必要となります。と言っても、それは進化や進歩ではなく、表現したい考えや手段をうまく用いたというだけなのです」(Chipp 264-65) とも述べている。

第 4 章　キュービズムとガートルート・スタインの「緑色のゲーム」に見られる視覚と技法の相関関係

4) *The Autobiography of Alice B. Toklas* には、「ガートルードは、セザンヌの婦人像を絶えず眺めながら『三人の女』を書いたのです。この絵を買い、それを眺めました。そして、それに刺激を受けて『三人の女』を書いたのです」(34) という箇所がある。

5) この辺の事情については、*The Autobiography of Alice B. Toklas* の63-64を参照のこと。

6)「全体描写」(total representation) を作りあげるには、同時性が問題となる。キュービストたちの描く総合的な作品では、見る人が、絵を構築された事実として意識することによって、形式的な複合性を生み出すようにできている。

7) "The Moment of Cubism" の中で、ジョン・バーガーは、「キュービズムの絵は、表面的外見をまねるのではなく、それを指示する表象 (sign) なのである」といい、キュービズムの作品の視覚的統合性を強調した (Berger 20)。同論文で、バーガーは、キュービズムの特色として、平面の重視、提喩的・換喩的な表象が図式的であり、それによって作品の統合的効果を生み出していること、個々の表象の意味が全体の中で明示されるペースが予測できないこと、を挙げている。

8) この点に関しは、*Lectures in America* の "Plays" (104-105) を参照のこと。

9) "Composition as Explanation" 29-30を参照のこと。バークは、スタインの「作品中における時間感覚」は、個々の要素の独自性を喪失させると主張している (Burke 410)。

10) 例えば、スタイナーは、以下のように、スタインが「感覚的な今」にこだわればこだわるだけ、キュービズムから遠ざかると以下のような指摘をしている。「スタインは、タブロー・オブジェという考えを、キュービズムの本質である審美主義と具象主義との緊張は、半分でよいところを、文字通り100％だと受け取っている」(Steiner 158)。

11) *The Making of Americans* にも、このフレーズは出てくる (181) が、スタインが作品を通して描出したいものである。また、これは、*The Gradual Making of the Making of Americans* で、"rhythm of personality" (86) と呼んでいるものと等しいと考えられる。

12) *The Gradual Making of the Making of Americans* 89を参照のこと。
13) ハグストラムは、17・18世紀に見られた現実をありありと再現させる画家の能力を"enargia"と呼び、キュービストたちが対象の外観よりは内面に重きをおき、自己目的的な作品を創造する能力を"energia"と区別した。後者の場合、作品は、有機的統一体として存在していると、ハグストラムは指摘している（Hagstrum 12）。このような変化は、realityとは何かと同時に、realityがどこに存在するのかといったことを作家たちが考えるようになった結果だと説明している。
14) この点に関して興味深い論議が、Perlloffの"Poetry as Word-System"とWalkerの*The Making of a Modernist*（127-49）でなされている。
15) スタイナーは、「スタインの実験の失敗こそ、文学と絵画の事実上の境界を証明したと言えよう。しかも、キュービストたちは、自分たちの媒体の基準をひっくり返そうとした際、妥協しても満足していたが、スタインは依然、不可能を可能にしようと努力し続けた」(Steiner 160)；ローズも、スタインとMax Jacobに言及しつつ、「スタインもジェイコブも、そのジャンルと言語を縮小する方向で利用したにすぎない―拒絶・乱用したといってもよいだろう。文学におけるキュービズムの試み自体は興味深い実験であったが、その実験や作品を見ると、やはり、失敗しているものが多いと思われる」(Rose 692)と見ている；デコーヴェンは、キュービズムと比較する際の観点を次のように注意している。「その意味が指示的もしくは抽象的でなければならない絵画の分野から借用したスタインの言語的奇抜さをいろいろと探求しても全く意味がない。というのも、実験的な文章における意味は、指示的であるべきでも、抽象的である必要もないのであるから」(DeKoven 28)。スタイナーと同様、デコーヴェンは『やさしいボタン』の中の各作品のタイトルと各静物の関係が極めて捉えがたいため、読者にとってその主題を言葉を使って探すのは無意味に思われてくる。結局、彼女は、「スタインは、遊んでいて、完全に言葉の世界だけで遊んでいて、物質世界の再現には興味がないのである」(78)と結論づけている。デコーヴェンは、スタインの言葉遊びを、"presymbolic *jouissance*"（「前象徴

第4章 キュービズムとガートルート・スタインの「緑色のゲーム」に見られる視覚と技法の相関関係

的な享楽」)と呼んでいる(76);パーロフは、『やさしいボタン』がテクストとして「不確定」で、その儀式的な文体のために現実的イメージを持つことが不可能であるとすれば、これまで言われたようなスタインの作品とキュービズム的視覚との相関性は成り立たなくなるだろうと指摘している(Perloff 176)。

16) ジャクソンは、「ガートルード・スタインの文章は、強固な個性の単純な表れではではないし、言語習慣の革命的な刷新の見本を提供したわけでもない。それらは、病的な状況の初期の産物であり、モダンな文学やモダンな思考、そしてモダンな話し方の影響を受けた自閉症的な言語習慣からの開放と変に結びついたようである。それらは、むしろ、言語が理性的統一性の基準を無視すると人間性が失われるものだ、ということを示していると言えよう」(Jackson 242)。

17) "Orta, or One Dancing"—このスタインの題名は、1909年にピカソやブラックが題材としたスペインの保養地オルタ・デ・デブロ(ピカソはここに滞在していた頃、キュービズムを生み出したと言われている)から来ていると私は考えている—において、スタインは、現在分詞を用いることで、「現在」という時間を引き延ばし、踊りというテーマが、作品中でずっと維持されたことになる。例えば、以下の例文のように、一文の中にさえ、複数の時間枠を設けることで、キュービズムの作品のもつ複合的時間に近づいている。"Even if she was being one, and she was being one, even if she was one being one she was one having come to be one of another kind of one"("Orta" 286)。

18) 私の考えでは、スタインの「分割描写」とは、例えば、提喩や換喩を用いて、対象に対する作者の考えを表明する方法と考えている。そのように分割された要素の一つ一つは、作品中で、概念的に関連性のある断片として統合される。

111

引用文献

Berger, John. "The Moment of Cubism." *The Moment of Cubism and Other Essays*. London: Weidenfeld and Nicholson, 1969. 3-32.

Burke, Kenneth. "Engineering with Words." *Dial* 74 (1923): 408-12.

Chipp, Hershell. *Theories of Modern Art: A Source Book Artists and Critics*. Berkeley: U of California P, 1968.

DeKoven, Marianne. *A Different Language: Gertrude Stein's Experimental Writing*. Madison: U of Wisconsin P, 1983.

Fry, Edward. *Cubism*. London: Thames & Hudson, 1966.

Gleizes, Albert and Jean Mezinger. *Cubism*. London: T. Fisher Unwin, 1913.

Haas, Robert Bartlett. "A Transatlantic Interview—1946." *A Primer for the Gradual Understanding of Gertrude Stein*. Los Angeles: Sparrow, 1971. 11-36.

Hagstrum, Jean. *The Sister Arts: The Tradition of Literary Pictorialism and English Poetry from Dryden to Gray*. Chicago: U of Chicago P, 1958.

Jackson, Laura. "The Word-Play of Gertrude Stein." *Critical Essays in Gertrude Stein*. Ed. Michael T. Hoffman. Boston: G. K. Hall. 1986. 240-260.

Lodge, David. *Modes of Modern Writing: Metaphor, Metonymy and the Typology of Literature*. London: Edward Arnold, 1977.

Perloff, Marjorie. *Gertrude Stein and the Present*. Cambridge: Harvard UP, 1967.

―――. "Poetry as Word–System: The Art of Gertrude Stein." *American Poetry Review* 8-5 (1979): 33-43.

Ronnebeck, Arnold. "Gertrude Was Always Giggling." *Books Abroad* 18-4 (1944): 3-7.

Rose, Marilyn Daddis. "The Impasse of Cubist Literature: Picasso, Stein, Jacob." Proceedings of the 8th Congress of the International

第4章 キュービズムとガートルート・スタインの「緑色のゲーム」に見られる視覚と技法の相関関係

Comparative Literature Association in Budapest Aug. 12 to 17, 1976. Eds. Kopeczi Bela and Vaida Gyorgy M. 685-692.

Rosenblum, Robert. "Picasso and the Typography of Cubism." *Picasso in Retrospect.* Eds. Roland Penrose and John Folding. New York: Praeger, 1973. 49-75.

Schnitzer, Deborah. *The Pictorial in Modernist Fiction from Stephen Crane to Ernest Hemingway.* Ann Arbor. UMI. 1988.

Stein, Gertrude. *The Autobiography of Alice B. Toklas.* New York: Harcourt, 1933.

―――. "The Gradual Making of the Making of Americans." *Look at Me Now and Here I Am.* 48-98.

―――. *Lectures in America.* New York: Random, 1935.

―――. "A Long, Gay Book." *Matisse, Picasso and Gertrude Stein with Two Shorter Stories.* Millerton, NY: Something Else, 1972. 11-116.

―――. *Look at Me Now and Here I Am: Writing and Lectures 1909-45.* Ed. Patricia Meyerowitz. Hammondworth, England: Penguin, 1967.

―――. *The Making of Americans: Being a History of A Family's Progress.* 1925. New York: Something Else, 1966.

―――. "Orta, or One Dancing." *Two: Gertrude Stein and Her Brother and Other Early Portraits 1908-1912.* Vol.1 of *The Unpublished Writings of Gertrude Stein.* New Haven: Yale UP, 1951. 285-303.

―――. *Picasso.* 1939. London: Botsford, 1946.

―――. "Portraits and Repetition." *Look at Me Now and Here I Am.* 99-124.

―――. "Tender Buttons." *Look at Me Now and Here I Am.* 116-208.

Steiner, Wendy. *Exact Resemblance to Exact Resemblance: The Literary Portraiture of Gertrude Stein.* New Haven: Yale, 1978.

Walker, Jayne L. *The Making of a Modernist: Gertrude Stein from "Three Lives" to "Tender Buttons."* Amherst: U of Massachusetts P, 1984.

図―1　グリス『グラスと新聞』
（1914年　スミス・カレッジ美術館）

第4章　キュービズムとガートルート・スタインの「緑色のゲーム」に見られる視覚と技法の相関関係

図－2　グリス『小円卓』
（1919年　フィラデルフィア美術館）

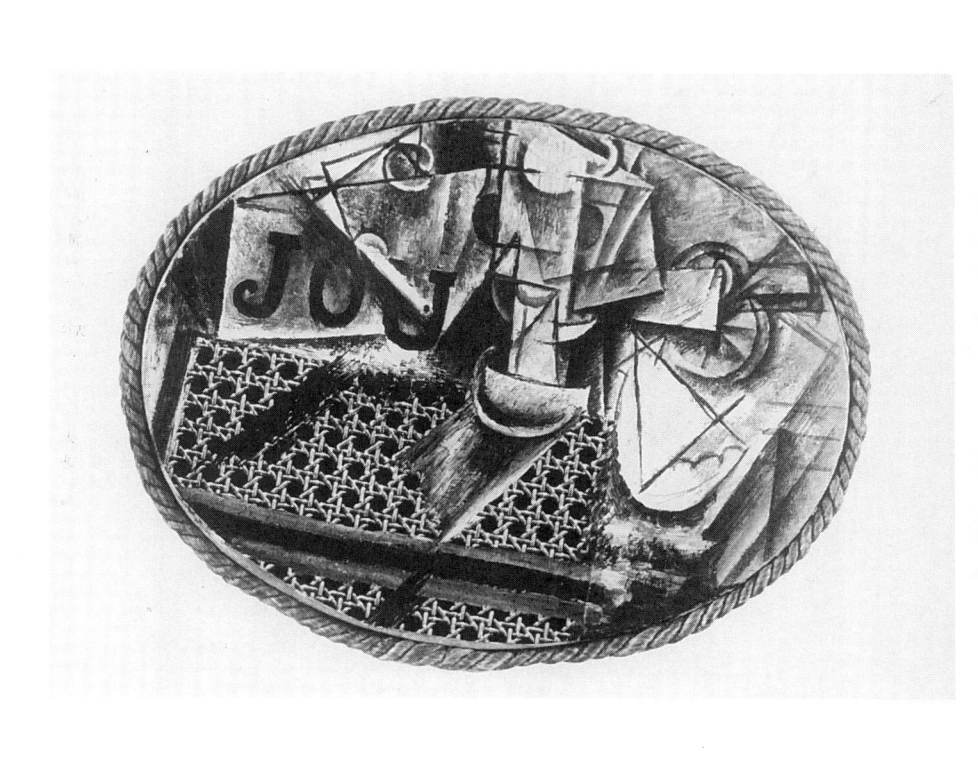

図−3　ピカソ『藤編みの椅子のある静物』
(1912年　パリ、ピカソ美術館)
© Succession Picasso, Paris & BCF, Tokyo, 2000

第4章　キュービズムとガートルート・スタインの「緑色のゲーム」に見られる視覚と技法の相関関係

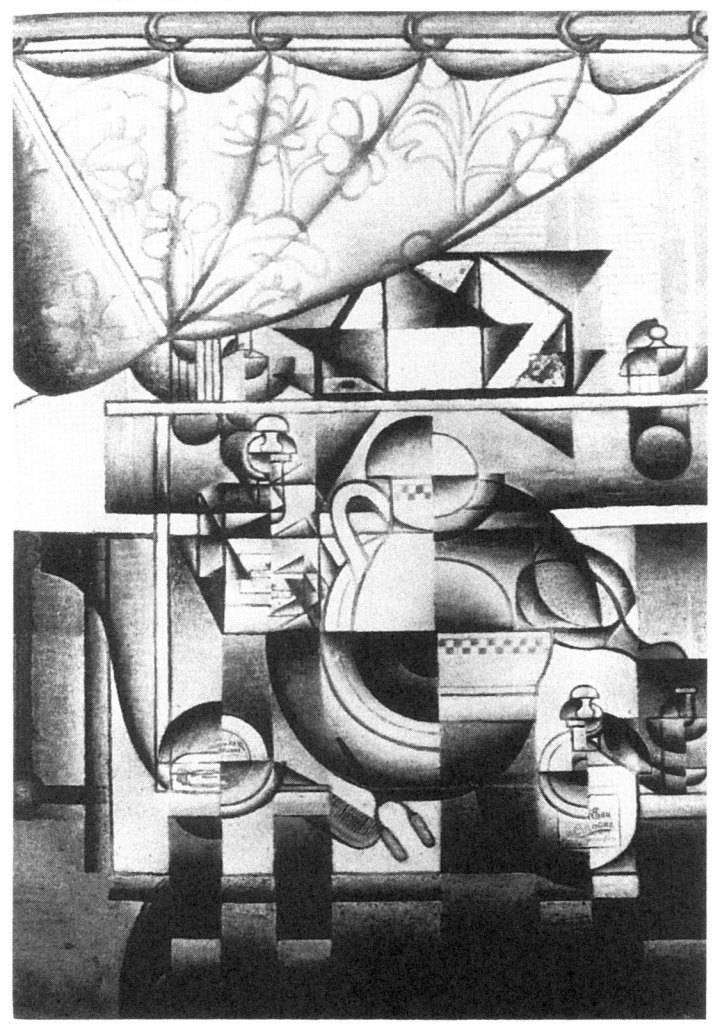

図―4　グリス『洗面台』
（1912年　スイス、ベルン美術館）

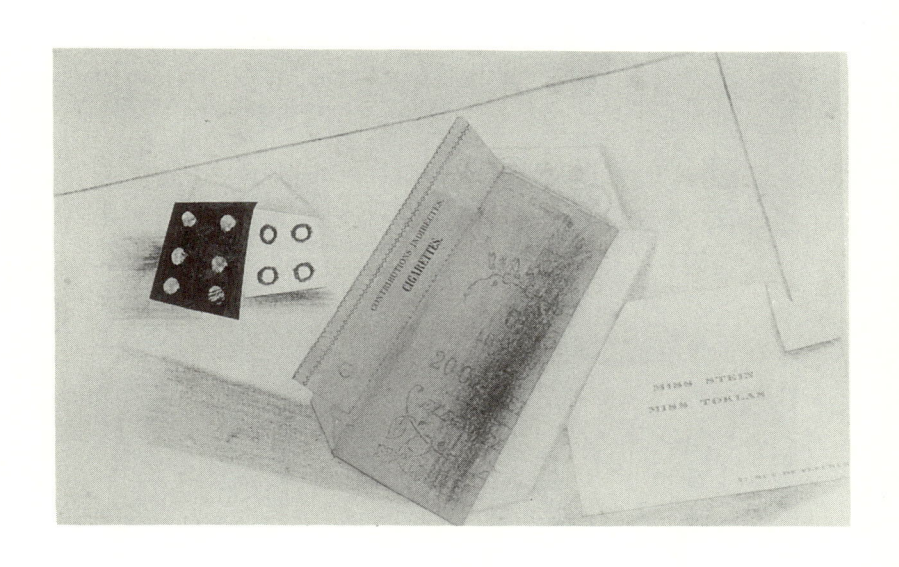

図－5　ピカソ『名刺のある静物』
（1914年　ニューヨーク、ギルバート・チャップマン）
© Succession Picasso, Paris & BCF, Tokyo, 2000

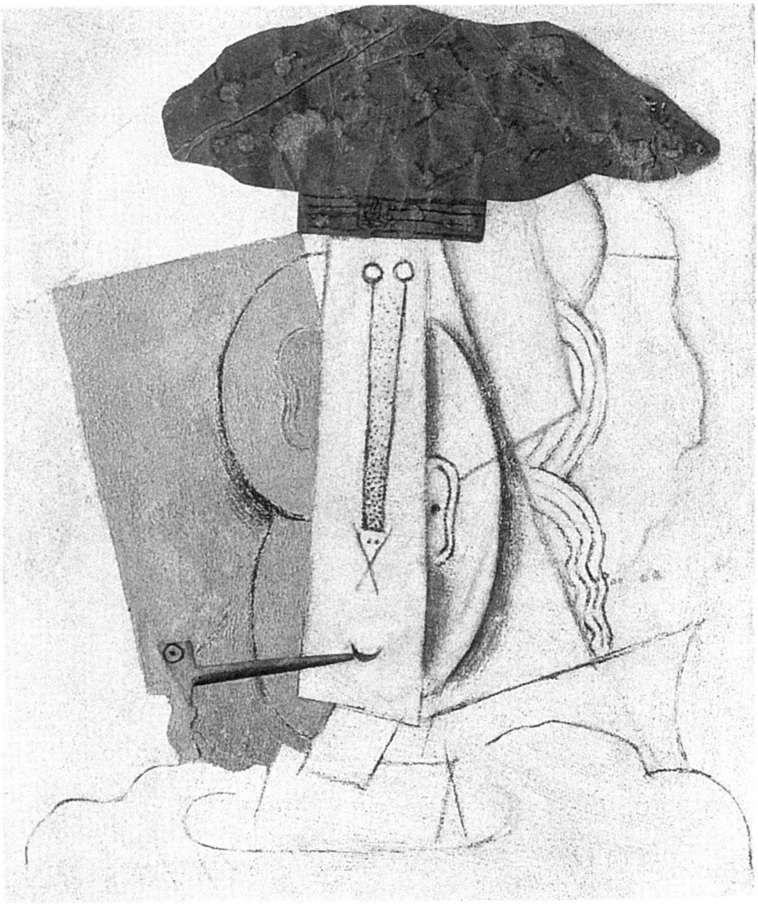

第4章　キュービズムとガートルート・スタインの「緑色のゲーム」に見られる視覚と技法の相関関係

図－6　ピカソ『パイプをくわえる学生』
（1913年　ニューヨーク近代美術館）
© Succession Picasso, Paris & BCF, Tokyo, 2000

図-7　ピカソ『カーンワイラーの肖像』
（1912年　シカゴ美術協会）
© Succession Picasso, Paris & BCF, Tokyo, 2000

第4章　キュービズムとガートルート・スタインの「緑色のゲーム」に見られる視覚と技法の相関関係

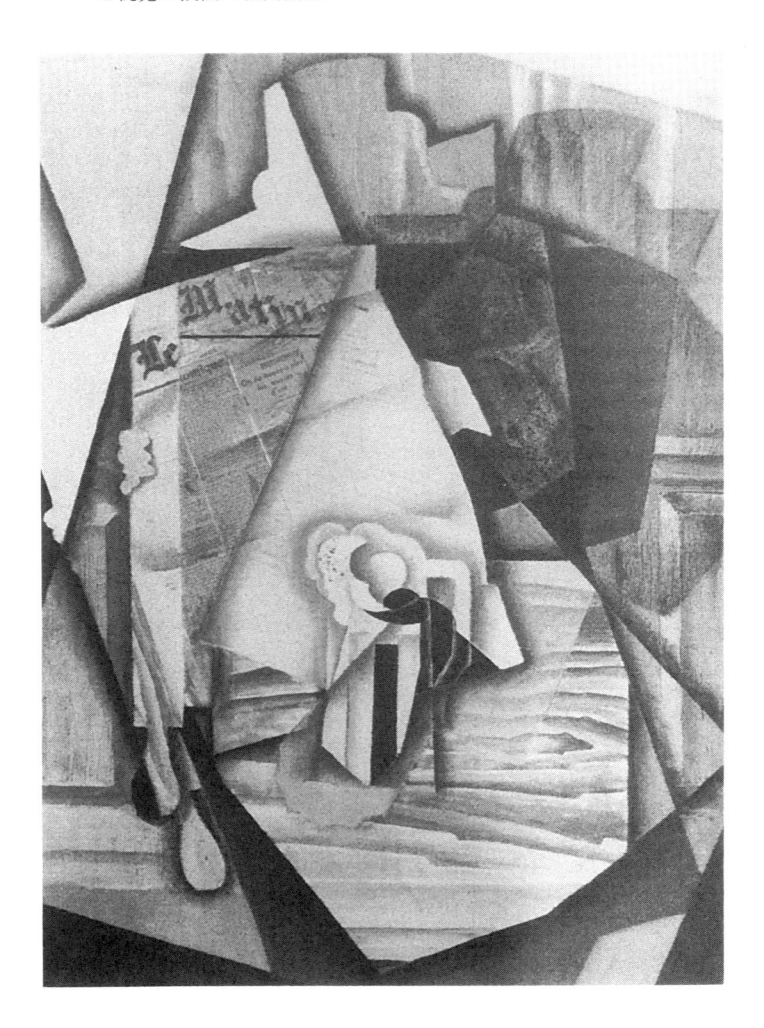

図－8　グリス『カフェの男』
（1914年　ニューヨーク、アクアヴェラ画廊）

第5章

カーロス・ウィリアムズにおける絵画的手法

樋 渡 真理子

序

　ウィリアム・カーロス・ウィリアムズは、20世紀初頭のモダニズム文学が開花していく中で、即物的な言語表現を使って物事の形象を概念化することを自らの詩作の目標としてきた詩人である。ウィリアムズは、いわゆる「アメリカニズム」と称されるアメリカの口語表現を使って日常のでき事を詩という凝縮された形で表出してきた。伝統的な形式に乗っ取った詩の形態とは違った新しい詩のかたちを模索していたウィリアムズは、自身を「反逆児」と称し、自由詩というかたちを使って詩句の簡素化につとめ、詩のストーリーを解体し、実験的な方法でリアリティの相を表現してきた。リアリティの相をどう表現していくかといった問題は、おそらく表現者ならば誰もが抱えている共通の認識であろうが、ウィリアムズの場合もまた、同世代の詩人と同じく、表現の方法は違っていても、空間と時間の認識が大きく変化した20世紀初頭の時代の要請を受けた表現者の一人だったのである。[1]

　余分な表現を一切そぎ落としたウィリアムズの作風は、視覚芸術の中でもとりわけセザンヌ以降のキュービストのアプローチと類似して

いる。ウィリアムズと視覚芸術の関連を論じたブラム・ディジュクストラは、『キュービズム・スティーグリッツとウィリアム・カーロス・ウィリアムズの初期の詩』の中で、ウィリアムズの作品における絵画的手法の重要性について以下のように指摘している。

> このグループの詩人の中で、新しい絵画の形式に影響を受けた最も顕著な例は、ウィリアム・カーロス・ウィリアムズである。ウィリアムズは、間違いなく新しい絵画の形式の特徴をまさに文字どおり詩に移行しようと試みた人物だった。ウィリアムズが新しい種類の詩を創り出し、今世紀最も独創的な詩人の一人になれたのは、彼のまさにこうした言葉にこだわる態度のおかげなのだ。
> （Dijikstra 5）

ここでの新しい絵画の形態とは、セザンヌ以降に現れたキュービズムの手法を使った画家たちの作品のことである。実験的な詩人の中でも、ウィリアムズは、当時前衛的だったキュービズム的手法が、自らの詩の可能性を広げてくれる手段となりうることを最も確信していて、実際、学生時代から前衛的な芸術家との付き合いがあったようである。[2]

絵画と詩——一見、接点がないようにみえる2つの芸術形態は、既成の価値観を根底から揺るがすことになった20世紀初頭のモダニズムというフィルターを通すと、題材の選び方、アプローチ法など類似点が見られる。この小論では、ウィリアムズの作品の絵画性と使用する絵画的手法、とりわけキュービズム的手法に焦点をあてながらウィリアムズの唱える、「ものの中にしか観念はない」（no ideas but in things）[3]という考えが一体どのような理念であり、しかも作品の中でどのように生かされているかを検証していきたい。

第5章　カーロス・ウィリアムズにおける絵画的手法

1．絵画から詩へ―『ブリューゲルからの絵』

　ウィリアムズは抽象的な言葉を極力使わずに、できる限り簡潔な表現を使う。それは「言葉」と「言葉がしめすもの」との溝を埋めるためである。言葉を媒体として詩を創る詩人にとって、言葉はなくてはならないものだが、詩人は常に媒体である言葉の限界にも気がついている。例えば、抽象概念を指す言葉は、過去の詩人たちによって使い古されてしまい、新しいものを探求しているアメリカにおいては、そうしたクリシェを使った詩は文学作品としての価値はあったかもしれないが、現代的感覚とのズレをウィリアムズは感じていた。そうした詩の危機状況を脱すべく、彼はクリシェを排して言葉の表現そのものをリニューアルする必要性を感じていた。イギリスでは、19世紀初頭、詩的言語（poetic diction）を排して日常言語に戻るという、「ロマンティク・リヴァイヴァル」が起こったが、結局、定着しなかった。[4] 一方、アメリカにおいては、ホイットマンが日常言語を詩に持ち込むことを行ってきた。ホイットマンは、『草の葉』で実証したように、「私は気ままに木にもたれたり、ぶらついたりして、一本の夏草の穂先を眺める」（『草の葉』24）といった姿勢で自然界を眺め、目に映ったまま、感じたままを、素朴な日常語で書きつづった。ウィリアムズ自身も、このホイットマンの流れをくみ、アメリカならではの時代に合った言葉を探していたのではないかと思われる。[5] そうした意味で、ウィリアムズは抽象的な表現よりも、的確に詩のイメージが掴むことが可能な、ものそのものを表す言葉を使っている。

　ウィリアムズは詩の中で、いかに正確に言葉を伝えるかに終始している。しかし、だからといって、ウィリアムズが概念を無視したということではない。[6] 読者に的確にイメージを伝えるには、「もの」を

媒体として表現しなければ、そもそも概念なんて伝わるわけがない、というウィリアムズの姿勢があり、これが、「ものの中にしか観念はない」という理念を生んだのである。

　抽象的なものを排除して、物事を見たままに忠実に再現するというウィリアムズの創作における姿勢を最も端的に表しているのは、ブリューゲル (Pieter Bruegel the Elder) の絵に触発されて書いた詩であろう。ウィリアムズはブリューゲルの絵に大いに共感を覚えたようで、それが、詩「踊り」("The Dance") や詩集『ブリューゲルからの絵』(Pictures from Brueghel) となっている。「踊り」は、ブリューゲルの『農民の踊り』で描かれた情景を詩にしたもので、『ブリューゲルの絵』の方は、10章からなり、こちらもそれぞれの章には、ブリューゲルの絵と同じ題名がつけられ、絵で描かれた世界を言葉という媒体を使って再現している。[7]

　例えば、3章の「雪中の狩人」("The Hunters in the Snow") は、1565年のブリューゲルの同名の絵【図-1】を詩という言語空間で表現しようと試みた作品である。

　　　　　　「雪中の狩人」

　　　　絵の全体は冬
　　　　凍てついた山が
　　　　背景に　狩りからの

　　　　帰還は日暮れ時
　　　　左から
　　　　頑強な狩人たちが

第5章　カーロス・ウィリアムズにおける絵画的手法

　　猟犬の群を引いていく　蝶番が
　　壊れてぶら下がった宿の看板には
　　牡鹿　角の間には

　　十字架　宿の
　　庭は寒く
　　うらぶれているが　大きな焚き火が

　　風に吹かれて広がり　その周りに
　　集まった女たちが
　　火の番を　左の丘の

　　向こうにはスケートする人たちの様子
　　画家ブリューゲルは
　　これらすべてを考えて　選び

　　冬に覆われた草薮を
　　前景に配置して
　　絵を完成させた

　この詩において、ウィリアムズは、ブリューゲルの絵に描かれている細部まで細かく表現している。あまりに絵画的であるため、結果として読者は、実際にブリューゲルの絵を見なくても、絵の構図や色調までも鮮明に想像できるほどである。
　ウィリアムズがこのようにブリューゲルを好んだ理由は、主として、ブリューゲルの素朴さにあると思われる。ブリューゲルは、知識的画家としてキリスト教的社会の中での道徳などをモチーフに描く一方で、

農民や狩人、子どもの生活風景を好んで描いている。絵画はもともと字が読めない人たちを絵によって教示するという啓蒙目的に描かれたものが多く、教示する内容は、キリスト教の教えといった聖書の内容に基づいたものが、ほとんどであり、そういった意味においては、絵画というジャンルは、それまでハイ・カルチャーに属していた。よって、それ以前は、農民が描かれるとしても、世俗的で下品なイメージが多かった。ところが、ブリューゲルの絵における農民や狩人は、そうした否定的なイメージを払拭している。このように庶民の生活の様子を写実的に描くブリューゲルの作風と、アメリカ口語英語を使ってアメリカという土壌で、アメリカの日常をテーマにしているウィリアムズの作品は、たとえ表現の媒体は違っても、共感するものがあり、ハイ・カルチャーの伝統に対して「庶民のありのままの生活」を芸術空間に持ち込んだと言う点において、両者は類似していると言えるだろう。

2．「ものの中にしか観念はない」―「赤い手押し車」

　抽象概念でなく、生活や事物をあるがままに眼前に再現するのがウィリアムズの中心理念であるが、そのために彼は、素朴な言葉を使用するだけでなく、詩からストーリー性を排し、瞬間を捉える試みをしている。そこで、本章では、「赤い手押し車」を使って、ウィリアムズの詩的手法に迫ってみたい。(なお、本来のリズムを観賞するために、敢えて原文をそのまま引用し、後ろに拙訳を附している。)

The Red Wheelbarrow

so much depends

第5章　カーロス・ウィリアムズにおける絵画的手法

upon

a red wheel
barrow

glazed with rain
water

beside the white
chickens.　　　　　　　　　　　　　*(Collected Poems I* 224)

「赤い手押し車」

あんなにたくさんのものが
のっている

赤い手押し
車に

雨の露で
つやつやして

白い鶏の
そばで。

この詩は、一見単語が羅列されているだけのように見えるが、実は

そうではない。試しにこの一文からなる詩を通常私たちが使うような形式に変えてみよう。上記の詩と見比べて読む時に、印象がどう変わるだろうか。

So much depends upon a red wheelbarrow glazed with rainwater beside the white chickens.

　原文と詩句を横に並べた文では、明らかに言葉に対する緊迫感が違ってくる。原文の方は、4連（仮にこれを4連構成と呼ぶことができるならの話しだが）から成り立っており、3語と1語が1つの連をなしており、それが4回繰り返されている。さらに、各連でも、言葉が途中で切り離されて次の行に移行している。"depends" は本来 "upon" と結びつきが強いのだが、この詩では意図的にその結びつきが切り離され、"upon" は次の行に先送りにされている。これと全く同じように、第2連では、"wheel" と "barrow" が切り離され、第3連では、"rain" と "water" が本来の言葉同士の結びつきが解体され、最後の第4連では "white" と "chickens" といった意味のまとまりが分割されている。これは、どのような効果を狙ったものだろうか。例えば、第2連では、常識的には、"red wheelbarrow" となるべきところが、"red" も "wheel" も "barrow" も、それぞれ単語レベルに解体されているため、個々の単語が独立した意味を主張しており、語と語の間に緊張（tension）が生まれている。そのため、単なる「赤い手押し車」ではなく、「赤色」で、「車輪が一個」ついた、「手押し車」だというように、語の一つ一つが、極めて鮮烈にイメージ化される。このように、従来の語と語の結びつきを解体することで、読者は詩のなかでつむぎだされる言葉の一つ一つに対する注意力が喚起されるのである。

　さらに、この「赤い手押し車」は、以下の2連が両者とも、コント

第 5 章　カーロス・ウィリアムズにおける絵画的手法

ラストの強い背景となって現れ、全貌が視覚的に鮮明に読者の前に提示されることになっている。ここで「視覚的」という言葉を使ったが、手押し車の「赤」と鶏の「白」の鮮明な色彩のコントラストが読者に情景を浮かび上がらせる。しかも、硬質の手押し車と柔らかな質感の雨水の対照が、手押し車の存在を高める手助けをしている。

　次に考えたいのは、この詩のテーマである。この詩には、重大事件も、珍しい存在も唱われていない。在るのは、ただどこにでも目にする「手押し車」である。では、「手押し車」の一体、何が詩人の心を動かしたのだろうか。その感動は一行目に唱われている。冒頭の "So much" とは、何か自然の大きなもの、つまり、決して実際には見えない「宇宙」が「手押し車」の上にのっかっているのを心の目で感じたのであろう。これは、「夏草の穂先」を眺め感動するホイットマンと同じであり、また、小さい何気ないものに、宇宙を感じた日本の俳人たちと同じである。「赤い手押し車」においては、日常私たちが見過ごしてしまうような何気ない生活の一コマをさらに断片化し、ストーリーを語ることなしに、言葉を並べて「生の謳歌」を提示している。ここでは、日常気にとめることのないでき事にある日突然はっと胸を打たれたという、「発見の驚き」(川本428) が表されている。

　　ウィリアムズの詩で特殊なのは、それらのありふれた事物が、何
　　かの物語の一部として、あるいは何かの思想や感慨を託された風
　　景の一部として描かれるのではなく、ただそれ自体、ただそれだ
　　けが、一篇の詩のテーマとして強く押し出されていることです。
　　この詩の主題は手押し車と鶏そのものであって、それらは他の何
　　を例えるものでも、象徴するものでもありません。(429)

　ウィリアムズは、詩のストーリー性ではなく、言葉の本来持つ独自

131

の意味を回復させ、日常の何気ない瞬間を描出しようとしているのである。

　彼の使用する言葉は、アメリカ口語英語に基づいており、言葉は単音節語からなる簡単な日常よく耳にする表現が多い。単語ひとつひとつを強調するためにきわめて頻繁に改行されており、その結果、読者は単語そのものを視覚で捉えることになるために、その言葉が表すものそのものが明確にイメージしやすい、という仕組みになっている。

　加えて、各行の始まりは大文字ではなく小文字が使われている。従来の伝統的な詩の方法とは異なる、文頭の大文字を小文字に変えるという技法に関して、ウィリアムズは『自伝』のなかで、キュービズムとの関係を次のように述べている。

　「私たちはキュービズムについて、おそらく午後中かかって議論した。詩の構造に関して類似した点があるようだ。詩の各行の冒頭から大文字を除くことは、いい考えのように思う。」(136)

　文の始まりを大文字ではなく小文字にしてしまうこと—これは従来の伝統的な詩の法則を破る行為である。彼のこの行為は、私たちが日常何気なくやっている、文頭は大文字で始める、という法則に疑問を投げかけることとなる。文を大文字で始めるということには、どういった意図があるのだろうか。文頭の大文字は文章がこれから始まるのだ、つまり、始まりと終わりを伴ったなんらかの意味のまとまりがこれから提示される、ということを前もって読者に想起させる働きがあるのではないか。それゆえ、大文字で書かれた一番最初の言葉というものは、他の小文字で書かれた言葉に比べてそれ自体が目立つ存在になってしまう。加えて、なにがしかのストーリーがこれから始まる、という指標としても他の言葉より際だってしまう。このように、大文字の

役割を考察していくと、文頭をあえて小文字で始める、というウィリアムズの戦略は、単にこれまでの伝統的な詩の法則に対しての反逆というだけではなく、大文字の言葉も小文字にすることによって、詩のストーリー性を剥奪し、一つ一つの言葉を等価値とみなすという、きわめてキュービズム的な戦略であるということができはしないだろうか。キュービストにとっては、すべての対象が、同等であり、平板化されたキャンバス内では、前景も後景もなく、断片化された一つ一つの要素にも優劣はない。

では、「ものの中にしか観念はない」と言ったウィリアムズは、こうしたキュービズム的要素を使ってこの「赤い手押し車」で何を成し遂げたかったのだろうか。「ものの中にしか観念はない」というウィリアムズの理念は、あたかも「観念」よりも「もの」が大事であるかのように聞こえるかもしれない。実際はそうではなく、ウィリアムズは「現代」という時代の文脈の中で、皆に共感を誘うような表現方法を模索し、結果として「観念」を表すには目に見えるもの、確認できるものを使って詩を書けば、言葉と対象物のギャップが少なくて済むと考えたに違いない。

かたちを明確にとらえるために言葉をばらばらにしたウィリアムズの試みは、キュービストたちが立体を平面に表現するときに考案したものの「断片化」と類似した手法である。ウィリアムズは視覚芸術が用いた「断片化」という方法を用いて現実の一側面を詩人ウィリアムズの観点から解釈し、提示していると結論づけることが可能ではないだろうか。

3．詩から絵画へ——「瞬間」を捉える詩

ウィリアムズには、「偉大な数字」("The Great Figure")という詩が

あるが、この詩に触発された友人のチャールズ・デムスが、この詩にまつわる絵『金色の数字5を見た』(*I Saw the Figure 5 in Gold*)【図－2】を描いている。これは、いかにウィリアムズの詩が絵画的感性を刺激する力を持っているかを証明する良い事例と言えよう。そこで、この章では、この2作品が、いかに「瞬間」というものを捉えているかを分析してみることにする。

　このウィリアムズの詩は、マースデン・ハートレーのアトリエにいく途中で、疾走していく消防車の姿を詩にしたものである。

> ある暑い7月のこと、大学院の臨床実習で疲れて帰る途中、いつものように軽く一杯ひっかけながら世間話でもして、ついでに彼のようすでも見に行こうと思って、15番街にあるマースデンのアトリエに立ち寄った。彼が住む番地に近づいてきたと思ったら9番街の方へ向かう消防車のうなり声がベルのけたたましい音と共に聞こえ、それが通り過ぎていくのを見た。振り向くとちょうど消防車の赤い色を背景にして数字の5が目に飛び込んできた。その印象があまりにも強烈だったので、ポケットから紙切れを取り出し、短い詩を書いた。(『自伝』172)

　突然、目の前に立ち現れた消防車と、数字の5の印象を詩にしたのが、以下に挙げる「偉大な数字」である。

The Great Figure

Among the rain
and lights
I saw the figure 5

第 5 章　カーロス・ウィリアムズにおける絵画的手法

in gold
on a red
firetruck
moving
tense
unheeded
to gong clangs
siren howls
and wheels rumbling
through the dark city.　　　　　(*Collected Poems I* 174)

　　「偉大な数字」

雨と
光のなかで
数字の5を私は見た
金色だ
赤い
消防車の上に
移動する
緊張して
周囲にはお構いなしで
鐘を鳴らす
サイレンは唸る
そして車輪はぐるぐる回る
夜の都市をぬけて

ウィリアムズは、日常のある「一瞬」を、詩という限られた言語空間の中で表現しようと試みている。しかしながら、ジョン・マルカム・ブリニンは、「ここでは、明らかにウィリアムズが使う素材が見たままの印象で描かれており、それを見た時の感覚が詩の中では強調されてもいないし、意味が広げられてもいない。実際、詩の方は文章で書かれた『赤を背景にして金色の数字の5が光るのをちょうど見た』という表現を弱めている。」(28)と詩の方に対して辛辣なコメントを残しているが、はたしてそうだろうか。試しにこの詩を散文形式にして比較してみよう。

　　　Among the rain and lights I saw the figure 5 in gold on a red firetruck moving tense unheeded to gong clangs siren howls and wheels rumbling through the dark city.

　やはり散文形式では、焦点がぼやけてしまい、冗長で平坦な単なる事実の記述となってしまう。分断された13の語句と散文形式の文章を比べると、明らかに言葉一つ一つが持つ重みの伝わり方に差が生じている。詩の方が個々の言葉に焦点が当てられており、何よりも「金色に輝く数字の5」が強調されている印象を受ける。
　この詩は、1921年出版の詩集『すっぱい葡萄』(*Sour Grapes*)に収録されているが、チャールズ・デムスがこの絵を描いたのは、1928年である。ウィリアムズはその絵が描かれるようになったいきさつを、以下のように説明している。

　　　彼[デムス]は、僕のことを常にカーロスを呼び、ある時、僕の名前と、以前、僕が「偉大な数字」(ニューヨークの通りで疾走していく消防車の横に書いてあった数字の5)に捧げて書いた詩をもとに、一

第5章　カーロス・ウィリアムズにおける絵画的手法

枚の「文学的な」絵（literary picture）を描いてくれた。(『自伝』152)

　更に、『自伝』のなかで、ウィリアムズが、回想したデムスとのエピソードや[8]デムスが遊びの要素として、絵のなかにウィリアムズの名前を3箇所登場させている点からも、2人の親しい交友関係が窺えるが、文学や絵画について2人はお互いの興味や関心を理解しあっていたようである。実際、この2人の作品を比較してみると、ある共通した点―「瞬間を捉えること」に焦点が当ててあることに気がつく。2つの作品は、それぞれの対象をいかに現実通りに模倣するかといったリアリズム的テーマではなく、彼ら自身が対象を見て感じたこと、つまり表現者の主観を作品の中にいかにして反映させるか、といったキュービズムのテーマを模索しているといえよう。

　デムスの絵において、まず目がいくのは、中央に3段階の大きさで書かれている金色の数字5である。数字や文字を絵の中に入れるのは、キュービズム以降盛んになってきたコラージュの技法である。[9]　藍色と灰色が交錯した幾何学的な背景はおそらくビルや道路なのであろうが、それぞれがばらばらに分断されて、まとまった画像というものがつかみ取りにくい。あるいは、画面に夥しく多数に存在している不規則な縦のラインは、雨を表しているのだろう。そこから浮かび上がってくるのは赤い角張った不規則なかたちである。これは、赤いかたちの上部に付随する明るい黄色で描かれた車のヘッドライトなどにより、消防車だということが判別できる。しかし、消防車とはいっても消防車のかたちが見たままに描かれているのではなく、ここでも分断された消防車の断片的なイメージが提示されているのみである。記憶でとらえた消防車の全貌をばらばらにして、それらを画面上で、正面から見えない部分も含めて再構築している。数字の5は、消防車の認識番号として消防車に描かれている文字であるはずなのに、この絵では、

数字の5は消防車からはみ出してそれ自体が大きくクローズアップされている。加えて、画面の上に前述のヘッドライトが拡大されたかたちで画面の上に大きく描かれていること、それに大きな数字の5の周りを円のような曲線（画面の右上と左下にある）が囲んでいるために、あたかも消防車が画面からこちらに向かって突進してくるようなダイナミズムを生み出している。さらに、その消防車から数字の5のみが3段階にわたって画面から観賞者の方向に飛び出してくるような力強い「瞬間」の動きが絵画空間のなかに閉じこめられている。表題の "I Saw the Figure 5 in Gold" からも明確なように、ここでは走り去る消防車に付随していた数字の5が「私」の視覚に焼き付いて離れない、という瞬間を捉えようとした試みであるといえよう。

　では次に、ウィリアムズの詩「偉大な数字」では、こうした「瞬間」をとらえる試みはどのようにして表現されているのだろうか。詩においては、ワンセンテンスが13に分けられており「赤い手押し車」の時と同様に、一つ一つの言葉が強調される仕組みになっている。まず、「雨」と「光」の出現によって詩全体に日常と非日常の境を曖昧にしてしまうような幻想的な雰囲気がつくられ、次いで、動作の主体である「私」と「数字の5」が、同じ行に現れる。この詩においても、色の対比が効果的に使われており、消防車はわざわざ「赤い」と色を言及せずとも、赤い色だというのが判別可能であるにもかかわらず、強調のためにあえて「赤い」という形容詞が使われており、それが数字の5の「金色」と対比され、視覚的に鮮明な印象を読者に与えることになる。7行目、8行目、9行目は疾走していく消防車のスピード感が "tense" や "unheeded" という言葉によって表現され、10、11、12行目は耳をつんざくようなベルやサイレンの音、それから猛スピードで走る消防車の車輪が回転する音が強調され、読者の五感に訴えるような言葉が並べてある。また、ここでは、7行目の "moving" と12行

第5章　カーロス・ウィリアムズにおける絵画的手法

目の"rumbling"という箇所において現在分詞が使われており、現在の「瞬間」を捉える役割を果たしている。

　この「偉大な数字」においても、重要なのはストーリー性ではなく、数字の5を見たときのはっとした「瞬間」をどう表現するかであろう。日常のありふれた情景のなかで、静寂を破るようなけたたましさで消防車がウィリアムズの目の前に現れる。その時に赤い消防車から浮かび上がるように偶然目に留まった金色の数字の5が、まるで何かの啓示でもあるかのように強い印象を残す。この一連のでき事を散文形式で語ったとしても、「瞬間」の驚きを表現しつくすことは不可能に思われる。詩の言葉を簡素化し、分断化することは、「瞬間」を捉えるための手法であり、キュービズムの方法に類似している。このような工夫によって、彼は、言葉という媒体を使って、あたかも画家のごとく、対象の一瞬を捉えた「一枚の絵」を作り上げているのである。

4．ウィリアムズとキュービズム
―デュシャンの『階段を降りる裸体　第2番』

　川本皓嗣は、『アメリカの詩を読む』の中で、ウィリアムズの作品におけるモダニズム的要素について、「『もの自体』への彼のこだわりそのものが、モダニズムの重要な一面につながっている」(401)と説明している。モダニズムといっても作家によってアプローチ法は異なっているので、一概にモダニズムを定義することは難しいが、あえて定義を試みるならば、既成の価値観に疑問を投げかけ、新しい表現形式を生み出そうとした芸術運動といえはしまいか。『パターソン』(*Paterson*)においても、「ものの中にしか観念はない」とウィリアムズは、目にみえるものへの信頼と抽象的な概念に対する不信感を唱いあげている。こうした「もののかたち」にこだわる作風というのは、視覚芸術の世界においてもセザンヌ以降のキュービストによって模索さ

れていた。そこで、この章では、ウィリアムズがキュービズムとどう関わりがあったのかを論じていく。

『ウィリアム・カーロス・ウィリアムズの自伝』(The Autobiography of William Carlos Williams) には、ウィリアムズが、視覚芸術が当時模索していたスタイルと共通した手法を使って詩を創作していたモダニストであることを裏付ける逸話が残されている。それは、1913年2月にニューヨークで幕を開いた「国際現代美術展」である「アーモリー・ショウ」(The Armory Show)[10]を観賞したときのことである。国内には初めて紹介されるピカソ、マネ、モネ、ゴーギャン、ヴァン・ゴッホなどの作品のほかに、マルセル・デュシャンの『階段を降りる裸体 第2番』【図-3】があった。ウィリアムズは『自伝』のなかで、次のように語っている。

　「『階段を降りる裸体　第2番』は、あまりにも平凡だったので、それについては、はっきり覚えていないが、初めてその絵を見たとき、私は嬉しく、そしてほっとして大声で笑った」(134)

このウィリアムズのコメントの「ほっとして大声で笑った」という箇所に注目したい。デュシャンといえば、今日でこそダダイズムの旗手として広く知られた存在であるが、1913年という時代背景にあって、デュシャンの作品はアメリカでも議論の的であり、彼の作品の芸術的価値はまだ認められてはいない段階にあった。その作品をウィリアムズが見て「ほっとして」笑った、というのはおそらくウィリアムズは、デュシャンの作品の中に自らの創作の方向性と一致した何かを見い出したに違いない。では、ここで問題のデュシャンの作品を見てみよう。

デュシャンは、ダダイズムの画家でもあるが、この絵のように、3次元の対象をそのまま2次元の絵画空間に自然の模倣というかたちで

第5章　カーロス・ウィリアムズにおける絵画的手法

表現するのではなく、対象をばらばらの断片に解体し、それを再構築してものの実体や動きを捉えようとする点は、明らかにキュービズムの手法と類似している。キュービストの絵らしく、この『階段を降りる裸体　第2番』も、表題がなかったら一体何が描かれているかわからないに違いない。表題と絵を見比べて初めて人体のような角張ったかたちが確認できるが、その形も遠近法ではなく、線や幾何学模様、といったデッサンの力によって体が描かれ、しかも、同系色の色彩の濃淡によって、上から下へと階段を降りていく裸体の動きが捉えられている。一枚の絵の中に、階段を降りていく人の一連の「動き」を捉えようという試みが確認できる。ばらばらに解体されて、画面左下に黒っぽい階段とおぼしきものが見えるが、それも画面左上に向かうにつれ、丸みを帯びてきて、しまいには背景の幾何学的な模様の中にかき消されていく。キュービズム以前の絵画においては、絵画はいかに対象（自然）を模倣するか、つまり絵画をいかに対象に近づけるかに関心があり、表現の主体は模倣される自然の方にある。しかし、キュービズム以降の実験的な絵画においては、主体は画家にあって、画家の解釈による現実の捉え方が重要視される。つまり、キュービズム以前と以降では対象と作品との距離の捉え方に大きな隔たりが見られ、キュービズム以降の作品は、作品が対象と相似していなくとも、それはたいして問題とは捉えられず、画家たちのそうした革新的な試みと対象物へのアプローチ法は、20世紀における新しい価値観の変遷の中で、斬新な現実の相の捉え方として好意的に受け入れられていく。

　キュービズムの特徴として、全体的構成に対するこだわりが挙げられる。1907年のパブロ・ピカソによる『アヴィニョンの娘たち』【182頁参照】に関するカーンワイラーのコメントから、キュービストたちの構成へのこだわり、そして、表現方法として、デッサンを重要視していたことを窺い知ることができる。

ところでそれ[キュービズムの発端]はどんな問題との闘いだったか？絵画の根本問題との闘い。すなわち三次元の世界と色彩の世界とを平面上に描写すること、そしてこれらを一体化して、このような平面上に統一すること。しかしながら、「描写」といい、「一体化」といっても、それは最も厳密な、最も高い意味においてである。それは明暗法によって対象をもっともらしく見せることではなく、三次元的な世界をデッサンを通じて平面上に明示することである。必要なのは快い「コンポジション」（構図）ではなく、厳格で明晰な「構成」である。これに加えるに色彩の問題があり、そして最後に、最難関として、全体をどう調和、融合させるかの問題がある。（カーンワイラー　22）

　キュービズムにおける試みは対象を視覚が捉えたそのままの姿で表現することではなく、対象の形を、見えない部分も含めて提示することにあり、その時に要求されるのは遠近法や明暗法といった対象の奥行きを平面に、あたかもあるかのように見せるための技法ではない。むしろ、視覚が捉えた立体を、画家の感性によって表現する試みが必要とされ、そこでは画家の感性と現実の解釈法（表現法といってもよいのだが）に重点が置かれる。
　ウィリアムズの作品においても、こうしたキュービストの手法と類似した部分が顕著に現れている。目に見えるもののかたちにこだわり、解説は一切加えないで、その言葉のみを提示し、言葉の配列を断片化することで、異なる相の現実を再構築してみせる部分や、日常におけるある一瞬を言葉を媒体として表現空間のなかに凝縮しようとしている点がそれであろう。

5.『パターソン』におけるアメリカニズム

　これまで考察してきたウィリアムズの詩では、文章を解体し、言葉を簡素化することで、もののかたちやあるでき事が起きる「瞬間」が表現されている。こうしたウィリアムズの方法は20世紀初頭に起こった革新的な視覚芸術における方法と類似している。それはとりもなおさず、アメリカにおける独自の詩の言葉を模索する必要性をウィリアムズが強く感じていたからであり、同時に若い時から前衛的な芸術家との知己を得、新しい芸術形態に親しんでいた、という彼の文学的背景からも充分説明できることであろう。

　しかしながら、モダニズムという同じ方向を目指していたにもかかわらず、ウィリアムズは、アメリカという土壌に徹底してこだわったという点で、T. S. エリオットとは対極にいた。[11] あくまでアメリカという文脈の中で、アメリカの人々に受け入れられるような言葉を探す必要性を感じていたウィリアムズにとって、エリオットの『荒地』（*The Waste Land*）がアメリカで広く受け入れられたことは衝撃であったようだ。しかも、エリオットの作風が、これからのアメリカ現代詩を低迷、さらには後退させるものと映っていたようである。ウィリアムズは、『自伝』で次のように述べている。

　　やがてまもなく、私たちの文学にとって、大いなる悲劇がこうした時にやってきた―T. S. エリオットの『荒地』が出現したのだ。私たちの周りには、アメリカという文脈で、全ての芸術の基本原則ともいうべき主要な創作の源を再発見するという主題のもとに、前進する力がみなぎっていた。詩を知識層に引き戻すエリオットの特性という攻撃に遭い、私たちの試みはしばらく足踏み状態に

あった。エリオットに対してどう応えていいかわからなかったのだ。(146)

　ここで、ウィリアムズはエリオットの『荒地』が「大いなる悲劇」だと述べている。古典の読み直しを詩のなかに取り入れることによって詩の言語の蘇生を試みる、というエリオットの手法は、事象そのものを詩の言葉として取り入れたウィリアムズとは、アプローチ法が異なっているため、ウィリアムズにとってみれば、エリオットの詩がアメリカで受け入れられるということは、アメリカにおける現代詩をヨーロッパの伝統の中に引き戻す行為にほかならない。[12] そのため、エリオットの手法が世間に受け入れられることは、ウィリアムズにとっては憂慮の種となってしまう。ウィリアムズにとって、エリオットは同じモダニズムの流れを同時代的に感じた詩人であるにもかかわらず、表現方法の違い、創作における方向性の違いによって対極に位置していることがこの引用からも明らかである。この点に関して、川本は以下のように分析している。

　　しかしウィリアムズ自身は、むしろ『荒地』に代表される「亡命派」の傾向——彼に言わせれば、現実離れした「深遠な思想」を詩と取り違え、パラドックスやアイロニーやパロディーや比喩など、高度で難解な知的技法を振り回す傾向に、正面から刃向かったのです。(400)

　ウィリアムズは、『エッセイ集』(*William Carlos Williams: Selected Essays*) の中で、エリオットとの創作の方向性の違いに触れながら、「私たちは確かにエリオットの並外れた文章力や語彙、精神の方向性に関しては賞賛せざるを得ないが、エリオットは実質的には、私たちにとっ

第5章　カーロス・ウィリアムズにおける絵画的手法

て価値はない。私たちは、新しい構造を使って詩を再構築しなければならないのだから」(103)と、エリオットとの決別を主張している。

こういう意味で、ウィリアムズが、『荒地』や『キャントーズ』(*The Cantos*)、さらには『ユリシーズ』(*Ulysses*)に対抗する形で作ったのが、彼の思想の集大成ともいえる『パターソン』である。そこには、エズラ・パウンドやエリオットといった、ヨーロッパに目をむけた詩人に対する決別の意志表示が明らかに見られる。それは、『パターソン』の序詩に、すでに明白に出ている。エリオットやパウンドに対する言及がなされているが、ウィリアムズがアメリカに残って創作しているのに対し、ヨーロッパに渡ったエリオットやパウンドは「出ていってしまった—ウサギたちを追いかけて」とそこでは皮肉られている。[13]

『パターソン』におけるウィリアムズの手法の特徴は、「個々のものから／出発」し、「不完全な方法だが／全体をまとめあげて普遍化する」(序詩)という作業を、観念ではなく、事物に即した言葉によって並べているという点にある。さらに、題材を自分が一番よく知っている故郷ニュージャージー州ラザフォードの近くに位置している中都市パターソンに限定し、パターソンの過去から現在を全て客観的方法によって時間的配置をばらばらに解体しながら語ることで、総体としてのパターソンの全貌が読者に提示される。ウィリアムズは詩の設定として自分が一番良く知っている身近な場所を選定しているが、こうした手法は、『ユリシーズ』でダブリンを舞台にし、地勢学的観点からダブリンの人々の生活経験を描いたジェイムス・ジョイスによるところが大きい。[14] ただし、ここでいうパターソンとは、都市であり、神話的な巨人であり、詩人であると同時に医者でもあるウィリアム自身でもあり、パターソンに実在した無数の人々でもあるため、それぞれのキャラクターを語り尽くすための夥しい数のエピソードが作品中

に展開され、錯綜したそれぞれのエピソードはそれ自体独立しているともいえるし、また、『パターソン』という大きな枠組みの中の一構成要素とも解釈できる。その際、視覚芸術の分野と同じように、コラージュを使ってさまざまな角度からパターソンの全貌を明らかにしようとしている。素材に関しては都市パターソンの成立が記された歴史的文書、詩人パターソンに宛てられた書簡、パターソンに住んでいた実在の人々の記録、といった事実に基づいたものを使い、詩を現実の世界と結びつけるという試みがなされている。同時に、事実ではなくて、劇作風の対話も詩に登場しており、『パターソン』の構造は重層的になっていく。

　ジョイスと同じように、ここでも地勢学的象徴が使われ、第1巻Ⅰでは、都市パターソンを巨人に見立てて、あたかも詩全体が巨人パターソンの夢であるかのような印象を与えている。

　　　パターソンはパセイック・フォールズのふもとの谷間に横たわり
　　　流れ落ちてきた水が彼の背中の輪郭を形成している。彼は右脇を
　　　下にして横たわり、頭は滝の間近にあって水の轟音が彼の夢を満
　　　たしている！　　　（第1巻　Ⅰ）

　さて、詩の冒頭部分において、これから繰り広げられるエピソードの数々は全て巨人パターソンの「夢」である、という前置きが加えられている。「巨人パターソンの夢」として前置きを加えることで、ウィリアムズはドラスティックに手法を変革させることが可能になる。しかし、パターソンは単に都市を指すのみではなく、（比喩的な意味での）都市パターソンに代わる神話的巨人でもあり、また、ウィリアムズ自身を指すと思われる医師であって詩人にもなり、さらには、パターソンに実在した無数の名もない人々の総称にもなるために、詩の中で展

第5章 カーロス・ウィリアムズにおける絵画的手法

開されるエピソードの数は夥しい。しかも、視点が交錯しているために、声のポリフォニーができ上がることになり、全体としてみると、パターソンの人々の経験の総和が読者に提示されることになる。ここで注目すべきは、手法的には、エリオットやジョイスと似たような手法をウィリアムズも使ってはいるけれども、彼らが、神話や歴史や伝統に基づいて、難解な独自の言葉を作品の中に反映させているのに対して、ウィリアムズはあくまでも日常の言語を詩の媒体としている点にある。

アメリカの全体像を提示するのに、パターソンという都市での人々の生活を過去と現実が錯綜したエピソードとして描き出されているが、ここでは全く異質な文章(もしくは言葉)をばらばらにして貼り合わせたコラージュ的手法が使われていることに注目したい。さらに、『パターソン』においては多くの人物が登場するが、その際「男と女」や「言葉ともの」といった二項対立の図式が比喩的に提示され、それらの対立項目は決まって言葉の不毛性に帰着する。チャールズ・ドイルも、「『パターソン』はウィリアムズ自身と混沌として複合社会であるアメリカでの経験との葛藤を表しており、結果として、結婚/離婚、男性/女性、因習/直感、観念と物、芸術と自然、といった2項対立ができる」("Introduction" 26) と述べており、『パターソン』に見られる複数の読みの可能性を明らかにしている。

その良い例として、第1巻Iに登場する新婚の牧師ホッパー・カミングとその妻サラ・カミングのエピソードを挙げたい。エピソードは、はじめは客観的に語られるが、続いて詩人の声が続き、サラの滝への墜落死という惨劇が、詩人にとっては、言葉の問題にすりかわってしまう。サラは牧師と滝を見に来たのだが、牧師が目を離したすきに、彼女は滝に飲まれてしまう。

147

この痛ましい事件に関してのカミング氏の気持ちはある程度理解できるとしても、それを説明することはできない。カミング氏は半狂乱で、自分でもわけがわからぬまま、自分も滝に身を投げようとした。神の思し召しによって、ちょうどその時、カミング氏の近くにいた青年が守護天使のように飛びつき、カミング氏の理性では押さえきれなかった衝動を止めた。青年はカミング氏を断崖から降ろし階段の下の地面に連れていった。カミング氏は今一度青年の手を振り払って滝に飛び込もうとしたが、また、その青年に助けられた。……カミング夫人の遺体を探そうと捜索が直ちに開始され、捜索は一日続いたが、遺体は見つからなかった。次の朝、遺体は42フィートの深みで発見され、その日のうちにニューアークに運ばれた。

　ごまかしの言葉。真実の言葉。ごまかしの言葉が流れて―
　言葉が（誤解され）流れて（誤解されて）威厳もなしで、牧師もなしで、石の耳にたたきつけられる。少なくとも彼女にとっては、それで事は解決した。

　前半の散文は、「神の思し召し」や「守護天使」などの言葉から、古典主義的な散文だと判別できる。ここでは、新婚まもない牧師夫妻に突然訪れた不幸が語られている。これはパターソンで起きた悲劇として描かれている。一方、次の連では詩人の声として詩が披露されるのだが、ここでは、前述のサラの死が「ごまかしの言葉」の消滅として新たに意味が付加されていることに注目したい。死が男女を引き離したというエピソードが、比喩となって、現代における言葉の危機的状況を表現しているように思える。
　さて、ここで使われている言葉及び文章であるが、この点に関して

第5章　カーロス・ウィリアムズにおける絵画的手法

は第2番目の主題である「アメリカで詩を書くこと」に関係しているので、その点も絡めながらこれ以降論じていくことにする。ここでは全く違った2種類の文章表現が使われている。最初の散文は客観的事実に基づいたと思われる事件の記録である。エリオットの例と比較しても明らかなことであるが、エリオットは古典からの引用によって失われてしまった「言葉」の復権を目指したが、ウィリアムズの場合は全く新しい詩の方法を模索することにより、アメリカにおける詩のあり方の基礎を形成したといえるのではないだろうか。

　散文を詩の一部として引用したり、詩に劇作風の対話を導入したり、また、実際に送られてきた書簡を挿入したり、ウィリアムズは「詩」という概念そのものに疑問を投げかけてこのような実験的な詩を作ったのではないだろうか。さらにウィリアムズの場合、イマジズムの方法には限界を感じていたこともあり、ただ単にカタログ的にイメージを羅列するのではなく、ある方向性に向かってそれぞればらばらに見える文章を並べ替えて再構築する必要性を感じていたようである。例えば、次の引用は第5巻Ⅱからのものであるが、これは実際にウィリアムズが過去に受けたインタビューを対話形式で詩の一部として使っており、ウィリアムズのアメリカ口語に対するこだわりも感じとることができる。

　　問　ウィリアムズさん、単純に言って詩とは何でしょうか。

　　答　そうですね……。詩というものは感情のこもった言葉だと私は思いますね。詩というのは言葉で、リズムで成り立っていて……。詩というのは完全な小宇宙ですよ。個別に存在するものですね。価値ある詩なら詩人の全人生を伝えます。詩人の物の見方を伝えるものです。

問　では、もう一人の優れたアメリカの詩人、E. E. カミングスの詩のこの部分をご覧ください。

(im) c-a-t (mo)
b, i; l: e

FallleA
ps! fl
OattumblI

sh? dr
IftwhirlF
(Ul) (lY)
&&&

これは詩でしょうか。

答　私はそうは思いたくありません。おそらく彼にとってはそうでしょう。私にはそう思えませんが。理解できませんからね。彼は考えが深い人ですから。だから理解しようと頑張ってみるのですが。意味がつかめません。

問　意味がつかめませんか。ではここにあなたがお書きになった詩があります……。「ヤマウズラ２羽／マガモ２羽／太平洋でとれた／24時間内の／カニ１匹／デンマーク産／生鮮冷凍／マス２匹……」さて、これは高級食品リストのようですね！

第 5 章　カーロス・ウィリアムズにおける絵画的手法

答　高級食品リストですね。

問　さて、これは詩ですか。

答　私たち詩人はイギリス英語ではない英語を使わなければなりません。アメリカ語を使わなければならないんです。この詩はリズムがアメリカ語の見本です。ジャズに似た独自性があります。もし "2 partridges, 2 mallard ducks, a Dungeness crab" と読んでいき、もし実際の意味を無視してリズムだけをみるなら、これはごつごつした感じになります。私にとってはこれが詩なのです。(224-225)

　実際に行われたインタビューを、そのまま詩の一部として再現する——これはウィリアムズ自身が伝統を持たないアメリカにおいて、詩を書く困難を『パターソン』に組み込むことにより、詩全体がウィリアムズ自身の自己実現の場となっていることを意味している。インタビュアーの問いは、おそらく当時の一般のアメリカ人の考えを反映しているものと解釈できる。ランダル・ジャレルは、「『パターソン』の主題は物事についての真実をどのようにして伝えるか、ということにある。つまり、世の中を表現するための適切な言葉をどうやって見つけるかということなのだ」(75) と述べているが、まさにその通りである。イギリスの表現ではない、アメリカの口語表現を使って詩を書くということが、一般的には否定的に受けとめられていたことがわかる仕組みになっている。

　そもそも、言葉が現代の文脈において、役に立たないのではないかという危惧の念が『パターソン』には幾度となく言及されている。そうした不安感は "divorce" といった比喩的表現で表されている。ウィ

リアムズは言葉に対する既成の慣習がなくなった状況下で言葉の不毛さを嘆きながらも諦めることなく、先程の引用のように、かなり実験的にアメリカにおける詩というものを模索している。インタビューは典型的な口語表現であり、内容も言葉に関する新しい捉え方を提示しており、この部分が『パターソン』の最後に近い部分に導入されていることを考慮してみると、ウィリアムズはむしろ、こうした言葉の不毛な時代を楽しみながら、何事にも束縛されない自由な立場で、アメリカ独自の詩を模索していたのである。

　一見、何の関連もないようなインタビューや地誌、公文書などを詩人の声と交錯させることで、詩と散文の領域を曖昧にすることもウィリアムズの戦略なのではないだろうか。詩と散文が混合され、声がポリフォニックに共鳴することで新しい詩の可能性へと挑戦しているのではないだろうか。『パターソン』は、確かに巻を進めるごとに完成度が落ちていく印象は否めないながらも、新しいアメリカの言葉を模索するという主題は一貫して主張している。『パターソン』は、こういった意味においてウィリアムズにとっての自己実現の作品なのであり、ロバート・ローウェルの言うとおり、「『パターソン』は、アメリカ独自の詩を書こうという試み」(81)である。

　今日でこそアメリカ口語表現は詩においても一般的になってはいるものの、ウィリアムズの時代においてはまだアメリカの現代詩に対しては理解が少なかったようである。ウィリアムズが行おうとしたのは、アメリカという素材を使ってアメリカを詩という小宇宙に再現するということではなかったろうか。そういった意味においてセザンヌ以降のキュービストたちが行ってきた既成の遠近法に対する反逆的な態度とその成果というものは、ウィリアムズが行ってきた、イギリスを文化の主流とみなす人々にアメリカらしさを発見してもらう、という試みと類似しているといえよう。[15] ウィリアムズはロマンティシズムの

第5章　カーロス・ウィリアムズにおける絵画的手法

流れをくむホイットマンと同じく、アメリカにおける詩の新しい可能性を切り開いた開拓者といえよう。

結論

　20世紀初頭、モダニズムという大きな芸術形態の転換期にあって、ウィリアムズはアメリカならではの詩の言葉を模索してきた。キュービズム以降の画家たちが既成のものの捉え方と表現の方法に疑問を抱いて対象を解体し、画家の主観に基づいたものの見方を提示したのと同じように、ウィリアムズも詩の言語を解体したり、コラージュ的な手法を使ってアメリカにおける詩の言語を模索してきた。ウィリアムズは、詩の言語とそれを読む現実の読者の意識との隔たりを埋めようと試みており、「ものの中にしか観念はない」という言葉が彼のそうした理念を支えている。ディジュクストラもまた「ウィリアムズの基本的なスタイルは絵画に依っているところが多く、特にセザンヌ以降の絵画からの影響を受けていることは疑う余地がない」(78-79)とウィリアムズの作品とキュービズム以降のスタイルとの類似点を指摘している。ウィリアムズは絵画的手法を用いることで日常の「瞬間」を捉えたり、あるいはアメリカが必要とした口語表現に基づいた土着の詩をつくり出すことを試みている。その顕著な例が『パターソン』であり、ウィリアムズの時代には彼の作品は評価されていないが、彼のそうした理念は、アレン・ギンズバーグ[16]やデニーズ・レヴァトフ[17]に引き継がれ、実現されていくことになる。エリオットやパウンドの作品がアメリカで高く評価される一方で、ウィリアムズの作品は長い間過小評価されてきたようだが、彼もまた方法の違いはあれ、新しい詩の言語を模索したモダニズムの流れをくんだ詩人であり、詩に関する固定観念を打ち破るために詩に絵画的手法を取り入れたという点にお

いて実験的で革新的である。

注

1) 20世紀初頭の時間と空間の概念に関しては、**Kern** を参照。
2) ウィリアムズの交友関係は、自伝でも述べている通り、数は少ないが、芸術家や詩人とは医学生だった頃から付き合いがあったようである。当時の友人にはデムスやパウンドもいた。詳細は、*The Autobiography* 55 を参照。
3) この言葉は、短詩 "Paterson" (*Collected Poems I* 263) に登場し、その理念は1948年刊行の『パターソン』第 1 巻 I にも再び登場している (6)。ウィリアムズ自身、『自伝』(390) のなかで、『パターソン』を書いた動機を説明するのに、この言葉を引用している。
4)『抒情歌謡集』 (*Lyrical Ballads*) の序文は、社会的に下層な人々の「飾らない素朴な言葉」(a "naked and simple" language) こそ、「永久的で、はるかに知的な言葉」 ("a more permanent and a far more philosophical language") と主張しているが、ウィリアムズの詩における技法は、こうしたワーズワースをはじめをするロマン派が模索した日常言語に即した詩の言葉への模索に似ている。
5) ホイットマンとウィリアムズにおける話し言葉に関した作風の共通点と違いについては新倉『アメリカ詩論―同一性の歌』116-117頁参照。
6) 新倉は『アメリカ詩の世界』で、ウィリアムズが「詩から精神を排除しようとしたわけではない」(173) と補足している。確かに、「ものの中にしか観念はない」というウィリアムズの理念は、言葉とその対象物との剥離をなくしたいがために抽象表現を排除することはあっても、比喩表現や感情を詩から排除するというものではない。
7) 3 章以外は、次の通りである。I. Self-Portrait (「自画像」) II. Landscape with the Fall of Icarus (「イカルスの墜落のある風景」) IV. The Adoration of the Kings (「東方三賢王の礼拝」ブリューゲルには同名の作品が 2 作あるが、内容から1564年作の絵をもとにしていると思われる)

第 5 章　カーロス・ウィリアムズにおける絵画的手法

V. Peasant Wedding（「農民の婚宴」）VI. Haymaking（「干草の収穫」）VII. The Corn Harvest（「穀物の収穫」）VIII. The Wedding Dance in the Open Air（「野外での農民の婚礼の踊り」）IX. The Parable of the Blind（「盲人の寓話」）X. Children's Games（「子供の遊戯」）。ワーズワースは、『抒情歌謡集』の序文で、詩は「田舎の庶民の生活」("low and rustic life") を題材にしてこそ、「心の本当の情感」("essential passions of the heart") が表せると唱えているが、これらブリューゲルの絵は、まさに庶民の日常を生き生きと描き出している。

8）ウィリアムズとデムスの親交については『自伝』52-53、55、151-152頁を参照。
9）佐藤忠良ほか編著『遠近法の精神史―人間の眼は空間をどうとらえてきたか』311-312頁参照。
10）アーモリー・ショウに関しては、Dijkstra 7-9 を参照。
11）エリオットは、詩人の「歴史的感覚」(historical sense) を重要視してるが、彼によれば、歴史的感覚とは、「単に自分の骨の随まで同時代的であるというだけでなく、ホメロス以来のヨーロッパ文学全体とその一部である自国の文学全体とが同時代的に存在詩、同時代的な秩序を形成しているという感じである」("Tradition and the Individual Talent" 14) を指す。
12）ウィリアムズは、「私はすぐに、『荒地』は、私を20年前に押し戻したと感じた」と言い、それが、アメリカが地方性に根ざし、新しい芸術形態の本質に近づきつつある矢先だったと、嘆いている（『自伝』174）。
13）興味深いことに、パウンドも、「残れしもの」("The Rest" 1913) という詩で、アメリカにいる芸術家の悲惨で救いようのない状態を唱っている。

　　　　Oh helpless few in my country,
　　　　O remnant enslaved!

　　　　Artists broken against her,
　　　　A-stray, lost in the villages,

155

> Mistrusted, spoken-against,
>
> Lovers of beauty, starved,
> Thwarted with systems,
> Helpless against control;

ウィリアムズの「序文」は、まさしくパウンドのこの詩に対する返歌と言えよう。

14) 他のモダニズムの流れをくむ作家や詩人と同様に、ウィリアムズもまたジョイスの作品から影響を受けている可能性が高い。『エッセイ』によれば、ウィリアムズは『ユリシーズ』を読んでいるし、『ユリシーズ』の「形式や内容が意味するところは明白で大変興味深い」(79) とコメントを残している。
15) この件に関してはサリヴァンが「ウィリアムズは簡潔な表現を好んだので、現在形にこだわり、ラテン語化された英語表現を拒否した」(39)と述べている。
16) *Paterson* にはウィリアムズに宛てたギンズバーグからの手紙文も遍在している。
17) ウィリアムズとレヴァトフの親交に関しては *The Letters of Denise Levertov and William Carlos Williams* を参照。

引用文献

Brinnin, John Malcolm. *William Carlos Williams*. University of Minnesota Pamphlets on American Writers No. 24. Minneapolis: U of Minnesota P, 1963.

Dijkstra, Bram. *Cubism, Stieglitz, and the Early Poetry of William Carlos Williams*. 1969. New Jersey: Princeton UP, 1978.

Doyle, Charles. Introduction. *William Carlos Williams: The Critical*

Heritage. London: Routledge, 1980.

Eliot, T. S. *T.S. Eliot: Selected Essays*. 1932. London: Farber, 1991

Jarrell, Randall. "*Paterson I*." *Critical Essays on William Carlos Williams*. Eds. Steven Gould Axelrod and Helen Deese. New York: G. K. Hall, 1995. 74-79.

Kern, Stephen. *The Culture of Time and Space: 1880-1918*. Cambridge, Massachusetts: Harvard UP, 1983.

Lowell, Robert. "*Paterson II*." *Critical Essays on William Carlos Williams*. Eds. Steven Gould Axelrod and Helen Deese. New York: G. K. Hall, 1995. 80-82.

Pound, Ezra. "The Rest." Ezra Pound: *Selected Poems*. London: Farber, 1975. 46-47.

Sullivan, A. M. "Dr. William Carlos Williams, Poet and Humanist." *William Carlos Williams*. Ed. Charles Angoff. London: Fairleigh Dickinson UP, 1974. 37-46.

Whitman, Walt. *Leaves of Grass and Selected Prose*. Ed. John Kouwenhoven. New York: Modern Library, 1950.

Williams, William Carlos. *The Autobiography of William Carlos Williams*. 1948. New York: New Directions, 1967.

―――. *The Collected Poems of William Carlos Williams: Volume I 1909-1939*. 1986. Eds. A. Walton Litz and Christopher MacGowan. New York: New Directions, 1991.

―――. *The Letters of Denise Levertov and William Carlos Williams*. Ed. Christopher MacGowan. New York: New Directions, 1998.

―――. *Paterson*. 1963. New York: Penguin, 1983.

―――. *Pictures from Bruegel and Other Poems by William Carlos Williams: Collected Poems 1950-1962*. New York: New Directions, 1962.

―――. *William Carlos Williams: Selected Essays*. 1954. New York: New Directions, 1969.

Wordsworth, William and Samuel Coleridge. 1968. *Lyrical Ballads:*

The Text of the 1798 Edition with the Additional 1800 Poems and the Prefaces. Eds. R. L. Brett and A. R. Jones. 2nd Edition. New York: Routledge, 1991.

カーンワイラー,D-H 『キュビスムへの道』 千足伸行訳 鹿島出版会 1970.
川本皓嗣 『アメリカの詩を読む』岩波書店 1998.
佐藤忠良,中村雄二郎,小山清男編 『遠近法の精神史―人間の眼は空間をどうとらえてきたか』平凡社 1992.
新倉俊一 『アメリカ詩の世界―成立から現代まで』大修館書店 1981.
――― 『アメリカ詩論―同一性の歌』篠崎書林 1975.

第5章　カーロス・ウィリアムズにおける絵画的手法

図ー1　ブリューゲル『雪中の狩人』
（1656年　ウィーン、美術史美術館）

図－2　デムス『金色の数字の5を見た』
（1928年　メトロポリタン美術館）

第5章　カーロス・ウィリアムズにおける絵画的手法

図－3　デュシャン『階段を降りる裸体　第2番』
(1912年　フィラデルフィア美術館)
© Succession Marcel Duchamp / ADAGP, Paris & SPDA, Tokyo, 2000

第6章

ヘミングウェイの散文における
キュービズム的構造

光 冨 省 吾

1. ヘミングウェイとキュービズム

　多くの研究者によってアーネスト・ヘミングウェイと絵画というテーマに関しては、マンテーニャからゴヤにいたるまで研究されてきた。[1] 特にヘミングウェイに与えたセザンヌの影響はたびたび指摘されている。ヘミングウェイ自身もガートルード・スタインとアリス・B・トクラス宛ての手紙で「私はセザンヌのように田舎の風景を描きたい」(*Selected Letters* 122) と書いているし、パリ時代の回想記『移動祝祭日』(*A Moveable Feast*) においてはセザンヌから風景の描き方を学んだと認めている (69)。また、雑誌『ニューヨーカー』の記者リリアン・ロスとのインタビューでも次の引用に見られるように風景の描き方においてセザンヌに影響を受けたと語っている。

　　ミスター・ポール・セザンヌのような風景は描けるんだよ。風景の描き方はミスター・ポール・セザンヌから学んだから。はらぺこで何千回もリュクサンブール美術館の中を歩き回っていたときにね。もしミスター・ポールが生きていたら、ぼくの風景の描

き方はきっと気に入ってくれるだろう。自分から学んだと知ったらさぞ喜ぶことだろう。(60-61)

ヘミングウェイ自身の姿を強く反映しているニック・アダムズも「書くことについて」で「セザンヌのように田舎の風景を描きたい」(*The Nick Adams Stories* 23)と語っている。[2] それでは具体的にヘミングウェイはセザンヌからどのような書き方を学んだのであろうか。ヘミングウェイは『移動祝祭日』で「自分のストーリーにある拡がりをもたせようと試みる際に、そのためには全く不足と思われるくらい簡単で真実の文章を書かせるあるものを私はセザンヌの絵から学びとっていた。」(13)と述べている。これはヘミングウェイが追求した五次元的な文章の書き方を、つまり自分で見たり体験したことの細部から必要なものだけを選び、読者に情緒を伝える文章をセザンヌの伝統的な造形のパターンを破壊した画風から学んだということであろう。[3] アメリカ版『われらの時代に』(*In Our Time*)とキュービズムの関係を指摘する研究者も多い。ヘミングウェイは1924年10月18日エドモンド・ウィルソン宛の手紙で次のように述べている。

これまでずっとこの作品の執筆に没頭してきた。そしてその出来は前よりよくなったと思う。それぞれの短編の間に我らの時代を描いた短いスケッチを挟みながら14の短編で本を構成して終わった。そうするつもりで構成したのだが。我らの時代の様子を一つ一つ詳細に検討しながら全体像を提示するために。15倍の倍率の双眼鏡で見るように、いや、むしろひょっとすると見て、それから中に入っていって、その中で暮らし、それから外へ出てもう一度見るといったほうがいいかな。(*Selected Letters* 128)

第6章 ヘミングウェイの散文におけるキュービズム的構造

このことばには、現代の複雑で混迷する姿をキュービストのように多面的、断片的に描き出そうというヘミングウェイの芸術的な意図を読みとることは難しくはない。

　ヘミングウェイの主張するとおりに、クリントン・S・バーハンズ・ジュニアとジャクソン・J・ベンソンは『われらの時代に』を独立した短編のコレクションとみなさず、短編間のいくつかのテーマやイメージの繰り返しを指摘している（Burhans 88-102, Benson 103-119）。バーハンズとベンソンは特にキュービズムとの関連で解釈しているわけではないが、ウィルソン宛の手紙で明らかになったヘミングウェイの意図とバーハンズとベンソンの解釈に従えば、同じような事件、人間の行動を様々なアングルから描いているという意味では、『われらの時代に』がキュービスティックな作品であることを証明していることになる。[4]

　エミリー・スタイプス・ワッツは、『われらの時代に』の構成に関してキュービズムの影響を認めて、次のように述べている。

> 　セザンヌとキュービストが用いた方法論的な意味でのヘミングウェイの書き方に関してヘミングウェイは様々な異なる視点と角度から似たようなイメージ（たとえば負傷した兵士あるいは死亡した兵士）を見ている。そのような方法で、短編小説とスケッチを並べながらヘミングウェイは多様なパースペクティブから、つまり天辺、底、側面、内面などの視点から検証された典型的なキュービズム的ギターの絵と同種の作品を創作していた。（Watts 89-90）

ヘミングウェイはパリ時代に当時のモダニズム芸術に触れ、ピカソとも交友を持ち、『われらの時代に』の構成にキュービストの影響を受けたのは間違いのないところだ。特にパリ版『ワレラノ時代ニ』（*in*

our time）の表紙は新聞の見出しのモンタージュであり（Baker 121）、明らかにキュービズムの影響が窺える。しかし、同じようなテーマの繰り返しという点でキュービズムとの類似点が強調されるが、むしろパリ版『ワレラノ時代ニ』の表紙のように異質なものが同時に並列されたり、挿入されるところにキュービズムの意味があるのであり、また『われらの時代に』のキュービスティックな性格が浮かび上がってくるのである。『アヴィニョンの娘たち』(1907)【図-1】のようなキュービズム初期の作品では同一人物の様々な面を描き出している。それに対して、『ギター、グラス、新聞』(1912)【図-2】といった作品と新聞などの見出しのコラージュなどは論理的には関連性のないオブジェを組み合わせることによって、新しい感覚を喚起させる。1910年頃からピカソの作品からは次第に具象性が薄くなり、わずかな具象性を残しながら幾何学的な抽象性が色濃くなっていく。

　ヘミングウェイは『われらの時代に』でキュービズムの手法を持ち込むことで、同質なものを並べながら、その間に異質なものを混在させることに成功している。しかし、ヘミングウェイに関してキュービスティックな特質は『われらの時代に』の構成だけではない。この小論においてはヘミングウェイの散文に見られるキュービズムとの共通点および散文におけるキュービズム的構造を明らかにしたい。

2．遠近法の破壊

　高階秀爾は20世紀の絵画の特徴を次のようにまとめている。

　　二十世紀の美術は、このような写実主義の破産をスプリングボードとして登場して来た。したがってそれは、日常的な感覚に対する否定的姿勢を基本としている。もちろん芸術は、いかなる時代

第6章　ヘミングウェイの散文におけるキュービズム的構造

においても、そのもっとも優れた表現においては、多かれ少なかれ日常の現実を否定的媒介として創作活動を行って来た。それによって、日常世界とは別の新しい秩序を生み出して来た。しかし、日常的な世界の否定が、二十世紀におけるほどはっきりと造形方法として意識された時代はなかったと言ってよい。単なる反写実主義、反自然主義から、特異なもの、異常なもの、非日常的なものへの積極的な関心、あるいは特殊な感覚世界の強調ないしは誇張、部分的、断片的なものへの強い傾斜、さらには、きわめて日常的なものに非日常的な意味を与えようとする逆説的態度にいたるまで、二十世紀の美術には一貫して平凡な日常的な感覚世界を拒否しようとする方法意識が見てとれる。(17)

　もちろん、このことばは20世紀の前衛的な芸術作品全般に対するものであり、特定の流派について言及したものではない。しかし、高階の見解はキュービズム作品にもある程度あてはまり、キュービストもそのような認識からスタートしていると考えてもいいだろう。この背景には20世紀という、社会が急激に変化をとげて既成の価値に意味がなくなった時代では、19世紀までの西洋社会に確実に存在していた調和の感覚が失われたことがあげられる。

　旧来のリアリズムの限界を感じとっていたピカソとブラックは、セザンヌが対象を面に分解していったことを受けて、対象を（二次元の平面上ではあるが）立体的に解体していった。19世紀後半から20世紀初頭にかけての絵画の目的は歴史的事実や宗教的アレゴリーを描くことではなく、画家の視線のあり方を問題としてきたのである。そして、探求を重ねてきた末に1908年ごろキュービズムの手法に到達した。

　20世紀初頭に登場したピカソとブラックのキュービズムが、ヨーロッパの近代絵画を支配してきた線的遠近法、つまり一点から全体を眺望

する一点透視法を破壊したことはよく知られている。たとえばエドワード・F・フライは

> しかし、『アヴィニョンの娘たち』においてはピカソは、一点透視法の技法を放棄するとともに色彩による立体感表現の技法を利用している。そして、このようにしてピカソは単一の有利な位置と同様に特定化された位置、それゆえに偶然的な光の源から解放されている。ルネッサンス期以降のピカソの前任者はセザンヌであった。そして、この点においてもピカソはセザンヌの範に倣いつつも、そのようなアイディアの根元的な可能性の追求という点で、セザンヌを凌駕している。(Fry 15)

と述べている。[5] ピカソとブラックは固定した一つの視点から構成された三次元空間をいくつかの断片に分割して二次元の平面に並べ、これまで一つしかなかった焦点をいくつかの焦点に分割し、新しい世界像を生み出すことに成功した。キュービストたちは線的遠近法の不自然さに気づいていたのであろう。まずわれわれが知覚するのは二つの目からであり、そのことによって視野は自然に球面性を帯びることになる。しかし、遠近法のように単一の視点に固定されることによって、自然な球面性が消失してしまう（尾崎 285）。また、われわれは同じ対象を同じ角度から継続して見ることはあまりないのではないか。視点を変えながら同一の対象を見る方が自然なのである。さらに、線的遠近法の成立は近代合理主義と密接な関係がある。尾崎信一郎は

> 一五世紀に確立された透視図法において画家は世界に対峙して、単一の視点から世界を記述することを試みた。この結果として得られる空間は情緒的、呪術的、質的な性格を失い、単に長さや幅、

第6章　ヘミングウェイの散文におけるキュービズム的構造

> 深さにおける延長として「合理的」に把握されるにいたる。(中略) それまでは主体の前に分節されることなくただ茫漠と広がっていた空間は透視図法という枠組を介すことによって、定量化可能な一つの平面に置き換えられた。このような空間は客観的な対象として観察することが可能で、誰に対しても等しく与えられた。かかる空間の成立は神の視点を廃棄し、人間によって知覚される空間の成立を意味し、定量化が可能であるがゆえに、科学主義や合理主義の母体たりえた。(284-285)

と述べている。空間を定量化するには、デカルトに代表される解析幾何学の誕生がその背後に存在していた。数字と形をデカルトは座標という基準によって同じレベルで語ることを可能にしたと考えられる。そして、キュービストが遠近法を放棄するのはその合理的な近代主義の限界を直感していたからである。

3．画面上の階級性

　しかしながら、キュービズムの意義は、遠近法のパースペクティブの破壊だけではないことに注目すべきである。ルネッサンス以降の西洋の絵画に見られる線的遠近法は画面上に一種の階級性を生んだ。キュービストのもう一つの意義は、この一点透視法によって生じる画面上の階級性を消したことを忘れてはならない。ピカソは画面を無数の断片に分割して、これを再構成して新しいフォルムに甦らせた。キュービズムの絵画には、遠近法の絵画と違って焦点がたくさん生まれた。その結果、デボラ・シュニッツァーが指摘しているように逆に、画面から焦点が消えてしまい、すべてが等質な画面になったのである (Schnitzer 177)。画面において階級性が消えることは、一つ一つのパー

トが独立していると言い換えることもできる。ヘミングウェイの散文におけるキュービスティックな特質はこの階級性の消失と大きな関係がある。

4．散文のキュービズム

　私がここで明らかにしたいのは、キュービストが絵を描くようにヘミングウェイが小説で風景や人物を描いていったということではないし、また『われらの時代に』の構成の仕方にキュービズムの強い影響が反映されていることを明らかにすることでもない。むしろキュービズムの絵画に見られる構造が、ヘミングウェイの散文にも同様に見られることを明らかにしたいのである。
　絵画が基本的に空間の芸術であるのに対して、小説は時間の芸術であることを忘れてはならない。キュービズムの絵の特徴は、対象を様々な側面に解体しそれぞれの側面を同一平面上に並べることであるが、ソシュールの指摘する言語の線状性のために、文学作品の場合は同時に同一平面上に並べることは不可能である。

> 　　記号表現は、聴取的性質のものであるから、時間のなかにのみ展開し、その諸特質を時間から受けている：ａ）それは拡がりを表わす、そしてｂ）この拡がりはただ一つの次元において測定可能である：すなわち一つの線である。(Saussure 103)

したがって、文学作品におけるキュービズムの影響を論じる場合、あくまでも時間を中心に考えなければならない。たとえ小説における風景の描写であっても、読者は絵画のように一度にすべてを眺めることができるわけではなく、一定の順序で語られた文を読んでいくのであ

第6章 ヘミングウェイの散文におけるキュービズム的構造

る。ここで問題にするキュービズムの影響も、語りの順序、文と文、語と語のつながり方に関連してくるのである。

　ヘミングウェイはパリでピカソらと交遊があったので、直接キュービストからの影響があったと考えることも不可能ではないが、パリで修行中、スタインの指導を受けており、スタインがセザンヌやピカソらに深い共感を示していたことを考えると、ヘミングウェイのキュービズム受容はスタインを経て来たものであると考えるほうがより適切であろう。スタインは20世紀初頭のフランスでセザンヌやキュービストの芸術運動に影響された。特にセザンヌからは強い影響を受け、対象をあるがままに、目に映るように写実的に描くのではなく、より抽象化されたセザンヌとキュービストの方法を文学作品の創作に導入した。

　キュービズムの絵画でピカソとブラックが論理的必然性のない複数のオブジェを同一の画面上に組み合わせて、新しい抽象的なコンポジションを構成したように、スタインは『やさしいボタン』(*Tender Buttons*)ではこれまでの通常の言語感覚においては結びつくことがありえない語と語を組み合わせることによってはっとするような意外性のある感覚を読者の脳裏に喚起させる。たとえば、次の「水差し、それは盲目のグラスである」という文章を見てみよう。

　　a kind in glass and a cousin, a spectacle and nothing strange a single hurt color and an arrangement in a system to pointing. All this and not ordinary, not unordered in not resembling. The difference is spreading. (9)

　　ガラスの一種といとこ、一つの光景と何ら不思議でないただ一つの傷ついた色と一つの体系における指向への配列。これらすべてと類似していないもののうちの普通ではない、無秩序ではないもの。違いは拡がっている。

ここではそれぞれ意味をもちながら、お互いの関連性が薄い単語と単語（たとえば "glass" と "cousin"）の組み合わせによって不条理な感覚が生じ、伝統的なものの見方、先入観、連想、記憶などから思考が解放され、さらに目に見えるモノとことばの新しい関係が生じてくる。また英語の伝統的な統語法からもかなり自由なスタイルである。たとえば "kind" という名詞の後に "in" が来ることはまずありえない。通常なら "of" であろう。

　また伝統から解放されることは、過去のしがらみがなくなる分、逆にいまという瞬間がより重視されてくる。たとえば、次の『やさしいボタン』からの一節には執拗に "-ing" が繰り返される。

> In the inside there is sleeping, in the outside there is reddening, in the morning there is meaning, in the evening there is the feeling. In the evening there is feeling. In the evening there is feeling. In feeling anything is resting, in feeling anything is mounting, infeeling there is resignation, in feeling there is recognition, in feeling there is recurrence and entirely mistaken there is pinching. All the standards have steamers and all the curtains have bed linen and all the yellow has discrimination and all the circle has circling. This makes sand. (33)

> 内側には眠りがあり、外側には赤面化があり、朝には意味があり、夕方には感情がある。夕方には感情がある。感情の中ではすべてが休息し、感情の中ではすべてが上昇し、感情の中には諦めがあり、感情の中には認識があり、感情の中には循環がありすべて間違えると挟まれる。あらゆる基準は蒸気船をもち、あらゆるカーテンはベッドのシーツをもち、あらゆる黄色は識別力をもち、

第6章　ヘミングウェイの散文におけるキュービズム的構造

あらゆる円は丸くなっている。このようにして円はできるのだ。

スタインの動名詞の多用についてリチャード・ブリッジマンは「動名詞、それは同時に実在（entity）と継続する行為を表現するものである。統合と動きがスタインのお気に入りの語形となったものの中に融合されている。」（Bridgman 97）と指摘している。またジョン・マルカム・ブリンニンは持続性の強いスタインの文章を「持続する現在の音楽（the music of the continuous present）」（Brinnin 94）と呼んでいる。繰り返される動名詞あるいは現在分詞"-ing"によって、現在という瞬間を浮かび上がらせている。また"there"、"in"、"feeling"といった同一語あるいは"circle"、"circling"のような類似語の繰り返し、そして"i-"で始まる語のような頭韻、"-ing"、"-tion"のような脚韻などによって生じる音楽性も特徴としてあげられる。20世紀初頭スタインは画家、文学者だけではなく音楽家とも親交をもっていた。当時パリにはエリック・サティがいたが、サティの音楽はテリー・ライリー、スティーブ・ライヒに代表される1960年代のアメリカのミニマル音楽に大きな影響を与えている。サティとスタインは当時パリに住んでいて親交があった。[6]

　ヘミングウェイの文章には比較的易しい単語が使用され、あまり複雑な構文は使われていない。そのせいでヘミングウェイの文章は一般に読みやすいと信じられている。確かに、読みやすい一面があることは認めなければならない。しかし、彼の文章はスムーズには流れていないし、よく読めば世間で思われているほど読みやすくはないはずである。

　ヘミングウェイの文章の特徴の一つはandの多用である。ヘミングウェイはリリアン・ロスに対して、『武器よさらば』（*A Farewell to Arms*）第1章で意識的に"and"を多用したと語っている（Ross 60）。

具体的な例を示すために、『武器よさらば』第1章の最初の2つのパラグラフを引用してみる。

> In the late summer of that year we lived in a house in a village that looked across the river and the plain to the mountains. In the bed of the river there were pebbles and boulders, dry and white in the sun, and the water was clear and swiftly moving and blue in the channels. Troops went by the house and down the road and the dust they raised powdered the leaves of the trees. The trunks of the trees too were dusty and the leaves fell early that year and we saw the troops marching along the road and the dust rising and leaves, stirred by the breeze, falling and the soldiers marching and afterward the road bare and white except for the leaves.
>
> The plain was rich with crops; there were many orchards of fruit trees and beyond the plain the mountains were brown and bare. There was fighting in the mountains and at night we could see the flashes from the artillery. In the dark it was like summer lightning, but the nights were cool and there was not the feelingof a storm coming. (3)

> その年の夏の終わりを僕たちはある村の家ですごした。その村は山に向かっていてその間に川と平野があった。川底には小石と丸石があって、陽があたって乾燥し白くなり、水は幾筋にも分かれ澄んでいて流れが速く青く見えた。部隊が家のそばを通り過ぎ、道路を降りていく、すると彼らが巻き上げたほこりが木々の葉に降りかかった。木々の幹もほこりにまみれ、その年は落葉も早かった。そして僕たちは部隊が道路を行進し、ほこりが舞い上がり、

第6章 ヘミングウェイの散文におけるキュービズム的構造

　微風が舞いあげた木の葉が落ち、兵士が行進し、その後で木の葉を除いては道路ががらんと白くなるのを見ていた。
　　平野は作物が豊かに実っていた。果樹園も多く、平野の向こう側では山々は茶色ではげていた。山の方では戦闘が続いていたそして夜には砲火がひらめくのが見えた。暗闇の中では夏の稲妻のようであったが、夜は涼しく嵐が来る気配もなかった。

この引用文中で総語数188語のうち、and は19回使用され、約1割を占めている。調査した範囲では『武器よさらば』、「身を横たえて」("Now I Lay Me")、「異国にて」("In Another Country") などの戦争体験を題材にした作品の "and" の使用頻度は高い。逆に「十人のインディアン」("Ten Indians")「殺し屋」("The Killers") ではかなり低い。[7] したがって、ヘミングウェイの全作品の特徴として "and" の頻度をあげるつもりはないが、少なくとも一部の作品における "and" の多用をヘミングウェイがかなり意識して作り上げた文体の特徴とすることはできるだろう。

　ヘミングウェイの文章が意外と読みにくいのは、このように従属接続詞を極力使わないで等位接続詞 "and" によって出来事や事物をつなぐことによって、論理性を排除しているからである。"and" によって結ばれる語と語、文と文の間には優劣関係、ヒエラルキーがない。なぜなら and は等位接続詞であるからだ。従ってどちらが主で、どちらが従であるという関係は否定される。ヘミングウェイの文章に等位接続詞 and が多用されているのは論理や因果関係を重視するプロットを避け、事実をただ並べていこうとするヘミングウェイの創作態度が反映していると結論することができる。[8]

　また論理を排除することによって、あらかじめ与えられた偏見抜きにモノゴトを純粋に見つめることができ、伝統的なモノゴトの捉え方

を変革しようとしていると考えられる。

　"and"や単文の多用に関しては、さらに、現在を過去からの連続と捉えるというよりは、独立した一つ一つの瞬間と考えるヘミングウェイの時間感覚があらわれたものであると考えられる。このような時間の捉え方は前に述べたように、スタインにも見られるのであり、ヘミングウェイも何らかの影響を受けていると考えられる。

　さらに過去の伝統を断ち切り、自らの力で新しい文学の可能性を切り開こうとしたロスト・ジェネレーションの作家としての自覚が生んだと考えられる。また戦争体験に基づいた作品中の"and"の頻度の高さを考えると、第一次世界大戦の戦争体験によって得た一種の虚無的感覚が表れているとも考えられる。つまり、死は突然襲いかかってくるのだから、明日のない世界を経験したことによって、いま、ここにという感覚を強くし、現在という瞬間を生きようという生き方、人生哲学を読みとることもできる。

　以上述べてきたことはヘミングウェイの文体に関連することであったが、ヘミングウェイがそのような時間感覚の持ち主であったとすれば、本来瞬間を描く短編小説向きの作家である。実際ヘミングウェイの最初の長編小説と考えられている『陽はまた昇る』(*The Sun Also Rises*) は小さなエピソードの連続で、近代小説を書く上で必要となる論理的なプロットに必ずしも従っているわけではない。その結末部分が曖昧なせいもありわかりにくいのであるが、小説のタイトルと同じように、元に戻っていき、再びジェイクとブレットは同じことを繰り返していくことを暗示しており、因果関係による展開は行われていない。この小説はいわばプロットのない小説なのである。

　前に述べたように同一の語句や動名詞と現在分詞を繰り返すことによって「永遠の現在」(金関 202) を浮かび上がらせることに成功したスタインに対して、ヘミングウェイは前に述べたように単文を等位接

第 6 章　ヘミングウェイの散文におけるキュービズム的構造

続詞 "and" でつないでいくことによって事物を浮かび上がらせている。時間に関してはその瞬間一つ一つを浮かび上がらせていくことに成功し、語・文においては論理・因果関係を排除しながら、一つ一つが独立するという効果を生み出している。

　ヘミングウェイがスタインの指導を仰いだのは明らかなのであるが、一方スタインがキュービストが行ったように意味をもつことば、具象性をもつことばを駆使して言語表現の抽象性を追求したのに対して、ヘミングウェイはスタインほど徹底してはいない。[9] これは両者が持っている資質の違いとすることもできるのであるが、ユダヤ系の実業家の娘として生まれ、経済的に恵まれた立場にあったスタインは本の売れ行きを気にすることなく、徹底的に言語実験の可能性に賭けられたのに対し、ヘミングウェイはスタインのような恵まれた環境にはいなかったので、やはりある程度の読者層を獲得できる範囲で実験を行わなければならなかった。意味をもち、具象性のあることばの限界点を越えて言語の抽象性を追求し、無意味になる寸前のレベルにまで到達したスタインに対して、ヘミングウェイはあくまでも言語の具象性の範囲で表現の可能性を追求したのである。

注

1 ）たとえば、ケネス・G・ジョンストンは「革命家」の若い革命家の好みからその人物の過去を描き出すヘミングウェイの手法を分析している。つまり、ルネッサンス期のジオット、マサッチョ、ピエロ・デラ・フランチェスカの絵を好み、同時期のマンテーニャの絵を好まないという革命家の好みから、マンテーニャの絵がその革命家の過去の悲惨な現実を暗示していると指摘する（Johnston 41-45）。またエドモンド・ウィルソンは『われらの時代に』の闘牛のシーンをゴヤのリト

グラフにたとえている。(Wilson 58)。
2 ）レイモンド・S・ネルソンも風景の描き方にセザンヌの影響を認めている（Nelson 42）。
3 ）中村正生はヘミングウェイにおけるセザンヌの影響として、1 ）体験の重視、2 ）感情の抑制、3 ）単純化、4 ）単一視点の放棄を挙げ、ヘミングウェイ文学の世界は以上のような手法によって達成される量感のある世界であると結論づけている (37-44)。
4 ）宮本陽一郎は「ヘミングウェイは、断片をコラージュすることによって新しい統一性を作り出す作業に、大きな可能性を見出している。」と述べている (108)。
5 ）スティーヴン・カーンもフライと同様のことを指摘している（Kern 143)。
6 ）ミニマル音楽とは1960年代にアメリカのテリー・ライリーやスティーブ・ライヒらが始めた実験音楽であり、短い音型を反復することによって従来の西洋音楽の理論的な展開を否定する構造をもち、スタインが行った言語実験にそのルーツを探ることは必ずしも間違いとはいえないであろう。小沼純一はスタインを「モダニストの一部として」の「ミニマリスト」(266) と位置づけている。ライヒの『雨が降る』というテープ音楽では同じ音が録音された二つのテープ・レコーダーの僅かな速度のずれによって、意味をもったことばが次第に意味を失い、単なる音の固まりに変化していく。意味を消失させることの可能な絵画や音楽とは違って、スタインはあくまでも意味を持つ言語を用いるために完全に無意味にすることはできなかった。
7 ）実際に『武器よさらば』第1章では総語数590のうち and の頻度は48回で、その率は8.13559％である。この割合はきわめて高い。調査した範囲は限定されるが、ヘミングウェイの他の作品のデータはつぎのとおりである。「身を横たえて」の場合、総語数2752語のうち and と And の割合は5.7761％であり、「ミシガンの北で」("Up in Michigan") の場合、総語数1960語のうち and と And の割合は5.7653％であり、「異国にて」の場合、総語数2150語のうち and と And の割合は4.65116％であり、「ひとりだけの道」("A Way You'll Never Be") の場合、総語

第6章　ヘミングウェイの散文におけるキュービズム的構造

数4004語のうち and と And の割合は3.04695％であり、『老人と海』（*The Old Man and the Sea*）の場合、総語数26,664語のうち and と And の割合は4.71797％であり、「清潔で明るいカフェ」（"A Clean, Well-Lighted Place"）の場合、総語数1293語のうち and と And の割合は3.01624％であり、「十人のインディアン」の場合、総語数1436語のうち and と And の割合は2.71587％であり、「殺し屋」の場合、総語数2714語のうち and と And の割合は2.28445％である。

8）ウィリアム・バローズの「カット・アップの手法」も言語の論理的な意味のつながりを断ち切ったという意味でキュービズムの影響下にあるといえる。分断された断片を意味をもった形に構成し直すのではなく、読者は断片の隙間から生じる差異によってイマジネーションを刺激され、その結果新たなインスピレーションを得ることができるのである。

9）ヘミングウェイがスタイン的ナンセンスに近づいているのは「清潔で明るいカフェ」の最後のナーダという語の繰り返される祈りの部分に見られる。しかし文章自体はほとんど無意味であるが、20世紀という時代の虚無感をシンボリックに示しているのであり、ナーダという語が必ずしも音だけの意味を持たない語になっているわけではない。ただし、ヘミングウェイが意味の過剰な世界を避けていたのも事実である。『武器よさらば』においてはアメリカという国家の栄光や正義という意味があふれていて主人公は過剰な意味付けのある世界を拒否するために抑制の利いた文体になっているのである。

参考文献

Baker, Carlos. *Ernest Hemingway: A Life Story*. New York: Scribner's, 1969.

Benson, Jackson J. "Patterns of Connection and Their Development in Hemingway's *In Our Time*." Reynolds. 103-119.

Bridgman, Richard. *Gertrude Stein in Pieces*. New York: Oxford UP, 1970.

Brinnin, John Malcolm. *The Third Rose: Gertrude Stein and Her World*. London: Weidenfield & Nicolson, 1959.

Burhans, Jr., Clinton S. "The Complex Unity of *In Our Time*." Reynolds. 88-102.

Fry, Edward F. *Cubism*. London: Thames & Hudson, 1966.

Hemingway, Ernest. *Ernest Hemingway: Selected Letters*. Ed. Carlos Baker. New York: Scribner's, 1981.

———. *A Farewell to Arms*. 1929. New York: Scribner's, 1957.

———. *In Our Time*. 1925. New York: Scribner's, 1970.

———. *A Moveable Feast*. New York: Scribner's, 1964.

———. *The Nick Adams Stories*. New York: Scribner's, 1972.

———. *The Sun Also Rises.* 1926. New York: Scribner's, 1970.

Johnston, Kenneth G. *The Tip of the Iceberg: Hemingway and the Short Story*. Greenwood: Penkevill, 1987.

Kern, Stephen. *The Culture of Time and Space 1880-1918*. Cambridge: Harvard UP, 1983.

Nelson, Raymond S. *Hemingway: Expressionist Artist*. Ames: Iowa State UP, 1979.

Reynolds, Michael S., ed *Critical Essays on Ernest Hemingway's In Our Time*. Boston: G. K. Hall, 1983.

Ross, Lillian. *Portrait of Hemingway*. New York: Simon and Schuster, 1961.

Rovit, Earl, and Gerry Brenner. *Ernest Hemingway*. Boston: Twayne, 1986.

Schnitzer, Deborah. *The Pictorial in Modernist Fiction from Stephen Crane to Ernest Hemingway*. Ann Arbor: UMI, 1988.

Saussure, Ferdinand de. 1916 *Cours de Linguistique Générale*. Paris: Payot, 1973.

Stein, Gertrude. *Tender Buttons*. 1914. Tokyo: Hon-No-Tomosha, 1993.

Watts, Emily Stipes. *Ernest Hemingway and the Arts*. Urbana: U of Illinois, 1971.

第6章　ヘミングウェイの散文におけるキュービズム的構造

Wilson, Edmund. "Emergence of Ernest Hemingway." *Hemingway and His Critics*. Ed. Carlos Baker. New York: Hill and Wang, 1961.

尾崎信一郎　「視覚性の政治学：モダニズム美術の視覚をめぐって」『視覚と近代：観察空間の形成と変容』大林信治・山中浩司編　名古屋大学出版会　1999．281-308．
金関寿夫　『現代芸術のエポック・エロイク：パリのガートルード・スタイン』青土社　1991．
小沼純一　『ミニマル・ミュージック：その展開と思考』青土社　1997．
高階秀爾　『20世紀美術』筑摩書房　1993．
中村正生　「ヘミングウェイとセザンヌ」『長崎大学教養部紀要（人文科学編）』第32巻　第1号，1991．33-45．
宮本陽一郎　「アメリカ小説におけるキュビスム―『われらの時代に』のエクリチュールについて―」『英語青年』1989年6月号，2-6．

図-1　ピカソ『アヴィニョンの娘たち』
（1907年　ニューヨーク近代美術館）
© Succession Picasso, Paris & BCF, Tokyo, 2000

図－2　ピカソ『ギター、グラス、新聞』
（1912年　バーゼル、バイエラー画廊）
© Succession Picasso, Paris & BCF, Tokyo, 2000

第7章

キュービストとしてのフォークナー

早 瀬 博 範

1. フォークナー文学の絵画性

　ミシシッピー州オックスフォードにあるフォークナーの屋敷、ローアンオークの2階には、彼が愛用していたイーゼルが今でも展示してある。フォークナーは幼い頃から物語りを書いたり読んだりすることと同じくらいに、絵を描くことが好きで、多くのペン画【図−1】や挿し絵、そして水彩画【図−2】を残している。フォークナーと絵画との関係は極めて深く、とりわけ幼い頃から作家として確立するまでの期間は、美術に造詣の深い人物たちとの親交も多く、美術の新しい動向にも敏感に反応している。

　フォークナーを文学的な世界へいざなったといわれる、母のモードやフィル・ストーンは、同時に絵画の世界へもフォークナーの目を向けさせている。母は、彫刻を勉強していて、実際イタリア行きの奨学金まで取得できるほど専門的で、「絵の才能もあり」(Minter 10)、内気で学校嫌いのフォークナーに、絵を描くことを勧めていた。ストーンは、プリンストン大学に在学中、文学的動向と同時に、ビアズリーやアール・ヌーボーをフォークナーに紹介している。

　フォークナーの意識の中では、絵も大きな比重を占めていて、1921

年にニューヨークへ上京した本来の目的は絵の勉強のためであった。[1] 彼は、そこで後のシャーウッド・アンダスンの妻となるエリザベス・プロールが経営する本屋に就職するが、エリザベスも「フォークナーの絵は売れる」(*Biography* 105)と彼の絵の才能を評価していた。エリザベスからニューオリンズにいるアンダスンを紹介されるが、そこは、新しいものを求める芸術家たちであふれていた。とりわけ、ウィリアム・スプラトリングと親交が深めたが、[2] 彼は、テューレイン大学の建築学の講師で、メキシコの彫刻に興味をもっていた。1925年7月7日、フォークナーはスプラトリングの案内で一ヶ月のヨーロッパの旅へ出かけるが、パリの新しい息吹はフォークナーの感性をとりわけ刺激したようで、その感動を母宛の手紙に記してる。例えば、9月22日消印の手紙では、

> 「帰国したら、絵画についていろいろ話してあげます。このところ、午後はいつもルーブルで過ごしています。ロダンのある美術館や無数の悩める若きモダンな画家たちばかりでなく、マチスやピカソ（彼はまだ生きていて、描き続けています）を所蔵している個人の画廊にも2つ行きました。そして、セザンヌですよ。トーブ・キャルサーズが街灯を描くのに赤い鉛の中に筆を浸していたように、その男は、筆を光の中に浸したのです」(*Selected Letters* 24)

と、フォークナーがモダンな画家たちの絵に大いに感銘を受けた様子がうかがえる。スプラトリングはこのとき、クライブ・ベルの後期印象派に関する研究書と、エリー・フォーレの『美術史概説』をフォークナーに読むように推薦している。ベルは、セザンヌを含む後期印象派やキュービズムの誕生に多大な影響を与えた人であり、フォーレも、フランスのキュービズム時代に活躍した美術評論家である。『エルマー』

第 7 章　キュービストとしてのフォークナー

(*Elmer*) では、主人公のエルマー・ホッジがヨーロッパに持参する本も、これら 2 冊の美術評論である (344)。ちなみに、ベルやフォーレの著作は、実際フォークナー所蔵の図書としても記録がある。[3]

　以上のように、フォークナーが絵画に関心が高かったこと、そして、彼をとりまく重要な人々がいかに美術に造詣が深いかは、注目に値する。

　絵画と文学は、確かに表現媒体や表現手段こそ異なるものの、芸術家の根本にある真実を捉えるための感覚や認識方法は類似点が多い。フォークナーの場合はとくに、その文学的空間をキャンバスにして作品を「描いた」と言っても過言ではないほどに、絵画性を意識しており、その親密度は高い。『響きと怒り』(*The Sound and the Fury*) が、「ズロースを泥だらけにした少女が梨の木に登り、窓からおばあちゃんの葬儀の様子を見て、木の下の兄弟たちに報告している」というフォークナーの「心象画」(mental picture)[4] から生まれたのは有名である。また、『アブサロム、アブサロム！』(*Absalom, Absalom!*) も、ヘンリーとジューディスが向かい合って激しく言葉を交わす場面 (21) が、クウェンティンの心に陰画紙のように焼き付き、その絵の解明が動機で、サトペン物語りの構築に取りかかるのである。この点で、『アブサロム、アブサロム！』も、クウェンティンの心の中の一枚の「心象画」から生まれたと言ってよい。アルテュール・キニーは、フォークナーの文学は「視覚的思考」"visual thinking" (Kinney 118) から生まれていると言っているが、正しくその通りである。

　フォークナーは、「芸術家の目的は、対象の動きを捕捉することだ」(*Lion in the Garden* 253) と、しばしば説明しているが、その言葉が具体化された一例が、タブロー・ヴィヴァング (tableau vivant) である。これは、フォークナーの作品の要所で効果的に用いられていて、読者の心に一枚の絵として明確に残るように配置されている。このように、フォークナーは、作家の頭の中の「心象画」を文字という媒体を使っ

187

て、ヴィジュアルな状態で読者の脳裏に伝達しようと試みているのである。従って、他のモダニズムの作家同様、フォークナーの場合にも、従来から言われてきた、絵画＝空間芸術、文学＝時間芸術といった区別は、ほとんど意味をなさない。この時代、両者はかなり接近し、自由に互いの表現媒体や表現法を取り入れており、フォークナーの場合、絵画の手法や理論を文学の世界に取り込むことで、文学空間の可能性を広げている。

　フォークナーと特定の画家との類似性については、イール・リンドが、「フォークナーの詩的形態における絵画の影響」と題する論文で、セザンヌ、ビアズリー、ゴッホ、キリコなど、そして、表現主義、渦巻派、印象派などとの類似性を詳細に論じ、フォークナーと絵画の親近性を主張している。また、ロザール・ヘーニングハウセンも、その著『ウィリアム・フォークナー——初期のグラフィク画と文学作品における様式化の技法』で、フォークナーの初期のグラフィク画に見られるアール・ヌーボー的技法が、彼の初期の詩や散文と密接に関係していることを立証している。パンシア・ブロートンは、最も積極的にフォークナー文学における絵画の影響を主張しているが、彼女は、「フォークナーは1925年に後期印象派を知ることで、（絵画と文学の）敷居を越えた」[5]とさえ主張している。その他、シュールレアリズムとの関係を論じたものもある。[6]

　上述された画家や絵画理論とフォークナーの人物描写や背景描写に多くの類似性や相関性が認められることは事実で、そのような研究は、フォークナーの描写の特徴の解明に大いに役立っている。特にセザンヌ、ビアズリーの影響は直接的であり、また表現主義、印象派、アール・ヌーボーといった絵画理論もフォークナーの描写法に大いに影響を与えていることは確かであろう。しかしながら、作家のヴィジョン、対象の認識の仕方、対象の持つ真実へのアプローチの方法、作品の構

第 7 章 キュービストとしてのフォークナー

成法といった、もっと作家の根底に関わる点で考えてみると、それはキュービズムの理念と同質であると言うことができる。

フォークナーの作品とキュービズムとの関連性に関しては、これまでも言及されてきたが、それは大部分、『死の床に横たわりて』(*As I Lay Dying*) に限られ、他の作品に関しては、断片的・部分的であった。[7] ブロートンは、「キュービスト小説——そのジャンルの定義に向けて」と題する論文で、フォークナーの作品群とキュービズムとの関係を積極的に関連づけようとしていて、示唆的である。しかしながら、キュービズムの定義が余りに広義すぎ、また、それぞれの指摘はテクストから遊離していて説得力に欠ける部分も多い。

フォークナーの場合、キュービズムとの関係は、決して部分的、表面的な類似にとどまるのではなくて、作品の根幹に関わる部分で同質性が見られ、しかもフォークナーのほとんどの作品の理論的基盤となっている。そこで今回は、多くの手法を持つキュービズムの中でも最も重要な 3 点——多角的視点、平板化、コラージュ——に絞って、フォークナー文学の根底に流れているキュービズムの理論を探ることで、フォークナーの文学空間を解明すると同時に、彼のそのような空間への挑戦がいかに同時代的試みであったかを論証したい。

2. フォークナーのキュービズム的視覚と作品構成

(1)多角的視点

ルネッサンス以降、絵画はいわゆる「遠近法」という、一つの固定された視点に絶対的権威を与えるというアカデミズムに従って、3 次元の対象物を、キャンバスという 2 次元の世界に「便宜的に」移し変えていたのである。それに対して、キュービストたちは、そのようにして得られた像は、所詮、「幻影」(illusion) にすぎないと排除し、対

象をより自由な視点から、様々な形に分解し始めた。このことで、1つのキャンバス内に、複数の視点が存在するようになった。ピカソやブラックは、さらにそれを押し進めて、その分解された断片を、同一画面に、コラージュされるという手法で共存させる方法を取った。キュービズムは、2期に分けて考えるのが一般だが、カントの用語を用いて、前半を「分析的段階」(Analytic phase)、後半を「総合的段階」(Synthetic phase) と呼んでいる。キュービズムは、対象をよりあるがままに実存化させようとする対象認識のための手段 (mode of perception) であり、オリヴィア・アワーケイドが指摘しているように、かれらの目的は画家の知性を媒体として、「存在すると思えるもの」(that which appears) ではなく、「実際に存在するもの」(that which is) をキャンバス内に作り上げようとしたのである (Fry 74)。

　このようなキュービストたちの抱いた危惧と限界をフォークナーも感じていた。彼は、一つの対象を描く際にも、単一の視点だけでは、その真実は描けないと思い、線的ナレーションの解体、語り手の複数化を試みている。

　キュービズムの大前提は、多角的視点 (multiple perspective) の導入である。キュービストたちは権威ある単一の固定された視点を放棄し、代わりに複数の視点をキャンバス内に持ち込み、対象を好きなところから自由に見ようとした。グレーズとメッツァンジェが説明するように、キュービストたちは、「1個の対象物の本質的イメージはそれを眺める眼の数だけある」(Fry 111) と考えている。キュービズムの金字塔といわれる、ピカソの『アヴィニョンの娘たち』【182頁参照】は、その革新性を最もわかりやすく示してくれている作品である。中央の二人の女の顔には、正面を向いているにもかかわらず、真横から見た鼻がつけられているし、一番左の女性は横向きにもかかわらず、目は正面から見た形になっている。さらに、右下にいる女性は、性別も判

第7章　キュービストとしてのフォークナー

別しにくいほど多方面から見た映像になっていて、こちらに背中を見せているが、顔は正面を向いている。つまり、単一視点では絶対に見えない部分が同一空間に同時性的に描かれているのである。これは、「対象をただ見えるがままに描くのではなくより本質的に捉えようとするならば、見えない部分に対する記憶ないしは推測をも含めて捉えねばならないという態度の表れ」(佐藤 302)である。

　フォークナーも同様のことを文学空間で試みている。彼の主要小説は、ほとんど複数の視点で語られている。例えば『響きと怒り』では、4つの章から構成されていて、各章に独立した異なる語り手が配されている。『死の床に横たわりて』は、15人の語り手による59の「断片」からなり、『アブサロム、アブサロム!』では、主として、ローザ、コンプソン氏、シュリーブ、クウェンティンの4人の視点をもとに、サトペンという人物像を組み立てていく構成になっている。

　さらに、『死の床に横たわりて』には、一つの場面に二つの視点が導入されている例がある。「ジュエルと俺は畑から一列に小道を通って来る。俺はジュエルの15フィート前を歩いていたが、もし綿つみ小屋から俺たちを見ている人がいたら、彼のすり切れたぼろの麦わら帽子が俺よりも頭一つ抜き出て見えただろう」(3)。ここでは、ダールの視点以外に、「綿つみ小屋から俺たちを見ている人」の視点が挿入されている。同様に、次の描写では、実際には見えないはずのジュエルの眼の描写がなされている。「彼は頭も目もこちらに向けずにずっと俺のことを見ていた。目の中では、焔が2個の小さな松明のようにゆらいでいる」(208)。構成の上でも、場面の中にも、フォークナーは多角的視点を用い、しかもキュービストのように流動的に移動させている。

(2) 平板化

　分析的段階のキュービズムは、対象を複数の視点から眺め、面として分解することで、3次元である対象を抽象化する方法を取っている。その結果、対象は奥行きを失い、平板化 (flattening) される。平板化は、「モダンアートの本質的特徴であり、対象のあるがまま (what it is) を描く手段である」(Kern 145)。グレーズとメッツァンジェが「物に絶対的形態はない。複数の形態があるのだ。認識の領域に存在する面の数だけの形態がある」(Fry 110) といっているように、キュービストは対象を平面に分解した。例えば、ピカソの『オルタ・デ・エブロの工場』【図－4】に代表されるように、空間は奥行きはなく、すべて徹底して2次元的空間で処理されている。

　平板化は、フォークナーも好んで用いている手法である。しかも重要なことは、フォークナーの平板化は、対象の本質や登場人物の心理を象徴的に描出している点である。例えば、『死の床に横たわりて』では、ダールは、ワトソン・ブランチも指摘しているように、「キュービスト的視覚」を持っていて、回りの人物や物体を平板化する。例えば、「ジュエルの目は、ちょうど高く上がった小さなフットボールの上に貼られた白い紙の斑点のように見える」(203)。あるいは、ジュエルの姿は、「ちょうどブリキからほっそりと切り取った平板な人影のように」(208) 映し出される。これらジュエルに対する平板化は、彼の単純で無機質な性格を的確に表現する手段となっている。

　「納屋は燃える」("Barn Burning") でも、少年サティーの目に、厳格で冷血な父は、「星空を背景に、顔は奥行きもない――真っ黒で、平板で血もない、あたかもブリキから切り取られた型」(CS 8) に見える。また、『サンクチュアリ』(Sanctuary) での、ポパイの悪意に満ちた奇妙な顔は、「陽のあたる静寂な中で、麦わら帽子を斜にかぶり、やや挑戦的に腰に手をあてた彼の様子は、踏み固められたブリキのあ

第 7 章　キュービストとしてのフォークナー

の毒々しく、平べったい特質を有していた」(4)と描かれ、これも悪の象徴としてのポパイにはふさわしい描写となっている。また、『野性の棕櫚』(*The Wild Palms*)では、シャーロットの死体がウィルボーンには、「シーツの下で、ただ形を暗示するだけで、奇妙に平たく見える」(305)が、この平板さは、不毛な愛の末に死亡するシャーロットを象徴している。さらに、『響きと怒り』で教会を見上げるディルシーの目に、その全景は、まさしくキュービストの描く風景画のように平板化されて見える。

> その側には雨風にさらされた教会が絵に描かれた教会のように尖塔を狂ったようにそびえさせていた。全景は、鐘の音がなり響く午前半ば、太陽の光があふれ、風のある 4 月の空を背景に、平板な地球の最果てに立てられた絵の描かれた厚紙のように、平板で奥行きもなかった。(364)

この平板化された風景は、荒涼としていてグロテスクな感じさえ与える。これは、コンプソン家の「最後と終わりを見た」ディルシーの心理的苦悩の反映に他ならない。以上のように、平板化は、フォークナーの場合、商業主義がはびこり、殺伐とした近代社会や、その中で人間性や愛が欠如した人物を象徴的に描くのに最適な手法となっている。

(3)コラージュ

　総合的段階のキュービストたちは、いったん多角的視点で解体されたバラバラの要素をキャンバスの上に張り付け、再構築することで対象の真実を捉えようとしたのである。これは、コラージュと呼ばれる手法だが、「ピカソによって始められたもので、互いに異質の対象物やイメージをいろいろはめ込んで 1 つの芸術作品に仕上げるキュービ

ズムの特徴的手法」(Clearfield 10) である。[8] このように、バラバラにされた異質な要素をコラージュさせ、真実を浮かび上がらせるという手法は、フォークナーのそれと全く同質である。[9]

　フォークナーも、一つの対象を描く際にも、多角的視点を導入し、その情報の寄せ集めのなかで、真実は見えてくると考えた。『アブサロム、アブサロム！』の構築過程についてフォークナーが語った以下の説明は、彼の真実探求法を極めて具体的に示してくれている。

　　「誰も一つの視点から真実を見ることはできないと思います。真実は我々の目を盲目にしてしまうのです。一人で見ても、それは真実の一面しか見ていないのです。他の誰かが、それを見ると、別のわずかにゆがんだ面を見ることになります。しかし、それら全てを寄せ集めると、誰も真実を直に見たわけではないのですが、その見たものの中に真実が存在しているのです。(中略) おっしゃるとおり、一匹のツグミを13の方法で見る方法と同じです。でも、真実というのは、私の考えでは、浮び上がってくるものなのです。つまり、読者が13の異なる視点から見たものを全て読んだとき、読者自身がツグミについての14番目のイメージを抱くようになります。それこそ真実だと私は思うのです。」
　　　　　　　　　　　　　　　(*Faulkner in the University* 273-274)

このような真実探求法は、『アブサロム、アブサロム！』だけでなく、フォークナーのほとんどの作品に共通してみられる基本姿勢である。
　このフォークナーの発言でもう一つ重要な点がある。それは真実を捉えるのは「読者」であるということだ。作家の仕事は、さまざまな視点で得られた情報を与えるだけであり、最後の最も重要な真実到達の作業は、読者に委ねられているのである。これは、フォークナーが

第 7 章　キュービストとしてのフォークナー

真実というものを極めて捉えがたく、微妙なものだと考えてることに理由があり、作家が絶対的な立場から、これが真実である、と提供できるような単純な時代ではもはやないと感じているからである。フォークナーのテクストは、まさにジューディス・ロッキァの解釈どおり、「創造する心と受け取る心の相互作用を通して小説が進化する」(Lockyer 71) ような構造に作り上げらられいて、読者は、自分の判断と感性で真実に到達するすることが期待されている。このことは、読者の役割を重視する、受容理論に通じる。イーザー（Wolfgang Iser）は、文学作品に意味が生じるのは、テクストと読者の共同作業であると考えているが、[10] まさしく、フォークナーのテクストは、読者の介入の度合いに応じて変化しうる流動性を持っている。

　キュービズムでも、その絵を見る者に同様のことが期待されている。カーンワイラーは、『キュビスムへの道』の中で、「見る人はこれを、脳裏の中で初めて、再びひとつの対象として構成し直す」(38) と説明している。フォークナーもキュービストたちも、「作品」というものを、それを「受け取る側」の感性によって変化しうる有機体と見なしているのである。

　フォークナーの説明どおり、『アブサロム、アブサロム！』では、複数の語り手が配され、それら複数の情報が細切れに読者に提供される。フォークナーは、その際、サトペンに関係した複数の人々の証言や記憶の断片、さらには、手紙、墓碑銘、写真といった、いわば「言葉にならない声」("notlanguage" 5, 9) を「語りの集合体」として文学空間に「コラージュ」させるという手段を取っている。つまり、『アブサロム、アブサロム！』は、これら無数の細切れの「ヴォイス」(voice)[11] が、時間と空間の制約を越えて、高い緊張（tension）でひしめき合っている異種混合（heterogeneity）の世界といえる。その中で、クウェンティンやシュリーブは、それら象徴化された記号のような断

195

片一つ一つに耳を傾け、「彼ら自身の真実」を引き出そうしているのである。
　この作業の過程をクリアンス・ブルックスは、「二人はまず集められる限りの証拠（不変の事実）を集める。そして、必要に応じて演繹法を用いている」(Brooks 263) と説明しているが、「演繹法」という用語も、キュービズムの作品の説明に当てはまる。例えば、ファン・グリスは、自らの作品を「私は、一般から特殊へ向かいます。つまり、ある一つの真実に到達するために、ある一つの抽象物から始めるのです。その意味で、私の技法は統合法であり、演繹法なのです」(*Juan Gris 193*) と説明している。同様に、エドワード・フライも総合段階のキュービズムは「演繹法」(Fry 40) だと指摘している。
　このように、サトペンにまつわる種々雑多な情報は演繹法的に検証が加えられ、徐々に真実が浮かび上がるような仕組みになっている。その過程で、各断片は象徴化され、意味を持つようになり、それらを寄せ集めることで、最終的には、リアルでしかもダイナミックな南部の神話として仕上げられたのである。『アブサロム、アブサロム！』は、フォークナーのキュービズム的理念が、最大限に発揮された作品である。
　『響きと怒り』は、４つの視点で描かれているが、１章、２章は、直線的なナレーションが幾重にも細かく解体され、過去と現在が複雑に錯綜している。例えば、ベンジーの章では、現在と過去の事柄が、ただタイプフェイスを変える以外、何の説明もなく、ただ併置されている。『響きと怒り』では、意識の推移を示すために、イタリック体が駆使されているが、これも、当初フォークナーは、色分けをして表現したいという視覚的試みがあった。[12]

　　　"Wait a minute." Luster said. "You snagged on that nail

第 7 章　キュービストとしてのフォークナー

again. Cant you never crawl through here without snagging on that nail."

Caddy uncaught me and crawled through. Uncle Maury said to not let anybody see us, so we better stoop over, Caddy said. Stoop over, Benjy. Like this, see. (3)

「ちょっと、待つんだ」とラスターがいった。「またその釘に服を引っかけたのか。その釘に引っかからずに、ここをくぐりぬけられないのか。」

キャディーガ、ボクヲハズシテクレタ、ソシテボクラハ　クグリヌケタ。モーリーオジサンガ、ケッシテダレニモ　ミツカラナイヨウニト、イッテイタノデ、カガンダホウガイイワト、キャディーガイッタ。カガンデ、ベンジー。ホラ、コンナフウニ。

　ベンジーは、釘を引っかけたという現在の行為が引き金になって、まさしく同じ場所で同じようなことをした20年前を想起したのである。ベンジーは物事の判断や理解はできず、ただ、自分の回りで聞こえてくる「台詞」を聞き取り、カメラのごとく忠実に、それを小説空間に映し出すだけである。ベンジーの場合、ここでも暗示されているように、通常、最愛の姉キャディーがいた牧歌的で幸せな過去と彼女がいなくなってしまって不幸な現在との鋭い緊張（tension）となっている。

　この緊張こそが重要であり、作品の要である。分解された断片は、そのままではバラバラで、記号のようでなんの意味もないが、効果的再配置によって緊張が生じるのである。この緊張によって、作品は小説としてのぎりぎりの「統合性」を保っている。ロバート・リーは、ベンジーの章の作品形式について、「間隙は、手助けや援助をしてくれる読者によって埋められるように残されているのである。それは、ちょうど、コラージストやキュービストが考案した手法で作られた形

式と言ってよい」(Lee 48) と説明しているが、ベンジーの章は、まさにキュービズムの理念で作られて、読者が間隙に存在する緊張を読みとりつつ作り上げる作品と言える。

　クウェンティンの章も、同様の手法で作られているが、さらに複雑化、高度化されている。物語りが進むにつれて、彼の過去の記憶やイメージが細切れに挿入され、最終的には、以下の例のように、論理的統一性もなく、同一空間にコラージュされている。

> What picture of Gerald I to be one of the *Dalton Ames oh asbestos Quentin has shot* background. Something with girls in it. Women do have *always his voice above the gabble voice that breathed* an affinity for evil.... (130)
> ジェラルドのどんな写真に僕が　一人に　ドールトン・エイムズ　アア　イシメン　クウェンティンガウッタ　背景の。娘たちが何人も映っているやつだ。女というものは持っているものだ　ギャーギャーシャベリマクル　コエヨリモタカイコエヲ　イツモ　悪への親近性を

　これは、混乱したクウェンティンの意識を視覚的に表現している。時間的に異なる過去のエピソードが細切れに砕かれ、その断片が、この時点で幾重にも重なり、彼の意識の中で飛び交っているのである。本来、別々の空間にあるべきものが、ここでは同時性的に寄せ集められて、異種混合の空間を作り上げているのである。[13] ここでは、文字は本来あるべき空間から離れ、クウェンティンの意識のなかで単なる「記号」として象徴化されている。クウェンティンがいかに観念の世界に存在し、多種多様な記号化された言葉の重みにもがき苦しんでいるかを表している。上記のようなクウェンティンのナレーションは、

第7章　キュービストとしてのフォークナー

分析的キュービズムの絵を連想させる。例えば、ピカソの『クラリネット』【図-4】には、クラリネット、楽譜、瓶、パイプが描かれてるのだが、それらは、バラバラの断片に分解されて画面にちらばめられているため、各断片は抽象化し、記号化している。

　コンプソン家の衰退は、これまでの長い歴史の結果である。これまでの時間的経緯と、衰退の現実を描くには、コンプソン家の末裔たちの異なる視点と意識が必要であったのだ。フォークナーはキュービスト的な断片化をコラージュの手法を駆使することで、その両方を可能にし、リアルで重層的な作品を仕上げることができたのである。

　『死の床に横たわりて』は、多くの批評家の指摘どおり、典型的なキュービズムの作品である。59の「断片」が小説空間にただ並べられているだけで、その間の説明はなにもない。読者はバンドレン家の人々やそれに関連する人々の意識を垣間みるわけだが、見た目には母のための埋葬の旅という同一の厳粛な行動をとっているように見える家族が、実は、心の中では、それぞれが全く違った考えと打算的な目的をもっていることを読者は知らされる。このドラマティック・アイロニーを演出するのに、コラージュの手法は極めて効果的である。しかも作品構成としては、同一時刻に異なる意識が重なることになるので、小説空間は層を増したことになる。

　田中久男氏は、この作品はアディーの「頭脳の中の一瞬の幻想」（156）を描いていると指摘されているが、極めて示唆的である。確かに、59の意識は極度に断片化されバラバラであると同時に、たとえアディーが実際にそこに存在していなくても、常に彼女の存在は強く意識されている。しかも、断片の配置から見てもアディーが作品全体の支点のような役割を果たしている。フォークナーは、この小説で、アディーをとりまく人々の意識の断片を効果的にコラージュさせることで、アディーの人生を一枚の見事なキュービストの絵として完成させ

たのである。

　コラージュによる断片の再配置は、しばしば、対位法的であると言われる。例えば、カーンワイラーは、ファン・グリスの作品構造を「ポリフォニー」と呼び、その手法は、「対位法」(*Juan Gris 147*)だと説明している。キュービストは、対位法的な配置による相乗効果を狙っているのである。対位法は、フォークナーの作品構成を説明するのにも、しばしば使用される用語である。例えば、『野生の棕櫚』の構成について、フォークナー自身、次のように説明している。

　　「私はそれには音楽のように対位法的な性質（contrapuntal quality）が必要だと判断しました。そこで、私はシャーロットとハリーの物語りを強調するために、別の物語りを書きました。私は２つの物語りを各章ごとに交代に書いていきました。１つの物語りの章を書き、それから別の物語りの章を書くのです。ちょうど音楽家が、彼が作曲している主題の後ろに対位法的な旋律を書き加えるように」(*Faulkner in the University* 171)。

「野性の棕櫚」("The Wild Palms")と「オールド・マン」("Old Man")というそれぞれ独立した作品を、どちらも５つの断片に解体し、それを交互に並べている。両者は、そのテーマが極めて対照的で、前者のテーマが、現実、不毛的、死とすれば、後者は、非現実、生産的、生となる。２つの作品は、単独でも充分読めるものであるが、解体し、両者を衝突させることで、それぞれ前の物語りが残像として機能し、互いのテーマを強調することで、両者の緊張を高める。しかも、前述したように、その緊張が作品を「小説」としてまとめる役割となっている。

　『行け、モーゼ』は、1942年に『行け、モーゼと他の短編』(*Go

第7章 キュービストとしてのフォークナー

Down, Moses and Other Stories）というタイトルで出版された。しかし、フォークナーは、47年のインタヴューで「これは短編集として書き始めましたが、改訂作業後、この作品は、一つ領域の異なる7つの面（seven different facets of one field）になりました」（*Lion in the Garden* 54）と、この作品のキュービズム的な構成を説明している。さらに、49年のランダム・ハウス社宛の手紙では、『行け、モーゼ』は「小説です」（*Selected Letters* 284）と述べ、"and Other Stories"の部分は削除してほしい、と要請している。ジョアン・クレイトンによる改訂の過程に関する詳細な研究が示すように、フォークナーは、『行け、モーゼ』にも「小説」としての統一性を持たせようと、多くの書き換えや追加を行っている。その結果、この「小説」では、古い体質から新しい体質へと変化する南部の大局面――特に、文明の力に破壊されていく大自然、新たなる黒人像の出現――に焦点を当てることができたのである。クレイトンは、「『行け、モーゼ』は、コラージュであり、異質な断片の混成画である」（Creighton 85）と言っているが、『行け、モーゼ』は、キュービスト的な構成を取ったことで、これほど大きなテーマを具体的かつリアルに描出できたのである。

　総合的段階のキュービズムでは、パピエ・コレという手法で、新聞紙、壁紙、広告といった、絵の具以外の材料をキャンバスにはめ込んで、異種混合（heterogeneity）の空間をつくりあげている。たとえば、ピカソの『籐編みの椅子のある静物』【116頁参照】は、籐編みの部分に、印刷された油紙をペーストしたり、新聞紙を暗示するJOUという文字をはめ込んでいるという点で画期的である。パピエ・コレは、絵画が紙や文字を取り込むことで、絵画の可能性を広げた。

　キュービストたちが、絵画の空間に文字という異質物をコラージュしたように、フォークナーの作品も、文字空間にピクトグラフがコラージュされた例がある。『響きと怒り』の第4章には、ネオンサインの

目 [👁] [14] (388)、『死の床に横たわりて』では、棺を上から見た図 [⬭] (82)、また、「デルタの秋」("Delta Autumn") では、デルタの逆三角形 [▽] (*Go Down, Moses* 343) がコラージュされている。[15] このように、文字空間の中にピクトグラフをコラージュする方法は大胆な試みであり、文学空間の可能性を拡大し、開放したと言ってよい。

　『標識塔』(*Pylon*) も、パピエ・コレの手法を使った作品と言える。そこでは、ドス・パソスの『U. S. A.』の中の「ニューズリール」のように、新聞のヘッドラインや記事、案内板、旗、パンフレット、プラカード、掲示板に書かれている文字、拡声器から流れてくる案内、手紙の頭書き、走り書き、手形用紙に書かれた数字などが、そのまま、小説面の至る所に、コラージュされていて、まさしくパピエ・コレの手法を使った作品といえる。これらは、30年代の不景気な時代の、刹那的で、金が中心の不毛な社会の雰囲気を直接リアルに伝える「生の素材」として極めて効果的である。また、「熊」では、登記台帳の1ページが丸ごとイタリック体で挿入されていて、過去と現在を繋ぐタイムカプセルのような役割を果たし、過去の現実が否定しようのない事実として、現在に息を吹き返す。

　以上のように、フォークナーは、キュービストと同質の理念をもち、対象の多角的視点による断片化とコラージュの手法により、真実を描き出そうとした。それにより、作品は、話し手と聞き手の相互作用によって作られる有機的統一体として仕上られていったのである。
　フォークナーがこのようにキュービスト的な空間形式を用いるようになった理由はいろいろ考えられよう。おそらく、具体的かつ直接的には、ジェイムズ・ジョイスやT・S・エリオットから空間形式に関して多くのことを学んだと考えられる。彼らの作品は、多くの批評家

第7章　キュービストとしてのフォークナー

の指摘どおり、極めてキュービスティックな作品である。また、ベルグソンからの影響も考えられよう。ポール・ダグラスが指摘しているように、その影響は直接的ではないにせよ、フォークナーの明言どおり、ベルグソンの時間・空間理論に共鳴したことは事実である。[16]　ベルグソンもまた、キュービズムの理論の大きな源泉の一つとして認められている。[17]

　しかしながら、その影響を考える場合、もっと大きな視点で見るべきであろう。フォークナーは、大きな時代の流れの中にいて、その変化を敏感に感じとっていたに違いない。19世紀の終わりから20世紀初頭にかけて、特にヨーロッパにおいて見られた、空間に関する関心と意識の変化が大きく影響していると考えられる。その当時の空間に関する関心と意識の変化をスティーヴン・カーンは、以下のように解説している。

　　この時期の空間の性質に関する新しい考えは、空間はすべて同質だという一般通念に異議を申し立て、空間の異種混合性（heterogeneity）を主張した。生物学者は様々な動物の空間認識を、社会学者は様々な文化が作り出す生活空間の構成を探求した。芸術家はルネッサンス以来、絵画を支配してきた単一視点による空間を解体し、対象を様々な視点から見られたように再構築した。小説家は、新しい映画のような自由さを持った多角的視点を用いた。ニーチェとオルテガ・イ・ガセーは、「遠近法主義哲学」を生みだし、視点の数だけ、それと同数の様々な空間が存在することを示唆した。伝統主義的な空間にとって最も深刻な攻撃は、物理学の分野そのものから提出されたものだが、それは19世紀後半の反ユークリッド的幾何学の発達によるものである。（Kern 132）

以上のように、空間に対する疑問と挑戦は、生物学、社会学、物理学、文学といった全分野で、ジャンルを越え同時発生的に起こった文化・社会現象であり、なにかがなにかに影響を与えたといった、狭い範囲内の出来事ではないようだ。古い社会体制が崩壊し、権威主義や絶対主義が通用しなくなり、科学が発達し、社会全体が、古い体質から脱皮し新しい価値体系を求め動き出した時代である。そのような社会の意識変化に最も敏感に反応した芸術家たちが、キュービストであったと言ってよい。ワイリー・サイファーもキュービズムは、「どんな単純な位置関係も定まらず、すべての関係が複数である世界に住まざるをえない近代人の状況を表現した芸術」(293) と言っている。

　このような空間に関する疑念と、価値の多様化の中で、フォークナーは、対象の本質を最も効果的に描出する方法として、キュービスト的な対象認識法と真実探求法を導入した。彼はキュービズム的手法を用い、文学空間において種々の刷新的な挑戦をすることで、小説の可能性を拡大させたのである。

注

1) Karl 176; Blotner *Biography* 105.
2) スプラトリングとは、*Sherwood Anderson and Other Famous Creoles: A Gallery of Contemporary New Orleans* (1926) を出版。また、彼は、"Out of Nazareth" や "Episode" にも実名で登場したり、*Mosquitoes* に登場する彫刻家ゴードンのモデルとも言われている。
3) さらに、*Faulkner Library: Catalogue* によれば、フォークナーはキュービズム関連の図書を他にも3冊持っている。ピカソに関するもの2冊、Alfred Barr の *Picasso—Forty Years of His Art* と、Wilhelm Boeck の *Picasso*。そして、*Gaullaume Apollinaire* の *Alcools: Poems, 1893-1913* である。*Picasso—Forty Years of His Art* は、

第 7 章　キュービストとしてのフォークナー

キュービズムと相対性理論の類似性を論じたもの。アポリネールは、キュービズムの批評家であると同時に、キュービズム詩人として有名である。
4）*Lion in the Garden* 245。
5）Broughton, "The Scene of Writing and the Shape of Language for Faulkner When 'Matisse and Picasso Yet Painted'" 106. 彼女は "The Economy of Desire: Faulkner's Poetics, from Eroticism to Post-Impressionism" という論文でも、フォークナーと後期印象派との関連を論じている。
6）シュールレアリズムに関しては、Rohrberger, Bender などを参照。
7）『死の床に横たわりて』については、Branch が最も詳細で、かつ説得力がある。彼は「ダールは、彼の見た世界を表現する方法としてキュービズムの手法をしばしばもちいている」(48) と指摘している。Tucker も『死の床に横たわりて』には、「キュービズムの存在をより強く感じる」(390)。その他、キュービズムとの関連に言及している批評家はいるが、部分的・断片的である。例えば、Stephen Ross は、「この作品は、ちょうどキュービストたちの絵画が描写上の表象を打ち砕いたのと同様の方法で、作り上げられている」(308) と、手法上の類似性を説明し、Karl も、フォークナーはこの作品で、「言葉のキュービズム」("verbal cubism" 353) を駆使したと表現している。また、Kinney は、「キュービストのように、線の代わりに面を用いるという点が、『死の床に横たわりて』の多角的な語りが作り出す面と類似している」(103) と指摘しているし、Matthews も、「旅行、洪水、火事といった壮大な事件を扱う際に見せたフォークナーの大胆なキュービスト的手法は、語りというものをモダンな小説に変身させたことを象徴的に物語るものである」(71) と主張。

それに対して前述の Lind は、キュービズムに関しては、「フォークナーがとても積極的にキュービズムに反応した証拠はほとんどない」(140) とその関係を否定している。Hönnighausen は、フォークナーの初期のスケッチにキュービズムの影響が少しあると考えているが、文学作品との関係には言及していない。

8) Clearfield は、*The Sound and the Fury* の形式、Joyce の *Ulysses* や Sterne の *Tristram Shandy* などを、コラージュの例として挙げている (13-14)。
9) 大橋健三郎氏は、『八月の光』を「語りのコラージュ」と呼んでいる。筆者は、この用語は、他のフォークナーの作品にも当てはまると考えている。
10) 詳しくは、イーザーの『行為としての読書』などを参照。
11) Ross は、バフチンの用語を用いて、フォークナーの作品は4種類の voice—phenomenal, mimetic, psychic, oratorical—から成っていると分析している。彼の *Fiction's Inexhaustible Voice* を参照。
12) フォークナーは、思考の推移がわかるように色分けをしようとおもい、ベンジーの章のサンプルを作って出版社に持っていったが、最終的には経費がかさむということで、受け入れられなかった。詳細は、*Selected Letters* 44, 71 を参照。
13) Ross は、これを "dialogical confrontations" (*Fiction's Inexhaustible Voice* 180) と呼んでいる。
14) Brenda は、本来すべてを見通すはずの目が、ネオンサインとして商業主義の象徴となっている点で、この目にはアイロニーがあると指摘してる (217)。
15) Waid は、これら3つの絵は "female container" (236) を表しているという興味深い論を展開している。
16) フォークナーは、「実際、私はベルグソンの時間の流動性に関する理論には、大いに共感しています」と語っている (*Lion in the Garden* 70; 同様の発言は72にもある)。フォークナーとベルグソンの関係について、Paul Douglass は、その影響は直接的ではないとしつつも、ベルグソン理論に直接影響を受けたエリオットなどを通していると考え、両者の同質性を詳細に論じている。Brooks も、ベルグソンからの影響は大げさに考え過ぎと警告している (255)。
17) Gray 65 を参照。

第7章 キュービストとしてのフォークナー

引用文献

Bender, Eileen. "Faulkner as Surrealist: The Persistence of Memory in *Light in August.*" *Southern Literary Journal* 18 (1985): 3-12.

Blotner, Joseph. *Faulkner: A Biography*. New York: Random, 1974.

———, ed. *Selected Letters of William Faulkner*. London: Scolar P, 1977.

———, ed. *William Faulkner's Library: A Catalogue*. Charlottesville: UP of Virginia, 1964.

Branch, Watson G. "Darl Bundren's 'Cubistic' Vision." *Texas Studies in Literature and Language* 19 (1977): 42-59.

Brevda, William. "Neon Light in August: Electric Signs in Faulkner's Fiction." *Faulkner and Popular Culture: Faulkner and Yoknapatawpha 1988*. Eds. Doreen Fowler and Ann J. Abadie. Jackson: UP of Mississippi, 1996. 214-241.

Brooks, Cleanth. *William Faulkner: The Yoknapatawpha Country*. New Haven: Yale UP, 1963.

Broughton, Panthea Reid. "The Cubist Novel: Toward Defining the Genre." "*A Cosmos of My Own.*" Eds. Doreen Fowler & Ann J. Abadie. Jackson: UP of Mississippi, 1981. 36-58.

———. "The Economy of Desire: Faulkner's Poetics, from Eroticism to Post-Impressionism." *Faulkner Journal* 4 (1988): 159-177.

———. "The Scene of Writing and the Shape of Language for Faulkner When 'Matisse and Picasso Yet Painted.'" Kartiganer 82-109.

Clearfield, Andrew. *These Fragments I Have Shored: Collage and Montage in Early Modernist Poetry*. Ann Arbor: UMI, 1984.

Creighton, Joanne. *William Faulkner's Craft of Revision: The Snopes Trilogy, "The Unvanquished," and "Go Down, Moses."* Detroit: Wayne State UP, 1977.

Douglass, Paul. *Bergson, Eliot, and American Literature*. Lexington:

UP of Kentucky, 1986.

Faulkner, William. *As I Lay Dying*. 1930. New York: Random, 1964

———. *Collected Stories of William Faulkner*. 1931. New York: Random, 1977.

———. *Elmer*. Eds. James B. Meriwether and Dianne L. Cox. *Mississippi Quarterly* 36 (1983) : 337-460.

———. *Go Down, Moses*. New York: Random, 1940.

———. Interview. *Faulkner in the University: Class Conferences at the University of Virginia 1957-1958*. Eds. Frederick L. Gwynn and Joseph L. Blotner. 1959. Charlottesville: UP of Virginia, 1977.

———. Interview. *Lion in the Garden: Interview with William Faulkner 1926-1962*. Eds. James B. Meriwether and Michael Millgate. Lincoln:U of Nebraska P, 1968.

———. *Light in August*. 1932. New York: Random, 1959.

———. *New Orleans Sketches*. New Brunswick: Rutgers UP, 1958.

———. *Sanctuary*. 1931. New York: Random, 1981.

———. *The Sound and the Fury*. 1929. New York: Random, 1964.

Fry, Edward F., ed. *Cubism*. London: Thames and Hudson, 1966.

Gray, Christopher. *Cubist Aesthetic Theories*. Baltimore: Johns Hopkins P, 1953.

Hönnighausen, Lothar. *William Faulkner: The Art of Stylization in his Early Graphic and Literary Work*. Cambridge: Cambridge UP, 1987.

Kahnweiler, Daniel-Henry. *Juan Gris: His Life and Work*. Trans. Douglas Cooper. London: Thames and Hudson, 1947.

Karl, Frederick F. *William Faulkner: American Writer*. New York: Weidenfeld & Nicolson, 1989.

Kartiganer, Donald and Ann J. Abadie, eds. *Faulkner and the Artist: Faulkner and Yoknapatawpha 1993*. Jackson: UP of Mississippi, 1996.

Kern, Stephen. *The Culture of Time and Space: 1880-1918*. Cambridge:

Harvard UP, 1983.
Kinney, Arthur F. *Faulkner's Narrative Poetics: Style As Vision*. Amherst: U of Massachusetts P, 1978.
Lee, A. Robert. *William Faulkner: The Yoknapatawpha Fiction*. New York: St. Martin's, 1990.
Lind, Ilse Dusoir. "The Effect of Painting on Faulkner's Poetic Form." *Faulkner, Modernism, and Film: Faulkner and Yoknapatawpha, 1978*. Eds. Evans Harrington & Ann J. Abadie. Jackson: UP of Mississippi, 1979. 127-148.
Lockyer, Judith. *Ordered by Words: Language and Narration in the Novels of William Faulkner*. Carbondale: Southern Illinois UP, 1991.
Matthews, John. "Faulkner and the Reproduction of History." *Faulkner and History*. Eds. Javier Coy and Michel Gresset. Salamanca: Ediciones Universidad de Salamanca, 1986.
Minter, David. *William Faulkner: His Life and Work*. Baltimore: Johns Hopkins UP, 1980.
Rohrberger, Mary. "To Bewilder Sensation: Surrealism in *As I Lay Dying*." *University of Mississippi Studies in English* 4 (1983): 141-149.
Ross, Stephen M. *Fiction's Inexhaustible Voice: Speech and Writing in Faulkner*. Athens: U of Georgia P, 1989.
―――. " 'Voice' in Narrative Texts: The Example of *As I Lay Dying*." *PMLA* 94-2 (1979): 300-310.
Tucker, John. "William Faulkner's *As I Lay Dying*: Working Out the Cubistic Bugs." *Texas Studies in Literature and Language: A Journal of Humanities* 26 (1984): 388-404.
Waid, Candace. "The Signifying Eye: Faulkner's Artists and the Engendering of Art." Kartiganer 208-249.

イーザー、ヴォルフガング『行為としての読書』轡田収訳　岩波書店　1982.
大橋健三郎『フォークナー研究2』南雲堂　1979.
カーンワイラー，ダニエル=アンリ『キュビスムへの道』千足伸行訳　鹿島出版会　1970.
サイファー，ワイリー『ロココからキュビスムへ——18〜20世紀における文学・美術の変貌』河村錠一郎監訳　河出書房新社　1988.
佐藤忠良他『遠近法の精神史―人間の眼は空間をどうとらえてきたか』平凡社　1992.
田中久男『ウィリアム・フォークナーの世界―自己増殖のタペストリー』南雲堂　1997.

第7章　キュービストとしてのフォークナー

図－1　フォークナーのペン画
（*The Marionettes* から）
© Jill Faulkner Summers

図－2　フォークナーの水彩画
(*Mayday* から)
© Jill Faulkner Summers

図−3 ピカソ『オルタ・デ・エブロの工場』
（1909年 ロシア、エルミタージュ美術館）
© Succession Picasso, Paris & BCF, Tokyo, 2000

図－4　ピカソ『クラリネット』
（1911年　プラハ、国立美術館）
© Succession Picasso, Paris & BCF, Tokyo, 2000

第8章

ジャック・ケルアックとジャクソン・ポロックの即興的手法と作品構造について

光　冨　省　吾

序

　ジャック・ケルアックはチャーリー・パーカーを敬愛し、『メキシコ・シティ・ブルーズ』(*Mexico City Blues*) の「コーラス239番」、「コーラス240番」、「コーラス241番」、「コーラス242番」をパーカーに捧げている。第二次世界大戦後のアメリカの物質的繁栄を背景に、アメリカ社会に蔓延する事勿れ主義的な中産階級意識に小気味よく風穴をあけるパーカーのライフ・スタイルと演奏方法にケルアックが魅了されたのは間違いない。またケルアックの文章技法はパーカーを始めとするジャズ・ミュージシャンの即興演奏にも似て、即興的にタイプしていくというものであった。その際には麻薬とアルコールを使用することもあったようである。テッド・ジオイアが指摘するように、ケルアックの文章技法がモダン・ジャズの演奏方法にヒントを得ているのは十分に考えられることである（Gioia 60-61）。[1]

　ケルアックが文学上の実験を行っていたのとほぼ同時期、ジャクソン・ポロックは即興的な創作方法で美術の世界で旋風を巻き起こし、抽象表現主義の画家たちの中心的存在となり、以後の世界の美術の中心地をパリからニューヨークへ移し、革命的な存在とみなされていた。

デニス・マクナリーも第二次大戦後のアメリカの芸術における革新者としてケルアックと並んでパーカーとポロックの名をあげている (McNally 147-150)。[2] またB・H・フリードマンはポロックとパーカー、ジェイムズ・ディーン、ケルアックらとの同時代性を指摘している (Friedman 195-96)。[3] さらにエドワード・ハルシィー・フォスターもケルアックとジャズ・ミュージシャン、抽象表現主義の画家の方法に共通点を指摘している。

　ケルアックとポロックに具体的に交友関係があったかどうかは明らかではないが、両者をつなぐ接点のようなものは確実に存在していた。ジェラルド・ニコシアによればユニオン・スクェアとワシントン・スクェアの間（より厳密にはニューヨークの8丁目とユニバーシティ・プレイスの交差点）にあった、抽象表現主義の画家たちの交流の場であったシダー・タバーンにおいて、ケルアックは画家たちと交友をもっていた (Nicosia 454)。ビル・モーガンによると、詩人でありかつニューヨーク近代美術館に勤めながら美術評論を書いていたフランク・オハラがシダー・タバーンの向かいに住んでいて、毎晩のようにそこを訪れていたために、画家と詩人たちが自然に集まるようになったようである。常連の画家はジョン・チェンバーレン、ヴィレム・デ・クーニング、フランツ・クライン、アル・レスリー、ジャクソン・ポロック、ラリー・リバーズ、マーク・ロスコ、ディビッド・スミスらであり、ビート詩人にはジョン・アシュベリー、グレゴリー・コルソ、アレン・ギンズバーグ、ジョン・クレロン・ホームズ、リロィ・ジョーンズ（現在はアミリ・バラカ）、ケルアックらがいた (Morgan 73-74, 76)。ケルアックはポロックとは直接的な交友はなかったようであるが、ニコシアによるとデ・クーニング、クラインは生涯の友達であったようである (Nicosia 454)。シダー・タバーンでデ・クーニングらを通してケルアックとポロックにはおそらく相互に間接的な影響関係があったと考える

第8章　ジャック・ケルアックとジャクソン・ポロックの即興的手法と作品構造について

のが妥当であろう。

　そこでこの論文においてほぼ同時代を生きたケルアックとポロックの創作理論の比較を行ない、さらに従来より指摘されている即興的手法以外の類似点を探ってみたい。

1．ポロックの即興的手法

　ポロックは18歳までアメリカの中西部の原野を転々とし、アメリカ・インディアンの遺跡や美術に親しんだ。特にインディアンのシャーマンが砂絵を描く憑依的なやり方はシュールレアリストの自動記述にも似て、後のドリッピングの手法に大きな影響を与えている。

　1937年にポロックはアルコール中毒の治療のために精神科に通院し、1939年からユング派の医師ジョゼフ・ヘンダーソンのもとで精神分析による治療を開始し、1941年春まで続けた。それがきっかけで無意識の世界に関心をもち、無意識の力を作品の中に生かそうとした（Frank 27-31）。その結果伝統的な筆さばきによって絵を描こうとすると思考の速力を妨げ自発性を損なってしまうと考えた。次の引用文に見られるようにポロックは無意識から生まれる豊饒なイマジネーションの流れを妨げる意識の検閲作用を避ける手段として、1947年から1951年までの間ポアリングあるいはドリッピングと呼ばれる技法を使用した。ポアリングに関して、エリザベス・フランクは次のように述べている。

　　ポアリングの技法は実際目に見えて解放的な効果をもたらした。ポロックは無意識（あるいは彼が無意識とみなしたもの、つまり単に生活からだけではなく、その画家活動全体から吸収されたすべてを通して必然的に蓄積された無意識）から、信じ難いほど広い範囲にわたる感覚

領域を作品の中に抽き出していった。各々の作品は独自性を保ち、繰り返しや、一定の形式へと堕する様子はまったく見られない。ひとつの作品の中で、あるいは作品から作品へと発揮されるその変貌の業は神秘的に見える。それはまるで土の外皮が空中で織物となり、あるいは密集した原子群が紗のかかった微光を放つようになる様相を見ているようだ。激しく上下しながら描き込まれるリズムのうねりの繰り返しは、流れだし、食い込み、焼き印を押し、血を流し、そして決してパターン化や装飾に堕したりせず、つねにわれとわが身を新鮮なものへと更新させているのである。偉大な詩におけるのと同様、ここでも感情はそれ自身の道程を進むうちにある変化を受けてゆく。騒々しさは高揚感へ、激しさはリズムと韻律に、優しさは優美で精緻なレース模様へ。ポロックは自分自身の感覚の内にとどまり、その後を追い、それを導き、そしてごくわずかで微妙な意外性を継続的に持ち込むことによってそれを蘇生させていくのだ。(66, 石崎・谷川訳)

このようにポロックが描いたオールオーバーな画面は、意識の検閲作用から解放された作者が限りなく深い無意識の源泉に接近して行ったことを示している。実際にニューヨークの近代美術館やメトロポリタン美術館に展示されているポロックの巨大な絵画をしばらく見ていると次第に画面の中に吸い込まれていき、絵の中のいくつもの層をくぐり抜けてポロックの無意識世界を旅しているような不思議な気分を体験することができる【図−1】。

2．ケルアックの即興的手法

同様にケルアックは創作の方法論において自我意識が強く反映され

第8章　ジャック・ケルアックとジャクソン・ポロックの即興的手法と作品構造について

た近代小説の手法に疑問をもち、意識による検閲作用を回避する手法を選んだ。

　1950年12月、ケルアックはニール・キャサディから23,000語からなる手紙を受け取っている。その手紙は、ニールとある女性のことを綴ったものであった（Nicosia 336）が、その手紙の書き方にヒントを得て、ケルアックは意識の内面に起こったことをそのまま書き綴っていった。たとえば、『路上』（On the Road）を書く際には、意識を途切れさせないためにタイプ用紙を糊付けしてつながったロールペーパーの上に、ほとんど休むことなく次々にタイプしていった。そうすることによって、自分の内面の生々しさ、豊饒な無意識を連続して描き出すことができたのである。ケルアックの方法をジョン・タイテルは次のように説明している。

　　作家は、自分の原初的衝動を修正してはならない。修正は、規制力の作用であり、標準的趣味や礼儀などという、一時的な社会に属するのみでケルアックが捉えようとしていた普遍的な性格を持たないものへ譲歩することだからだ。修正とは、抑圧であり、作家の純粋な心象光景に対する検閲であり、即時性に対する裏切り、現実の経験に直面しながら嘘をつくことにほかならないからである。（Tytell 144）

このように精神内部をトランス状態に置くことによって、意識の奥にある衝動を引き出すことを可能にした。これに推敲を加えると、小説の全体的な統一に関心が移るため、最初に書いたときに感じられる陶酔感や思考のリズムが失われてしまうと考えた。ケルアックの文章は「自発的バップ作詩法」と呼ばれ、ジャズの一スタイルであるビバップ（バップ）の演奏のようにメロディーとリズムが一致したリズミカ

ルな文体である。アレン・ギンズバーグはケルアックの文章に「レスター・リープス・イン」などのジャズのリズムが認められると述べている (Ginsberg 152)。ケルアックがこのような即興的方法を使用したのは、作品を創造しようという芸術家の自発的な意識の中に想起するさまざまな感情、感覚が生まれる過程の個々の瞬間を表現しようとするためである。論理に頼らず瞬間的な直観によって問題を処理しようとするこの方法は経験と論理による近代合理主義的思考とは対極的である。このような文体には、言語のもつ論理や制度を解体させたり、その統制から逃れたりしているために、ことば自体がもつ響き、音楽性、官能性、作者自身の呼吸のリズムという身体性が作品の中に生きている。ときには麻薬を使用した陶酔状態で書かれているために、センテンスは長く、句読点は文法の統制から逸脱しているが、深層における生命力が流れる瞬間を捉えているともいえる。ケルアックの創作方法とモダン・ジャズの方法は言語の統制からたえず逸脱し、固定された制度からたえず遊離し、差異化し、停滞を拒否しようという運動であるため、その魅力は固定的な日常から聖なる非日常の世界へ瞬間的に飛翔させることにある。次の引用を見ていただきたい。

> And for just a moment I had reached the point of ecstasy that I always wanted to reach, which was the complete step across chronological time into timeless shadows, and wonderment in the bleakness of the mortal realm, and the sensation of death kicking at my heels to move on, …. I realized that I had died and been reborn numberless times but just didn't remember especially because the transitions from life to death and back to life are so ghostly easy, a magical action for naught, like falling asleep and walking up again a million times, the utter

第8章 ジャック・ケルアックとジャクソン・ポロックの即興的手法と作品構造について

casualness and deep ignorance of it. (173)

そしてほんの一瞬であったが、いつも達したいと願っていたあの無我の境地に到達していた。それは年代的な時間を通りすぎて、永久の幻影のなかに、荒涼とした死の領域の驚異のなかに、そしてまたぼくを急き立てる死の感覚のなかに、完全に踏み込んだことなのだ。……ぼくはすでに死んで、何回となく生まれ変わってきているのだが、自分ではそれを覚えていないことに気がついた。なぜなら、それは特に、生から死、死から生への推移がいかにも影が動くように容易で、何度も何度も繰り返し眠りに落ちてまた目覚めるといったような不思議な無目的の行動であり、それがまったくの偶然で、少しも知らないうちに行われているからなのだ。

この文章には生と死の境地を超えた、法悦的な不死の感覚が描き出されている。また、後で指摘するようにこの文章には中心、焦点がなく、ポロックの絵画の構造と類似している。もっとも『路上』の文体はそのテーマとも関係がある。動的で、ジャズや麻薬を扱い、マッカーシズムに代表されるような言論の統制が行われている状況におけるエネルギーの奔出を主題にしているためこのような文体がふさわしいのである。『地下の住人』(The Subterraneans) も黒人女性との愛を意識の流れの手法で描き出しているために、『路上』の文体以上にセンテンスが長く続き、オールオーバーな文体になっている。『達磨行者』(The Dharma Bums) は『路上』の要素は少しは含みながらも、全体としてはジャフィ・ライダー（モデルはゲイリー・スナイダー）とレイ・スミスが探求する静的、瞑想的で、東洋的な悟りの境地がより明確に打ち出されているため、文章は短く歯切れがよい。小説は絵画と違ってことばを使用し、ことばは意味をもつため、絵画のように抽象的な表現を行うにはいささか困難が伴う。その結果文体もその作品の主題

221

（意味）とある程度まで関連してくる。したがって、すべてのケルアックの作品に先ほど述べたことが適用されるわけではない。

　ケルアックとポロックに共通するのは、早いスピードで脳裏に浮かんだことをタイプライターや床に敷かれたカンバスに現在の自己をぶつけていくということである。結局ポロックのカンバスとケルアックの文章が捉えているのはマクナリーが述べているように「創作の過程を明らかにする瞬間、自然発生的に機能している芸術家の意識の表現」（McNally 149）である。

　もっとも両者がすべての点で似ているというわけではない。ケルアックは小説を書く際に推敲をしない。つまり同じ場所に再び戻ってくることはない。一方ポロックは一度ペンキを垂らしたり、撒いた画面の上にさらにペンキを撒いたり垂らしたりしていた。つまり、ポロックは同一の画面の上にペンキを重ねていく。後で触れることになるが、オルダス・ハックスリーが指摘するようにポロックの絵画は同一の平面上に何度も繰り返して永遠に幾重にも描いていくことが可能なのである。両者には以上のような違いが見られる。これは線的に進んでいく小説と限られた平面の絵画の構造上の違いである。

　このようにケルアックとポロックは創作理論において、即興的手法を用いて現在の意識の内面を最優先して表現していったという意味で共通点を見ることができる。

3．ポロックの絵画の構造

　この章では従来共通点として指摘されている創作の方法論以外の両者の共通点について考えてみたい。

　前例のない革新的な手法で絵画を制作したポロックではあったが、当然のことながら、ポロックの絵を初めて見た批評家たちの中には当

第 8 章　ジャック・ケルアックとジャクソン・ポロックの即興的手法と作品構造について

惑したものも多数いた。たとえば、1948年10月に雑誌『ライフ』がニューヨーク近代美術館でフランスとアメリカの画家について円卓会議を開いた。その際、話がポロックの『大寺院』【図-2】に及んだとき、ポロックがニューヨークのアートシーンに登場して以来ずっと支援してきた美術批評家クレメント・グリーンバーグ、コロンビア大学教授メイアー・シャピロ、作家でポロックと直接親交もあったジェイムズ・ジョンソン・スウィニー、メトロポリタン美術館主任学芸員フランシス・ヘンリー・ティラーらは好意的なコメントを残したのに対して、数人の批評家は困惑している（Naifeh and Smith 575）。その様子についてエレン・G・ランダウは次のように述べている。

　　メトロポリタン美術館の版画部門のキュレーター、A・ハイアット・メイアーは、最も強く反対した。馬鹿にしたような調子で「この程度でいいのなら私は自分でどんな絵でも描けただろうに。」と言った。イギリスの作家、オルダス・ハックスリーは『大寺院』の人を当惑させるような焦点の消失の問題を持ち出した。この批判についてはポロックは 2 年後に『ニューヨーカー』で自分のオールオーバーなアプローチの仕方について弁護する際に覚えていたに違いない。『大寺院』について意見を求められた際にハックスリーは「絵を描くことが終了する際になぜそこで終わるのかという疑問が生じる。画家は永遠に描き続けることだってできるだろう。〔笑い〕わからない。この絵は私には壁に無限に繰り返される壁紙のパネルのように思える。」このコメントはイェール大学教授、セオドア・グリーンのコメントに比べるとまだ誉めことばに近い。グリーンは『大寺院』の構造はネクタイの感じのいいデザインみたいだと述べている。ビクトリア・アンド・アルバート美術館のレイ・アシュトン卿も同様に「これはひじょ

うに魅力的なシルクのプリント柄になるだろう。」とコメントした。(Landau 179)

　以上のようにポロックの立場に無理解な批評家たちは酷評している。しかしながら、この中で注目すべきはハクスリーは『大寺院』の欠点として焦点がないと指摘していることだ。どうやらハックスリーはポロックの絵がもたらす崇高で奥行きの深い複雑な美的感覚を解することはできなかったようであるが、焦点が欠落しているというポロックの絵画の特徴は的確に捉えていたようである。
　ポロックは自分の描いた画面をオールオーバーな画面と呼んでいるが、ここでポロックがオールオーバーという手法に至る過程をふり返ってみたい。グリーンバーグは、次の引用に見られるようにポロックをキュービズムの後継者と捉えている。

　　ポロックはミロ以来の最も優れた画家であるばかりではない。ポロックはキュービズムへの解答なのである。つまり約10年間アメリカの美術につきまとっていた「ピカソ以降に美術は存在するのか」という疑問への解答となった。(Naifeh and Smith 496)

　さらに、グリーンバーグは「ピカソ以降の美術の目的はキュービズムのプロセスを平板化し、純粋化し続ける」ことであると述べ、ポロックを「キュービズムに始まる流儀に忠実に従っている」と述べて絶賛している（Naifeh and Smith 536）。[4]
　ヨーロッパの近代絵画を支配してきた線的遠近法、つまり一点から全体を眺望する一点透視法が、20世紀初頭に登場したピカソとブラックのキュービズムによって崩壊したことはよく知られている。たとえばスティーヴン・カーンは

第8章　ジャック・ケルアックとジャクソン・ポロックの即興的手法と作品構造について

> キュービズムの二人の先駆者、ピカソとブラックは共同でセザンヌと映画によってもたらされた新しい機軸をさらに推進し、15世紀以降の絵画の空間表現における最も重要な革命を起こした。ピカソとブラックは線的な透視法がもたらす均一な空間を断念し、X線で見る内部のさまざまな姿とともに複数の視点を通して、多様な空間から見た物象を描き出した。(Kern 143)

と述べている。[5] ピカソとブラックは画面をいくつかの断片に分割し、線的遠近法では一つしかなかった焦点をいくつかの焦点に分割している。

　グリーンバーグの言い方に倣えば、ポロックはピカソが始めたキュービズムの技法をさらに徹底させたということになる。つまり、ピカソが行った画面の断片化をさらにおしすすめ、多くの断片に分割させ、多焦点化させていった。その結果、逆に画面から焦点が消えてしまい、すべてが等質な画面になったのである。

　画面から焦点が消えるということは、画面上の階級性が消えるという言い方をすることもできる。遠近法の絵画では視点が一点に固定されることによって画面にランク付けがなされ、階級性が生じる。デボラ・シュニッツァーが指摘しているように、キュービズムの絵画は遠近法を解体させて複数の視点をもたせることによって画面上のヒエラルキーを修正している（Schnitzer 177)。しかしまだキュービズムの手法では不十分で、画面上からヒエラルキーが完全に消失しているとは言い切れない。キュービズムをさらに徹底させたポロックのオールオーバーな画面はすべてが等質で画面に階級を持ち込んでいないという意味において、キュービズムを超えている。スティーヴン・カーンは、キュービズム絵画における階級性の消失の原因を貴族社会の平均化、近代民主主義社会の出現、宗教における聖と俗の区別の消失に求めている（Kern 8) が、この見解はやや行き過ぎである。線的遠近法の出

現こそ近代社会の誕生と不可分の関係にある。というのも遠近法こそ、空間を定量化することが可能であるために、誰にも平等に知覚される、言い換えれば誰もが同じ視点を、均一化された視点を獲得できた。このように遠近法こそ近代市民社会の理念と結びついているのであり、キュービズムは線的遠近法を崩壊させたという意味では近代社会的な価値観と対立する。さらにキュービストが打破しようとした遠近法の絵画は視点が一点に固定されているが、尾崎信一郎が指摘しているように、人間の目は2つあり、必然的に帯びる視野の球面性を遠近法の絵画は無視しているために遠近法によって描かれた絵画は不自然なのである (285)。

　さらにつけ加えれば、描いて（というよりはペンキを撒き散らして）いく時、ポロックにとってはその瞬間瞬間がかけがえのないものであり、絵の各々の箇所にはポロックの現在意識が反映されているのである。ポロックの絵画からヒエラルキーが消えてしまっているのはそのせいである。

4．ケルアックの小説の構造

　そもそも絵画と小説を比較すること自体無理である。絵画における空間の階級差をそのまま小説に当てはめることはできない。つまり絵画が（二次元上に表現される）三次元的空間を軸としているのに対して、小説は線的な時間を軸にしている。なぜなら言語を用いて表現される小説は、ソシュールが指摘しているように、言語表現が本来聴覚に訴える以上はその諸特質は時間から受けているのであり、記号表現の拡がりは線的であるからである (Saussure 103)。

　ケルアックは目に入ってくる情景をそのまま記録する、脳裏に浮かんだことをそのままタイプする方法で小説を書いていったので、当然

第 8 章　ジャック・ケルアックとジャクソン・ポロックの即興的手法と作品構造について

のことながら、プロットの構成というものにはほとんど配慮していない。ケルアックが小説を書いて行く現在という瞬間に脳裏に浮かんだことをそのままタイプして行ったものであり、いま、ここにという現在を最大限に尊重するケルアックの時間感覚が作品の中に反映しているのである。『路上』という作品はいくつかのエピソードの集合にすぎず、構成はルーズである。さらに、ケルアックの作品は主人公が至福を求める旅を描いたものであり、その精神的な旅を自然発生的なものとして捉えるため、構成はルースになるのである。

　ひとつひとつ周到に計算されて話の筋を統一していくプロットは近代小説に欠かせないものであった。しかし、論理的完結性を要求するプロットに従って小説を書くと、意識の強い作用が働くために無意識を抑圧することになってしまう。ケルアックの小説にプロットがないのはそのせいである。さらに、すべての出来事を因果関係として結びつけるプロットには出来事と出来事の間に主従関係、ヒエラルキーが生まれるが、これはケルアックの時間認識とは相いれない。

　たとえば『路上』の第2部第4章はサル・パラダイスに関係する5つのエピソードから成り立っている。まずエド・ダンケルとの短い会話で始まる。その後サル自身の「ぼくたちが母親の胎内で経験し、（認めたくはないのだが）再現できるのは死の中以外にはない失われた至福」(124)の記憶に関する短いエピソード、トム・セィブルックの家でのお祭り騒ぎ、ロングアイランドに住むロロ・グレブのところへの短い旅、最後にマンハッタンのブロードウェイの52丁目と53丁目の間にあったジャズ・クラブ、バードランドでジョージ・シアリングを聴いた後で突然啓示を得る瞬間。そのときサルは「何もかもがまさに到達しようとしている、すべてがわかり、すべてが永遠に決定される瞬間」(129)を経験する。この五つのエピソードはお互いに関連性が薄いし、バードランドでサルが得た啓示はその後特にサルの行動や人

227

生観に影響しているわけではない。

　ケルアックの小説は近代小説の構造からすれば、統一性が欠けるといえるのであるが、ケルアックにとっては一つ一つのエピソードがそれぞれに貴重なのであり、全体の構成はあまり眼中になかった。それはケルアックにとってひとつひとつの瞬間が生きるに値するからであり、その時間に一定の秩序、ランクなど存在しないからである。そのような理由でポロック同様にケルアックの小説の構成要素となる一つ一つのエピソードは互いに等質であり、ヒエラルキーから解放されている。ケルアックがこのような時間感覚をもったのは、第二次世界大戦中のナチスによるアウシュビッツにおける大量虐殺、広島、長崎の原爆投下、戦後はアメリカとソ連の覇権争いによる核戦争の底知れぬ恐怖、自然破壊、マスメディアによる大衆操作などを経験したために、明日のない世界を生きることになり、その結果いまここにという感覚を強くし、現在という瞬間に積極的にコミットしていこうとしたのである。ポロックがインディアンの方法に関心を示したのも現代文明の行き詰まりを予感し、自然を大切にし、遊牧的な生活をするインディアンに惹かれたからであろう。

5．まとめ

　従来のジャクソン・ポロックとジャック・ケルアックの研究ではそれぞれの即興的な手法に焦点があてられることが多かった。しかしこの論文では作品の構造を比較することで、ケルアックの作品もポロックの作品も焦点が欠けるという特徴が指摘できるのであり、さらに両者の作品にはいまここにという時間感覚が反映しているのである。

第8章 ジャック・ケルアックとジャクソン・ポロックの即興的手法と作品構造について

注

1) アン・チャータース、ジェラルド・ニコシア、ロバート・ヒプキス、ブルース・クック、レジーナ・ウエインライヒ、トム・クラーク、ティム・ハントらも同様にケルアックの創作方法にジャズの影響を認めている（Charters 140; Nicosia 67-68, 124-125, 307; Hipkiss 79; Cook 73; Weinreich 4-5; Clark 102; Hunt 146）。
2) セイモア・クリムもケルアックとポロックの方法に共通点を見出している（Krim 77）。またエレン・G・ランダウもポロックとビート・ジェネレーションの共通点を指摘している（Landau 20）。
3) ポロックの絵画は即興性を重視するフリー・ジャズ奏法の推進者オーネット・コールマンの『フリー・ジャズ』のアルバム・ジャケットにも使用され、ポロック自身が前衛的なジャズに対する理解があったかのような印象を与えているが、エドワード・バチェルダーによると、ポロックのジャズに対する関心はジェリー・ロール・モートンなどの古典的なジャズが中心であり、音楽のジャンルにおいては意外と保守的な一面があったと報告している（Batchelder 4）。
4) ちなみにジェフリー・ポッターもポロックのオールオーバーなアプローチはキュービズムの影響であると認めている（Potter 90）。
5) エドワード・F・フライも同様の主旨のことを指摘している（Fry 15）。

参考文献

Batchelder, Edward. "Splattering Receptions." *Jazziz* 16-4(1999): 4.
Charters, Ann. *Kerouac: A Biography*. New York: St. Martin's, 1987.
Clark, Tom. *Jack Kerouac: A Biography*. New York: Paragon, 1990.
Cook, Bruce. *The Beat Generation*. New York: Scribner's, 1971.
Foster, Edward Halsey. *Understanding the Beats*. Columbia: U of South Carolina, 1992.
Frank, Elizabeth. *Jackson Pollock*. New York: Abbeville, 1983.

Friedman, B. H. *Jackson Pollock: Energy Made Visible*. New York: Da Capo, 1995.

Fry, Edward F. *Cubism*. London: Thames & Hudson, 1966.

Ginsberg, Allen. *Allen Verbatim: Lectures on Poetry, Politics, Cosciousness by Allen Ginsberg*. New York: McGraw, 1974.

Gioia, Ted. *The Imperfect Art: Reflections on Jazz and Modern Culture*. New York: Oxford U P, 1988.

Hipkiss, Robert A. *Jack Kerouac: Prophet of the New Romanticism*. Lawrence: The Regent Press of Kansas, 1976.

Hunt, Tim. *Kerouac's Crooked Road: Development of a Fiction*. Hamden: Archon Books, 1981.

Kern, Stephen. *The Culture of Time and Space 1880-1918*. Cambridge: Harvard U P, 1983.

Kerouac, Jack. *The Dharma Bums*. Harmondsworth: Penguin, 1980.

———. *Mexico City Blues*. New York: Grove Press, 1959.

———. *On the Road*. New York: Viking, 1957.

———. *The Subterraneans*. New York: Grove Press, 1981.

Krim, Seymour. "King of the Beats." *Kerouac and Friends: A Beat Generation Album*. Ed. Fred W. McDarrah. New York: William Morrow Company, 1985. 74-78.

Landau, Ellen G. *Jackson Pollock*. New York: Abrams, 1989.

McNally, Dennis. *Desolate Angel: Jack Kerouac, the Beat Generation, and America*. New York: McGraw, 1979.

Morgan, Bill. *The Beat Generation in New York: A Walking Tour of Jack Kerouac's City*. San Francisco: City Lights Books, 1997.

Naifeh, Steven and Smith, Gregory White. *Jackson Pollock: An American Saga*. New York: Clarkson, 1989.

Nicosia, Gerald. *Memory Babe: A Critical Biography of Jack Kerouac*. Berkeley: U of California P, 1983.

Potter, Jeffrey. *To a Violent Grave: An Oral Biography of Jackson Pollock*. Wainscott: Pushcart, 1985.

Saussure, Ferdinand de. *Cours de Linguistique Générale*. 1916. Paris: Payot, 1973.

Schnitzer, Deborah. *The Pictorial in Modernist Fiction from Stephen Crane to Ernest Hemingway*. Ann Arbor: UMI, 1988.

Tytell, John. *Naked Angels: The Lives and Literature of the Beat Generation*. New York: Grove, 1986.

Weinreich, Regina. *The Spontaneous Poetics of Jack Kerouac: A Study of the Fiction*. Carbondale and Edwardsville: Southern Illinois UP, 1987.

尾崎信一郎 「視覚性の政治学:モダニズム美術の視覚をめぐって」『視覚と近代:観察空間の形成と変容』名古屋大学出版会 1999年, 281-308.

フランク,エリザベス『ジャックスン・ポロック』石崎浩一郎・谷川薫訳 美術出版社 1989.

図ー1　ポロック『第1番A』（1948年　ニューヨーク近代美術館）
この絵の上方と両脇には画家の手跡がみられる。これは、画面の中に画家が入り込んだことを示している。
© Pollock-Krasner Foundation / ARS, New York / SPDA, Tokyo, 2000

図－2　ポロック『大寺院』
(1947年　ダラス美術館)
© Pollock-Krasner Foundation / ARS, New York / SPDA, Tokyo, 2000

索　引

＊ページ数の後にfがついたものは、挿し絵であることを示す。

あ行

アーヴィング, ワシントン (Irving, Washington)　10, 14, 17
　「キャッツキル山脈」("The Catskill Mountains")　17
アッシュベリー, ジョン (Ashberry, John)　216
アポリネール, ギヨーム (Apollinaire, Guillaume)　204, 205
　『アルコール』(Alcools: Poems 1893-1913)　204
アメリカ独立戦争 (the American Revolution)　7
アメリカニズム (Americanism)　123, 143
アメリカン・ルネッサンス (American Renaissance)　8, 16
アーモリー・ショウ (the Armory Show)　140, 155
アール・ヌーボー (art nouveau)　185, 188
アンダスン, シャーウッド (Sherwood Anderson)　186

イーザー, ヴォルフガング (Iser, Wolfgang)　195, 206
　『行為としての読書』(The Act of Reading)　206
イマジズム (Imagism)　vii, 149
印象派 (Impressionism)　58, 65, 73, 188

ウィリアムズ, ウィリアム・カーロス (Williams, William Carlos)　v, vi, vii, 123-156
　「赤い手押し車」("The Red Wheelbarrow")　128-133, 138
　「偉大な数字」("The Great Figure")　133-139
　「踊り」("The Dance")　126
　『自伝』(The Autobiography of William Carlos Williams)　132, 137, 140, 143, 154, 155
　『すっぱい葡萄』(Sour Grapes)　136
　「雪中の狩人」("The Hunters in the Snow")　126-127
　『パターソン』(Paterson)　139, 143-153, 156
　『ブリューゲルからの絵』(Pictures from Brueghel)　125, 126
ウェスト, ベンジャミン (West, Benjamin)　11, 12
　『蒼白い馬に乗った死』(Death on the Pale Horse)　12, 24f
ウェブスター, ダニエル (Webster, Daniel)　7
ヴェダー, エリフ (Vedder, Elihu)　16
渦巻派 (Vorticism)　188

エッチング (etching)　99
エリオット, T. S. (Eliot, T. S.)　143-145, 147, 149, 153, 155, 202, 206

235

『荒地』(*The Waste Land*)
143-145, 155
「伝統と個人の才能」("Tradition and the Individual Talent") 155
エロティシズム (Eroticism) 26, 205

オハラ, フランク (O'Hara, Frank) 216
オールオーバー (allover) 218, 221, 223, 224, 225, 229
オールストン, ワシントン (Allston, Washington) 26

か行

ガセー, オルテガ・イ (Gasset, Ortega y) 203
カット・アップの手法 (cut-up technique) 179
カプチン教会 31, 50
カミングス, e. e. (cummings, e. e.) 150
カモフラージュ (camouflage) 81
カント, イマニヌエル (Kant, Immanuel) 190
カーンワイラー, ダニエル・ヘンリー (Kahnweiler, Daniel-Henry) 141, 142, 195, 200

記号論 (semiotics) iv, v
キャサディ, ニール (Cassady, Neal) 219
客観主義的芸術論 58
キュービズム (Cubism) iv, vi, 79-86, 88-91, 93-95, 97-99, 104, 105, 108-111, 123, 124, 132, 133, 137, 139-142, 152, 153, 163-167, 169-171, 179, 186, 189-193, 195-197,

199-205, 224-226, 229
キリコ, ジョルジュ・デ (Chirico, Giorgio de) 188
ギルピン, ウィリアム (Gilpin, William) 12
ギンズバーグ, アレン (Ginsberg, Allen) 153, 156, 216, 220
緊張 (tension) 102, 195, 197, 198, 200

クーパー, ジェイムズ・フェニモア (Cooper, James Fenimore) 8
『モヒカン族最後の者』(*The Last of the Mohicans*) 8
クライン, フランツ (Kline, Franz) 216
グリス, ファン (Gris, Juan) 95, 98, 99, 103-108, 196
『カフェの男』(*Man in a Cafe*) 106, 121f
『グラスと新聞』(*Glasses and Newspaper*) 95, 114f
『小円卓』(*The Table*) 95, 103, 104, 115f
『洗面台』(*The Washstand*) 98, 117f
『時計』(*The Watch*) 97
クレイン, スティーヴン (Crane, Stephen) v, vii

ケルアック, ジャック (Kerouac, Jack) vii, 215-229
『達磨行者』(*The Dharma Bums*) 221
『地下の住人』(*The Subterraneans*) 221
『メキシコ・シティ・ブルーズ』(*Mexico City Blues*) 215
『路上』(*On the Road*) 219,

220-221, 227
構造主義 (Structuralism)　iv, v
合理主義 (Rationalism)　168, 220
ゴーギャン, ポール (Gauguin, Paul)　140
ゴッホ, ヴィンセント・ファン (Gogh, Vincent van)　140, 188
古典主義 (Classicism)　34, 42, 47, 148
ゴヤ, フランシスコ (Goya, Francisco)　163
コラージュ (collage)　95, 99, 108, 137, 146, 147, 153, 166, 178, 189, 190, 193-195, 197-199, 201, 202, 206
コール, トマス (Cole, Thomas)　4-8, 11-12, 14, 16, 26
　『オックスボウ』(*The Oxbow*)　6
　『カナダ側から見たホースシュー滝』(*Horseshoe Falls from the Canada Side*)　6, 20f
　『キャッツキルからの眺望—初秋』(*View on the Catskill, Early Autumn*)　7
　『キャッツキルにて』(*In the Catskills*)　7
　『キャッツキルの河』(*River in the Catskills*)　7
　『キャッツキルの滝』(*Falls of Kaaterskill*)　7
　『ゴート島から見たホースシュー滝』(*Horseshoe Falls from Goat Island*)　6
　『大オセジ湖畔のダニエル・ブーンと彼の小屋』(*Daniel Boone and His Cabin on the Great Osage Lake*)　7, 22f
　「ナイアガラ」("Niagara")　5

『ハドソン河畔の晴れた朝』(*Sunny Morning on the Hudson*)　7
コンスタブル, ジョン (Constable, John)　26

さ行

サティー, エリック (Satie, Erik)　173
サブライム (sublime)　4-7, 9, 11
ジェイムズ, ヘンリー (James, Henry)　i, v, vi, 25, 45, 53-73
　『使者たち』(*The Ambassadors*)　53-73
　「小説の技法」("The Art of Fiction")　i, 64
　『ペインターズ・アイズ』(*The Painter's Eyes*)　59, 64
　「ホーソーン論」("Hawthorne")　54, 72
　『ロデリック・ハドソン』(*Roderick Hudson*)　58
シェリー, パーシー (Shelley, Percy)　37
　『チェンチー族』(*The Cenci*)　37
ジオット (Giotto di Bondone)　177
自動記述 (automatic writing)　217
姉妹芸術 (sister arts)　iii, iv, vii, ix
シモニデス (Simonides Keios)　ix
受容理論 (Reception Theory)　195
シュールレアリスム (Surrealism)　188, 205, 217
ジョイス, ジェイムズ (Joyce, James)　145-147, 156, 202, 206
　『ユリシーズ』(*Ulysses*)　145,

237

156, 206
新古典主義（Neoclassicism） iii
スタイン, ガートルード（Stein, Gertrude） vi, 79-111, 163, 171, 173, 177-179
　『アメリカ人の成り立ち』（*The Making of Americans*） 85-87, 109
　『アリス・B・トクラスの自伝』（*The Autobiography of Alice B. Toklas*） 89, 109
　「ヴィラ・キュロニアにおけるメーベル・ドッジの肖像」（"The Portrait of Mabel Dodge at the Villa Curonia"） 83, 84
　「オルタ, もしくは一人の踊り子」（"Orta, or One Dancing"） 93, 111
　『三人の女』（*Three Women*） 83, 109
　「肖像画と反復」（"Portraits and Repetition"） 87, 94
　「長くて派手な本」（"A Long Gay Book"） 93
　『ピカソ』（*Picasso*） vi, 79-82, 85
　『二つ』（*Two*） 87
　『やさしいボタン』（*Tender Buttons*） 83-111, 171-172
スタージズ, ジョナサン（Sturges, Jonathan） 57
スターン, ローレンス（Sterne, Laurence） 206
　『トリストラム・シャンディー』（*Tristram Shandy*） 206
スタンダール（Stendhal, H. B.） 36, 37
スティーグリッツ, アルフレッド（Stieglitz, Alfred） 124
スティーブンスン, ロバート（Stevenson, Robert Louis） 73
ストーン, フィル（Stone, Phil） 185
スナイダー, ゲイリー（Snyder, Gary） 221
スプラトリング, ウィリアム（Spratling, William） 186, 204
聖ピエトロ大聖堂（St. Peter's） 32
聖ミカエル（St. Michael） 27-29, 32, 36, 46
セザンヌ, ポール（Cézanne, Paul） vi, vii, 82-83, 109, 123-124, 139, 152-153, 163-165, 167, 171, 178, 186, 188, 225
線遠近法（linear perspective） iv, 166-169, 189, 224-226
全体描写（total description） 84, 108, 109
前ラファエル派（Pre-Raphaelite Brotherhood） 16

ソシュール, フェルディナン・ド（Saussure, Ferdinand de） 170, 226
即興的手法（improvisation） 215, 218, 220, 222, 228

た行

対位法（counterpoint） 200
ダヴィッド, ジャック・ルイ（David, Jacque Louis） 61
　『レカミエ夫人』（*Madame Recamier*） 61, 78f
ダダイズム（Dadaism） 140
ターナー, J.（Turner, J. M. W.）

vi, 26, 45-47
タブロー・ヴィヴァング（tableau vivant）187

チェンチ, ベアトリーチェ（Cenci, Beatrice）27, 28, 36, 37, 39, 40, 46, 47
チャーチ, フレデリック（Church, Frederick）4, 6
　『アンデスの中核』（*Heart of the Andes*）6, 21f
抽象表現主義（Abstract Expressionism）215, 216

ディケンズ, チャールズ（Dickens, Charles）37
　『イタリアだより』（*Pictures from Italy*）37
ティツィアーノ, ヴェチェリオ（Tiziano, Vecellio）59, 60
　『手袋を持つ男』（*L'uomo dal guanto*）59, 60, 77f
デカルト, ルネ（Descartes, René）169
デ・クーニング, ヴィレム（de Kooning, Willem）216
デムス, チャールズ（Demuth, Charles）134, 136, 137, 154, 155
　『金色の数字5を見た』（*I Saw the Figure 5 in Gold*）134, 137, 160f
デュシャン, マルセル（Duchamp, Marcel）139, 140
　『階段を降りる裸体 第2番』（*Nude Descending a Staircase* No. 2）139-141, 161f
デュランド, アッシャー（Durand, Asher）4, 8, 26
　『近しき魂』（*Kindred Spirits*）8

トクラス, アリス・B（Toklas, Alice B.）97, 100, 163
ドス・パソス, ジョン（Dos Passos, John）202
　『U. S. A.』（*U. S. A.*）202
ドーティ, トマス（Doughty, Thomas）7, 26
ドービニ, シャルル（Daubigny, Charles）66
ドライポイント（drypoint）99
ドリッピング（drip painting）217
トロンプ・ルイユ（だまし絵）（*trompe l'oeil*）93, 97, 100, 102

な行

ナショナリズム（Nationalism）4
南北戦争（the Civil War）4

ニーチェ, フリードリッヒ（Nietzsche, Friedrich）203
ニューヨーク近代美術館（Museum of Modern Art）119, 182, 218, 223, 232

ノートルダム寺院（Notre Dame）63

は行

ハウェルズ, ウィリアム・ディーン（Howells, William Dean）57
パウンド, エズラ（Pound, Ezra）145, 153-156
　『キャントーズ』（*The Cantos*）145
　「残れしもの」（"The Rest"）

239

155
パーカー, チャーリー (Parker, Charlie) 215, 216
バフチン, ミカエル (Bakhtin, Mikhail) 206
ハックスリー, オルダス (Huxley, Aldous) 222-224
ハートレー, マースデン (Hartley, Marsden) 134
ハドソン・リヴァー派 (Hudson River school) 4-5, 9, 11, 12, 26
パピエ・コレ (*papier collé*) 95, 99, 108, 201-202
バルビゾン派 (Barbizon school) 9, 66
バルベリーニ美術館 35, 51
バローズ, ウィリアム (Burroughs, William) 179
バロック (Baroque) 32, 34, 42, 43, 46, 51

ビアズリー, オーブリー (Beardsley, Aubrey) vii, 185, 188
ピカソ, パブロ (Picasso, Pablo) vi, 79-85, 87, 89, 91-92, 95, 97-98, 100-102, 106, 108, 111, 140-141, 166-169, 171, 190, 192-193, 199, 201, 204-205, 224-225
　『アヴィニョンの娘たち』(*Les Demoiselles d'Avignon*) 141, 166, 168, 182f, 190
　『オルタ・デ・エブロの工場』(*Factory at Horta de Ebro*) 192, 213f
　『カーンワイラーの肖像』(*Portrait of Kahnweiler*) 106, 120f
　『ギター, グラス, 新聞』(*Guitar, Glass, Newspaper*) 166, 183f
　『クラリネット』(*Clarinet*) 199, 214f
　『藤編みの椅子のある静物』(*Still Life with a Chair Caning*) 95, 98, 116f, 201
　『パイプをくわえる学生』(*Student with a Pipe*) 101, 119f
　『マスタードの瓶を背にした女』(*Woman with Mustard Pot*) 97
　『名刺のある静物』(*Still Life with a Calling Card*) 100, 118f
　『若い娘の肖像』(*Portrait of a Young Girl in front of a Fireplace*) 97
ピクトグラフ (pictograph) 201-202
ピクチャレスク (picturesque) 3-17, 26, 45
ピクトリアリズム (pictorialism) vi
ピッティ美術館 (Galleria Palatina, Palazzo Pitti) 28
ビート・ジェネレーション (Beat Generation) 216, 229
ピューリタニズム (Puritanism) 26, 32, 54
表現主義 (Expressionism) 188
ビンガム, ジョージ・ケイレブ (Bingham, George) 7
　『ダニエル・ブーン一家の移住』(*Emigration of Daniel Boone and His Family*) 7, 23f

フォークナー, ウィリアム (Faulkner, William) vi, vii, 185-206
　『アブサロム, アブサロム!』(*Absalom, Absalom!*) 187, 191, 194-196
　『操り人形』(*The Marionettes*) 211f

『行け、モーゼ』(*Go Down, Moses*) 200-202
「逸話」("Episode") 204
『エルマー』(*Elmer*) 186
『蚊』(*Mosquitoes*) 204
『サンクチュアリ』(*Sanctuary*) 192
「熊」("The Bear") 202
『死の床に横たわりてに』(*As I Lay Dying*) 189, 191, 192, 199-200, 202, 205
『シャーウッド・アンダスンと他の有名なクレオールたち』(*Sherwood Anderson and Other Famous Creoles: A Gallery of Contemporary New Orleans*) 204
「デルタの秋」("Delta Autumn") 202
「納屋は燃える」("Barn Burning") 192
「ナザレから」("Out of Nazareth") 204
『八月の光』(*Light in August*) 206
『響きと怒り』(*The Sound and the Fury*) 187, 191, 193, 196-199, 201, 206
『標識塔』(*Pylon*) 202
『メーデー』(*Mayday*) 212f
『野性の棕櫚』(*The Wild Palms*) 193, 200
フォークナー、モード (Falkner, Maud) 185
フォーレ、エリー (Faure, Éie) 186
『美術史概説』(*History of Art*) 186
ブライアント、ウィリアム・カレン (Bryant, William Cullen) 8, 14
ブラック、ジョルジュ (Braque, Georges) 79, 95, 97, 108, 167-168, 171, 190, 224-225
『ヴァイオリンとパレット』(*Violin and Palette*) 97
『果物鉢とグラス』(*Fruit Dish and Glass*) 95
フランク、ジョセフ (Frank, Joseph) iv
「近代文学における空間形式」("Spatial Form in Modern Literature") iv
フランス革命 (French Revolution) 62
ブリューゲル、ピーテル (Bruegel, Pieter the Elder) 126-128, 154-155
『雪中の狩人』(*The Hunters in the Snow*) 126, 159f
『農民の踊り』(*The Peasant Dance*) 126

『ベアトリーチェ・チェンチ』(*Beatrice Cenci*) 27, 35-36, 38, 42-43, 51f
ヘミングウェイ、アーネスト (Hemingway, Ernest) v, vi, vii, 163-179
「異国にて」("In Another Country") 175
『移動祝祭日』(*The Moveable Feast*) 163, 164
「殺し屋」("The Killers") 175, 179
「十人のインディアン」("Ten Indians") 175, 179
「清潔で明るいカフェ」("A Clean, Well-Lighted Place")

241

179
『ニック・アダムズ物語』(*The Nick Adams Stories*) 164
「ひとりだけの道」("A Way You'll Never Be") 178
『陽はまた昇る』(*The Sun Also Rises*) 176
『武器よさらば』(*A Farewell to Arms*) 173-175, 178-179
「ミシガンの北で」("Up in Michigan") 178
「身を横たえて」("Now I Lay Me") 175, 178
『老人と海』(*The Old Man and the Sea*) 179
『ワレラノ時代ニ』(*in our time*) 165, 166
『われらの時代に』(*In Our Time*) 164-166, 170, 177
ベル, クライブ (Bell, Clive) 186
ベルグソン, アンリ (Bergson, Henri) 203, 206

ポアリング (pouring) 217
ホイットマン, ウォールト (Whitman, Walt) v, 125, 131, 153-154
　『草の葉』(*Leaves of Grass*) 125
ホイッスラー, ジェイムズ (Whistler, James) 57-59
ホズマー, ハリエット (Hosmer, Harriet) 37
ホーソーン, ソフィア (Hawthorne, Sophia) 26
ホーソーン, ナサニエル (Hawthorne, Nathaniel) v-vii, 5, 25-47, 54, 72
　『大理石の牧神』(*The Marble Faun*) 25-47, 54, 72

『緋文字』(*The Scarlet Letter*) 37
「私のナイアガラ探訪」("My Visit to Niagara") 5
ホメロス (Homer) 155
ホラチウス (Horace) ix
ポリフォニー (polyphony) 147, 152, 200
ホルバイン, ハンス (Holbein, Hans) 54, 72-73
　『使者たち』(*The Ambassadors*) 76f
ポロック, ジャクソン (Pollock, Jackson) 215-218, 221-226, 228-229
　『第1番A』(*No. 1 A*) 232f
　『大寺院』(*Cathedral*) 223-224, 233f

ま行

マサッチョ, トマーゾ (Masaccio, Tommaso) 177
マチス, アンリ (Matisse, Henri) 186
マッカーシズム (McCarthyism) 221
マニエル音楽 173, 178
マニエリスム (*maniéisme; Mannerism*) 32, 34, 42-43
マネ, エドゥアール (Manet, Edouard) 140
マンテーニャ, アンドレア (Mantegna, Andrea) 177

メトロポリタン美術館 (Metropolitan Museum of Art) 160, 218, 223
メルヴィル, ハーマン (Melville,

Herman) v, vi, 3-17, 37
『雑草と野性植物』(Weeds and Wildings) 4, 8, 13
『信用詐欺師』(The Confidence-Man) 14, 15
『戦争詩集』(Battle-Pieces and Aspects of the War) 16
『ティモレオン』(Timoleon) 16
『ピエール, この曖昧なるもの』(Pierre; or the Ambiguities) 37
『ビリー・バッド』(Billy Bud) 15
「リップ・ヴァン・ウィンクルのライラック」("Rip Van Winkle's Lilac") 3-17

モザイク画 (Mosaic) 30, 32
モダニズム (Modernism) v, vi, 60, 66, 108, 123-124, 139, 143-144, 153, 156, 165, 178, 188
モートン, ジェリー (Morton, Jelly) 229
モネ, クロード (Monet, Claude) 140
モンタージュ (montage) 166

ら行

ラスキン, ジョン (Ruskin, John) 58, 59, 72
ラファエロ (Raphael Sanzio) 28, 29, 47
　『小椅子の聖母子』(The Madonna of the Chair) 28
ラ・ファージュ (La Farge, John) 72
ランダー, マリア・ルイーザ (Lander, Maria Louisa) 28

ランビネ, エミール (Lambinet, Emile) 66-69, 71
リアリズム (Realism) vi, 25, 30, 31, 35, 80, 82, 137, 166, 167
リュクサンブール公園 (Luxembourg Gardens) 65
リュクサンブール美術館 (Luxembourg gallery) 163

ルソー, テオドール (Rousseau, Theodore) 66
ルノアール, ピエール (Renior, Pierre) 63
ルネッサンス (Renaissance) iv, 27, 32, 42, 62, 168, 169, 177, 189, 203
ルーブル美術館 (the Louvre) 53, 77, 78, 186
ルーミニズム (luminism) 9

レヴァトフ, デニーズ (Levertov, Denise) 153, 156
レッシング, ゴットホルト (Lessing, Gotthold) iii
　『ラオコオン—絵画と文学との限界について』(Laokön, oder über die Grenzen der Malerei und Poesie) iii
レーニ, グイド (Reni, Guido) 27, 29-31, 35-36, 46
　『大天使聖ミカエル』(The Archangel Saint Michael) 27-31, 35, 42-43, 50f
ロスト・ジェネレーション (Lost Generation) 176
ロダン, オーギュスト (Rodin, Auguste) 186
ロッキー山脈派 (Rocky Mountains school) 9

ロット, ロレンツォ (Lotto, Lorenzo) 29, 46

ロマンティシズム (Romanticism) iii, 9, 26, 30, 57, 62, 152, 154

ロマンティック・リヴァイヴァル (Romantic Revival) 125

わ行

ワーズワース, ウィリアム (Wordsworth, William) 154, 155

『抒情歌謡集』(*Lyrical Ballads*) 154, 155

執筆者一覧（論文掲載順）

早瀬　博範	佐賀大学助教授。
大島　由起子	福岡大学教授。
向井　久美子	熊本学園大学助教授。
後川　知美	佐賀大学非常勤講師。
Deborah Schnitzer	カナダ、ウィニペグ大学教授。
樋渡　真理子	福岡大学講師。
光冨　省吾	福岡大学教授。

アメリカ文学と絵画
──文学におけるピクトリアリズム──

平成12年2月25日　発行

編者　早瀬　博範

発行所　㈱溪水社
広島市中区小町1-4（〒730-0041）
電話（082）246-7909
FAX（082）246-7876
E-mail：info@keisui.co.jp

ISBN4-87440-580-0　C3097